小学館文庫

私はいったい、何と闘っているのか

つぶやきシロー

小学館

目次

1　店長への道

「あなた、今日マヨネーズ安いんでしょ？　一つ買ってきてくれる」

私は、みそ汁のお椀(わん)に口をつけ、顔が隠れた状態で「ん」と頷(うなず)いた。眉間(みけん)に皺(しわ)がよったところはお椀に隠れ、妻の律子にはバレなかったと思う。

みそ汁の具は何が好き？　なんて話になると、たいてい豆腐、ワカメ、あさり、大根などが上位にランキングされるが、私は断然なめこのみそ汁だ。なめこの、あのとろとろ感というかぬるぬる感がたまらない。早く飲みたいのだが、なめこは熱い。このじらしもたまらない。人間の朝の喧騒(けんそう)をあざ笑うかのように、ゆっくりと喉元(のどもと)を通過して行く。朝は女房や子供たちもバタバタしている。そんな中、なめこのみそ汁を飲んでいる時は、自分だけ違う空間にいるような、アインシュタインの相対性理論ってこんなことを言っているんだっけ、なんて朝から呑気(のんき)なことを考えながら、自分の時間を大好きななめこのみそ汁とともに楽しんでいたのだ。そんな時にお使いをたのまれたものだから、私はちょっとだけイラッとした。タイミングが悪い。邪魔されたくないのだ。だからといって露骨に顔には出さない。朝は女房が司令塔であり、一番偉いのだ。楽団でいうところのタクトを振り回す指揮者であり、スーパーでいうところの店長だ。

「パパんとこに入っているベーカリーのチョコクロワッサンもらってきてよ」

次女の香菜子が、シリアルに牛乳を足しながら言う。小さい頃は、パパと同じのがいいなんて言うもんだから、なめこのみそ汁をフーフーさせて飲ませてあげたもんだ。それが今では美容にいいとかなんとかで、シリアルなんておしゃれなものを朝から食べている。しかし食べている姿勢はやや猫背ぎみで、椅子の上に胡坐をかいて座っている。スカートがめくれて目のやり場に困る。まったく、男の子の前ではこんな態度はしないだろうに。私なんて相手にされていないという悲しさより、私だから気を許しているのだという前向きな方を取ってみる。

「最後に売れ残っていたら貰ってきてやるよ」

「じゃあ、潰さないように持ってきてね」

お礼の前に次の指示が入る。こんなことでいちいち怒っていたらいけない。一日の始まりだ。私が目をつぶればいいのだ。みんなに平等に降り注ぐ希望に満ちた朝の空気を壊したくはない。

「香菜子、パパに無茶言うんじゃないの！　いくら売れ残りだからって持って帰ると今はいろいろ問題があるんだから、ほら、足！　行儀の悪い！」

みんなのお弁当に入りきらなかった玉子焼きの余りを私の前に置いたついでに香菜子の足を叩（たた）く。私には言えない。さすが朝の司令塔。活気を生み出し、その流れで元気よくみんなを送り出す。母親とは大したものだ。逆らわない方がいい。家の中で一番偉いのだ。アメリカでいうところの大統領であり、スーパーでいうところの店長だ。

閉店直後の店の中は、意外と外から人に見られている。

開店前もそうだ。店の中で作業している従業員が、さも舞台俳優にでもなったかのように、道行く人に見られているという意識のもと多少演技がかった動きをしている時がある。道行く人、つまりお客様は日ごろ使っている店の従業員の素の部分を見たいのだ。

わかる。ＤＶＤの最後の特典映像が見たいのもそうだ。役者の素の部分が見られて得した気分になる。でも私は知っている。ＮＧ集とかいって、その人の人間らしい一面を切り取ってはいるが、それも演技だと。特典映像用のカメラが回っているのを知っていてのリアクションだと。別にそれが悪いことだなんて思っていない。むしろ徹底していてプロだなと感心する。私もスーパーうめやのプロの従業員という自負はある。

シャッターやカーテンはなく、ガラス張りで表からは丸見えだ。開店前は店の通路に買い物カゴが置いてあったり、生鮮食品売り場の冷蔵ショーケースにビニールのカーテンがかかっていたり、レジに布が被(かぶ)せてあったりと裏を大公開。そこで私がスーパーうめやの制服を着ずに作業をしているというのも私なりの演出である。

この店の界隈(かいわい)の人たちは当然私の顔を知っている。普段こんな格好しているんだ～と私の私服を見られて得した気分になる人もいるだろう。それでいい、私はお客様第一主義だ。開店していようがいまいが見られている以上は、スーパーうめやの従業員として、サービスを怠らない。

今日のチラシを店の内側から貼(は)る。道行く人が目に入るが見ていませんよ、気にしてませんよ、仕事に集中してますよな顔。そう、オフの顔をしながらスーパーうめやのプロの従業員としてのパフォーマンスを道行く人に提供しているのだ。まだ開店していないので素ですよ～とばかりに。まるで特典映像用のカメラが回っているのを知っていてリアクションをする俳優のように。そう、ちょっと前に言ったやつ。まだ開店してないうちからガラス越しに見られているからといって、従業員然としたところを見せられても道行く人はつまらないに決まっている。

　次にレジにお金を入れる。これも私の仕事だ。千円札20枚、5千円札5枚、5百円玉10枚……と確認作業。私がお札を数えている姿は画的に惹きがあるに違いない。道行く人は、何か悪いことをするのではないかという監視の目も持っている。札束を数えながらため息をつき、お金に困っている顔をしてみる。このままお金を持ち逃げしてしまおうか、いやいやと大きめにかぶりを振り、間一髪踏みとどまった顔をしながら。道行く人もそれを見て、よくぞ思い直してくれたと胸をなでおろす。もちろん銀行員のように札束をカッコ良く数えてみせるのも見ている人へのサービスだ。そして左手にキラリと光る結婚指輪をしている。あれ、店に出ている時は指輪なんか着けてないのに、意外と奥さん思いなんだな～と朝からほっこりする人もいるだろう。何より実は私、結婚していましたというサプライズ付きだ。

　キャストは常に見られているのだ。後ろ髪をひかれながら舞台から去る。店の奥の事務所に入り自分のロッカーを開ける。やれやれ、キャストも楽じゃないね～とひとりごちる。でもロッカーのドア裏に付いている小さい鏡には達成感そのものが映し出されていた。

「店長、おはようございます」

「おい、おはよう」

　金子君が出勤してきた。28歳と若いが、正社員として頑張ってくれている。品出しのリーダーだ。スーパーうめやは朝10時に開店する。金子君は9時に出勤。因みに私は8時には出勤している。別にいいのだ、基本9時半出勤なので。朝から品出しが多い日は、金子君も8時に出勤する時もある。そこら辺は臨機応変に。

　早く着替えを済ませようとする。

「金子君あれ、カップラーメンの在庫ってどうなってる？」

「あー結構余ってますね。大量に仕入れて95円で特売やったんですけど、たいして売れなくて」

　早く着替えようとすればするほど、いろんなとこに引っかかったりぶつかったりする。

「どうなの？　あんまり美味しくないの？」

「どうなんでしょ、僕もそれは食べたことないんで」

　もしかして、金子君も私に気を使ってこっちに来ないのかな。さらに焦る。

「返品が利かないんだっけ？」

「そうなんですよね～、裏の倉庫に置いといても、結構場所を取るんですよ」

この細いロッカーは、二、三個隣のロッカーの人ならいいが、隣の人が来ちゃうと、その細さゆえ、狭くてドアが邪魔だし、荒々しく着替える男たちにとって、何ともイライラする空間となる。金子君は私の隣だ。私もそうだが金子君の方も私に気を使うだろうなと思い、急いで着替えてはいるのだが……やっと終わった。

「具体的な品数はいくつ？」

「えー確か400……」

「400！　ちょっと多すぎるな、頭下げて半分だけでも引き取ってもらおっか、キミじゃあれだから、私が直接メーカーに電話しとくよ」

「はい、じゃあ、店長に任せちゃっていいですか？　お願いします」

「ん、待てよ、こういうのは主任の方が向いているかもな」

「そうかもしれませんね」

金子君がセカンドバッグを小脇に抱えロッカーにやってくる。

「おーい、春男はいるかー」

店長の探すような声が聞こえる。この店で私のことを春男と呼ぶのは店長だけだ。

「はーい、ただいま」

オモチャみたいなロッカーの鍵(かぎ)を回しながら、私はその方向とは逆の方向に声を出した。なるべく遠くにいて、今の話は聞いていませんでしたよ感を出したかったからだ。

「あ、主任、おはようございます」

「あ、おはよう」

すれ違った金子君は、私の出現にビックリしていたが、私は何も聞いていなかったフリをして急いで店長のもとに行った。

スーパーうめやは、地域密着型のスーパーマーケットで、全部で8店舗あり、とても大手チェーン店とはいえないが、この辺にお住いの人にとっては無くてはならないお店なのだ。だいたいがパートやバイトの人たちで、正社員と呼べる人は、この店には八人くらいしかいない。一番偉いのが店長で、その次が主任の私である。

正式名称はフロア主任。レジが混んで来たらレジを打ち、タイムサービスで足の早い刺身を出すとなれば包丁でさばき、精肉のおっちゃんにラッピングしてくれと言われれば伝票の精算は後回しにし、商品を運んでくる業者と挨拶(あいさつ)し、電話応対から万引きGメンまで、何でも屋だ。

不思議と嫌ではない。もう25年やっている。この大原(おおはら)店に関していえば店長よりも長い。今の店長は、上田さんといって63歳で、この店には18年前に来た。45歳、今の私と同じ年齢の時だ。上田店長はここに来る前にも違う店舗で店長をしていたので、すでに私の歳の時にはとっくに店長だったのだ。この店の売り上げが8店舗中つねに3位以内に入っていることが、本部からの信頼を厚くしている。そんな敏腕の上田店長に、右腕になってくれないかと、主任という実質ナンバー2の座に15年前辞令を受けた。それに関しては上田店長に感謝している。30歳で主任なんて他の店舗を見渡しても異例の早さだったからだ。そこまでは順調だった。これまでも何度か他の店舗の店長候補として名前が挙がっているという噂もあった。しかしその話はいつの間にか流れた。いつだったか、本部の営業マンと飲んだ時に聞いた話だが、新しくオープンする店の店長として私を迎えるため、上田店長に相談をしたらしい。ところが上田店長が、私を手放したくないと言ってきかず、この店はうまく回っている店だし、その土壌を崩してまでもということで、本部の人間は泣く泣く諦めたそうだ。上田店長にそれだけ必要とされていることは嬉しい。私はスーパーうめやならどこでもいいわけではない。この大原店が好きだ。お客様とも家族同然の付き合いをしている。主任のままでも構わない。店長になりたいなんて思わない。この店で働けるならそれだけでいい。この店を愛しているから。

ただ一生このままなのだろうか。上手く利用されているだけなのかも。「こういうのは主任の方が向いているかもな」「そうかもしれませんね」上田店長と金子君の会話が頭から離れない。私はお人好しで上田店長の言いなりだから、面倒くさい交渉ごとを全部任せるために上田店長は私を手放さないのか。他のみんなもそう思っているのか。考え過ぎだろうか。どうしても気にしてしまう。小さい人間だな～と自分でやんなっちゃってみる。

「大丈夫、私が押しとくから。あ、主任、おはようございます」

上田店長とカップラーメンの在庫の件で話し終わったところにパートの田中さん登場。来るなりすぐにトイレに行った中島さんの分も田中さんがタイムカードを押しておくみたいだ。

本来タイムカードは本人が押さないといけないのだが、そこは、ま～おばちゃんだし、なあなあになっている。私も細かいことは言わない。

私の予想だと、このあと田中さんはロッカーに行く前に店の中に行くだろう。

「おはようございます、あ、田中さん、今日は3番のレジに就いてください」

田中さんは「はい、わかりました～」と言いながら開店間際の店の中へと早足で急ぐ。

ほら、やっぱり。今日の目玉商品「マヨネーズ一個100円」のマヨネーズが売り切れる前に先にキープしておくのだ。本当はお客様に対してのサービス品であり、これは店に足を運んでもらうための一つのキッカケづくりで、儲けるどころか損をしている。その分他の商品も一緒に買ってもらうための捨て商品なのだが、これもここで働いているパートの特権といえば特権であり、それくらいはいいかと思う。

現に私も律子にマヨネーズを買ってきてくれと頼まれているし。

「中島さんの分も持ってきといたからね、お昼ごはん買う時に一緒に精算すればね」

「ありがとう、早い者勝ちだもんね。これ一人一個まで?」

田中さんは、顔の横で手を振りながら「そうなのよ」と言っているが、マヨネーズを三個、つまり一個余分に持ってきていた。

私の予想だと、このあと高井さんが田中さんに声をかけられる。

「高井さんって、今日マヨネーズ買う予定あった?」

ほら、やっぱり。高井さんはうちの唯一の女性正社員。32歳の真面目な女子。細身で物静か。スーパーとかこういう活気のある職場より、図書館とかに勤務していそうな女の子だが、黙々と仕事をこなしてもう12年になる。あまり楽しそうに働いている風には見えないが無遅刻無欠勤の優等生。私も彼女の仕事っぷりには信頼を置いている。

「……いいえ、私マヨネーズはそんなになんで……」

すると、田中さんの声が少し大きくなる。

「じゃあ、高井さんが一人一個のマヨネーズを買ったことにします！」

いつもの宣言。こうやって一人一個だって言っているのに、二個、三個買っていくことはよくあることで、よくお客様が一人一個の商品を子供にも持たせて別のレジに並ばせて複数買っているが、生きていくために手段を択ばない主婦はたくましいな〜と感心する。社員の私がいても全然悪びれる様子はない。ま、いいっか、おばちゃんの方が年上だし。

「そうだ、僕も女房にマヨネーズ買ってきてって頼まれていたんだ」

のってみた。こそこそとマヨネーズ一個買うよりいいし、おばちゃんたちに対して、主任の私も開店前にキープしちゃいますよ、だってお得だもん、せっかくスーパーで働いているんだもん、そこらへんの理解はありますよというエクスキューズも含んだつもりだ。

にしてきた。

「やーだ主任まで、あははは」

こういう小さなやり取りの積み重ねで、パートのおばちゃんとの人間関係を円滑にしてきた。

「おーい春男、もう10時になっているぞ！」

「あ、すいません」

まずい、余計なことしていたら、いつの間にか開店時間を過ぎていた。しかも手にマヨネーズを持っているところを上田店長に見られてしまった。上田店長は何も言わなかった。閉店したあとの売れ残りならこういうことはあるが、開店前にお客様より先に特売品に手を付けることなんてあまりやらないのに。たまにこういうことした時に限って何で。それで店を開けるのが遅れたなんて最悪だ。

入り口のドアの鍵を開けるためにドアの下にしゃがむ。胃が圧迫され、朝のなめこみそ汁が戻って来そうになるのをこらえると同時に笑顔で「いらっしゃいませ」と言ってドアを開ける。なぜならパチンコ屋の新台入荷の時のように、すでに店の前には何人か顔なじみの近所のおばあちゃんたちが、シルバーカーをころがしながら集まっていて、いまや遅しと店の開店を待ちわびているからだ。こういうお客様たちによってこの店は支えられている。

お昼12時近くになると、開店時には出遅れていたお弁当、お惣菜（そうざい）コーナーが盛り上がりを見せる。揚げたてのメンチカツや天ぷらなんかも並び、出番を待つ。この時間帯は主婦よりも近くで働いている人たちが、カゴも持たずにお弁当だけ持ってレジに並ぶ。コンビニで買うより安いからと、飲み物だけを持ってレジに並ぶ人もたくさんいる。近所の服飾系の専門学校の生徒たちも来るので、3台のレジに行列ができる。

こういう時こそ万引きが起きやすいのだ。人が死角をつくって防犯カメラが捉（とら）えにくい。実際にここのところ棚卸しをした時の数字が合わない。大事なお客様を疑いたくはない。疑い始めたら目つきが変わってしまう。お客様はそういうのを敏感に察知するものだ。

とはいうもののそれは数字に出ていた。しかもそれがずっと続いているのだから上田店長が頭を抱えるのも無理はない。万引きによって店が一軒潰れるという話をよく聞く。

業を煮やした上田店長が、とうとう万引きGメンを雇った。期間は一週間。当然私も立場上気にはしていたが、一週間で万引き犯は一人も出なかった。直後の棚卸しの数字も誤差はなかった。しかし、万引きGメンが来なくなったあとの棚卸しで、また何千円もの誤差が生じたのだ。これは根深いものになってしまった。まだ万引きの方が良かったかもしれない。

内引き（うちびき）という身内の犯行の臭い（におい）が漂う中、内部不正は恥だという考えと、内部の犯行ゆえに発覚しにくく、本部に報告したところで監督不行届きとして自分が責められるのを理由に、上田店長はそれ以来犯人捜しをしなくなった。

それでいいと思う。従業員は疑いたくない。一緒に働いている仲間であり、家族のような存在だ。それを疑い出したらおしまいだ。


「絶対バイトの中の誰かだって！」

「何の話？」

二階から下りてきた長女の小梅がテーブルに座ろうとしながら香菜子に聞く。

私は発泡酒を飲みながら枝豆をつまみ、ごはんのできるのを待っている。

「だって万引きGメンがいる時は何も起こらないんでしょ。万引きGメンがいるってのは働いている人しか知らないじゃん」

「でも、従業員に内緒で万引きGメンを雇っているかもよ」

香菜子の意見に小梅が反論する。

「万引きGメンの人にも休憩とかあるし、一応みんなと同じ控室を使ってもらっているからね」

「ほら、みんな知ってんのよ」

私の発言で確信を得た香菜子は、さらなる名探偵ぶりを披露する。

「犯人は営業中に無断でお店の商品を持ち去っているのよ」

「営業中に？　そんなのすぐにばれるじゃない」

小梅のツッコミを予期していたかのように、香菜子が食い気味に言い返す。

「お店の制服を着たままだったら、どう？」

「万引きGメンは、一応従業員のことも視野に入れているでしょ」

「返品作業中でも？」

「返品？」

「賞味期限切れの物を棚から下ろしている人いるでしょ。カゴいっぱいの商品をそのまま裏に持って行っても、作業中だと思って万引きGメンは疑わないわ」

小梅が黙ってしまうと、母親の律子が口を出してきた。

「賞味期限切れの商品で、中には捨ててしまうものもあるから、そういうものならね。ま、黙って持って行くのは良くないけど」

香菜子は得意気に人差し指を立てた。

「それが賞味期限切れじゃないのよ。従業員が制服を着てカゴにいろんな商品を少し乱暴気味に入れているところを見れば、誰だって返品作業していると思うでしょ？　そこの盲点を犯人はついたのよ。賞味期限をチェックしているふりをしながら、ただただ自分の欲しいものをカゴに落としていって裏の控室に持ち込んだの。なんなら賞味期限の新しいものから取って行ったかも」

みんな黙ってしまった。いかにも自分が一度やったことのあるような、こんなことをすぐに推理できてしまう香菜子への驚きもあった。

「でも店長さんは犯人捜ししないって言っているんでしょ？　じゃあいいんじゃない」

「もしかして、その店長が犯人だったりして」

この会話を終わりにしようとしている小梅に、香菜子がさらにけしかけてくる。

「店長がそんなことしたらクビじゃない」

「そしたらパパが店長になれるじゃない。パパ、明日から店長をチェックした方がいいよ」

「いつから上田店長が犯人になったんだ。店長はそんな人じゃないよ。あとパパは店長になりたくて仕事をしているわけじゃない」

娘たちの行き過ぎた冗談に、軽くツッコむつもりが、最後ちょっとだけマジっぽくなってしまった。私が怒っている風に感じたのか、それ以降違う話題に変わった。

突然の訃報は二度聞きしてしまう。

「ごめんなさいね。これ休憩時間にでも皆さんで食べてね」

上田店長の奥さんが、わざわざクッキーの詰め合わせを持ってきた時には、従業員も皆「店長、大丈夫ですか？」と言いながらも、たいしたことなくてそのうち元気になって戻ってくるだろうという軽い気持ちだった。

「春男さん、すみませんね、急に」

ここ数年はご無沙汰(ぶさた)しているが、前はよく上田店長の家にお呼ばれしていたので、当然奥さんとは顔見知りであった。

この時の奥さんの顔は、しっかりしていた。それが二日前。

商品の発注やらなんやらで、受話器を持ちっぱなしの際の電話だったので、一瞬何のことかわからなかった。

心臓が原因だったらしい。

黒いネクタイを結んでいる時に、手が震えていることに気付いた。

「来てくれてありがとね。春男さんがいなくて、お店大丈夫？」

こんな時にも、目を充血させながら奥さんは、お店の心配をしてくれた。

上田店長とは、18年間も一緒に仕事をしてきた。ちょっとでもお店の売り上げが下がると、ああでもないこうでもないと、家族より店長と話をしている時間の方がトータル長いのではないかって時期もあった。お店のノウハウは勿論（もちろん）、人生観についても話してくれた。

私を右腕として信頼してくれて、早々と主任の座につかせてくれた。

いつだったか、年末の忙しい時期で、朝からお店は混んでいて、それでいて人手が足りない中、私が効率よく動けるようみんなに指示を出し、状況を見て配置換えをしながら、なによりも私が人一倍獅子奮迅（ししふんじん）の働きを見せたことで、お店が奇跡的に回った日があった。

その日は閉店後にみんなで飲みに行くことになり、そこでなんと上田店長から大入り袋が出た。大入り袋といっても中身は5百円玉一つだが、パートで時給いくらで働いている人にとっては嬉しいものだ。私は店長とこっそり5百円玉を袋に入れる方だったのだが、私も貰った。たった500円でも嬉しかった。なにより上田店長が、だいぶお酒が入っていたとは思うが、「春男は、この店の司令塔だもんな」と言ってくれたのだ。

当時、サッカーの中田英寿選手が、「日本の司令塔」と呼ばれていて、あまりスポーツに詳しくない上田店長の耳にもさすがに「司令塔」というワードが届いていたのだろう。

私もその日の疲れからか、お酒の回りが早く、陶然としながらも「いやいや、上田店長それは言いすぎですって、ね～」と、隣で氷がとっくに無くなった青リンゴサワーを黙って飲んでいた高井さんにふると、「いいえ、伊澤主任がいないスーパーうめやなんて考えられません」と目を見ずに言われた。

今でも時々思い出してはニンマリする。「春男は、この店の司令塔だもんな」上田店長が言ってくれた。みんなの前で言ってくれた。他の正社員やパートがいる前で私だけを褒めた。働く男として、こんなに嬉しいことはない。あんな酩酊（めいてい）状態でも、それだけは覚えている。酔っているとはいえ、そんなことを言えてしまう上田店長への感謝と、私もみんなの前で部下を褒められるような上司になろうと思ったことを思い出していた。

「運転、気を付けてよ」

私が動揺しているように感じたのか、助手席の律子が言ってきた。上田店長とは何度か会っているので、妻と二人で通夜に行くことにしたのだ。

「うん、わかった」

何か納得いかない。他人事(ひとごと)だ。普通に心配してくれただけかもしれないが、どうしても自分の事しか考えていないように聞こえてしまった。

家を出る時もそうだった。

店を早めに出て、家で着替えて一刻も早く駆けつけたかった。

なのに車の中で待たされた。

こんな時でも、それなりにちゃんと化粧をする女という生き物が嫌になった。

仕事は辛(つら)いが、他の辛いことを忘れさせてくれるから、やっぱり仕事は素晴らしい。

「伊澤主任、発注の数が確認できたんでサインもらえますか」

「ほいほい、あ、金子君さ、夕方から納豆78円で売っちゃお」

パソコンを操作している背中で、金子君の「はい、わかりました」という声を聞く。

私は店長の机で作業することが多くなった。もちろん店長ではない。しかし上田店長が亡くなって店長不在のこの状況の中、実質的に私がその仕事をやらなければならない。だからといって、店長の椅子に座って作業をしているわけではない。私の気持ち的には主任だ。自分が店長だなんて思ったこともない。机の上のパソコンを操作する時も立ったまま操作している。椅子に座ってはいけないような気がするからだ。それくらいこの椅子は重い。もしもたまたま座って、たまたま従業員に見られて、「あれ、もう店長面ですか？」なんて言われたら、いや、言われなくても絶対思うに決まっている。危ない危ない、私は店長ではないのだから。店長のロッカーは、みんなと連なっている細いロッカーではなく、その1・5倍くらいの広さで単体で置いてあり、悠々と着替えができるし、隣の人のことを考えて扉を開け閉めしたりしなくていいのだ。上田店長の奥さんが先日朝早く来て、ロッカーの中の物を整理して持ち帰っていた。もしもたまたまそのロッカーを開けているところを従業員に見られて、「そこは伊澤主任のロッカーじゃないですよね、何で勝手に開けているんですか、泥棒！」なんて言われたら、いや、言われなくても絶対思うに決まっている。危ない危ない、私は店長ではないのだから。

先週、店長が亡くなった次の日に、スーパーうめやの本部から電話があり、正式に辞令を出すので、それまで私が店長代理として務めるようにとのことだった。片手で取った電話の受話器を、いつの間にか両手で丁寧に持っていた。

あれから一週間経つが、私の肩書がいったん店長代理になったことは誰にも言っていない。店長の椅子にも座っていないし、ロッカーはみんなと同じ細いロッカーだ。隣も相変わらず金子君。これでいい。そのうち正式に発表されることだろうし、目の前の仕事をいつもと同じように、主任としてやるだけ。店長代理になった分、給料が上がるかどうかなんてどうでもいい。この店を守ることが第一だ。それには長年やっている主任としての方が私的にもおさまりがいい。

しかし、噂というのは早いものだ。

「あ、伊澤君、店長になったんだって、おめでとう」

ドキッとした。顔に血液が集まるのが分かった。

「いえいえ、まだ店長じゃないですよ。まだってのも変ですけど。店長なんて無理ですよ」

「え？　他の店ではみんな言っているよ、大原店の次の店長は伊澤君だって」

　スーパーうめやの青果担当の金田のおっちゃんは、60歳を超えているらしいがとにかく元気で、早朝から市場で仕入れて、全8店舗に一人で野菜を卸している。

「僕なんて、店長の器じゃないですから。それに店長になるのが目的で働いてないし」

　金田のおっちゃんに顔色を窺われたくないがために、下を向きながら必死にキャベツの箱をトラックから降ろす。

「何言ってんの、誰が考えたって伊澤君しかいないじゃない」

　お世辞を言ってくれたのかもしれないが、金田のおっちゃんは、嫌みがないので私も大好きだ。店長になるならないは別として、素直に嬉しい。

　各メーカーのスーツ姿の人たちが、是非自社の商品を置いて欲しいと私に名刺を渡してくる。その対応だけでも慣れていないので大変だ。しかも交換する名刺も持っていない。

　すいません、私、店長ではないので名刺を持ち合わせていませんで。いえいえ結構です。もうじき店長ということで、おめでとうございます。こんな具合に、挨拶回りのような感じで次から次へといった感じで、さすがに一回では顔と名前が覚えられない。

「あら、店長になっても配達してくれるのかい」

「店で一番偉い店長になんて私がなれるわけないじゃないですか。店長なんて無理ですよ」

スーパーうめやは地域密着型なので、配達先のおばあちゃんにも言われる始末だ。何かこの町にとっては政権が変わる勢いだ。


昼の2時を過ぎると客足が少し途絶え、レジに誰もお客様がいないと、パートの田中さんが中心になって、レジ越しに三人のおばちゃんたちがしゃべり出す。

「もう伊澤主任が店長のようなもんでしょ?」

「でも、まだ正式には言われてないらしいわよ」

「ま、人が亡くなっているからね〜」

「そうよね、対応が早すぎてもってことなんじゃない、本部的には」

「まだ一週間だしね。世間体を考えるわよね〜」

私は、出て行きづらくなったので、店の中を無駄に一周してから、何食わぬ顔で「休憩入ってくださーい」と言った。

「はーい、店長!」

「やめてくださいよ、田中さんまで。私が店長になんかなれるわけないじゃないですか、言いすぎです。主任でいいですよ」

かろうじて口角を上げたものの、中途半端な顔でツッコむ。

「店長になった途端、私たちをクビにしないでくださいね～」

田中さんが、愛嬌（あいきょう）のある声を出してきた。

「当たり前じゃないですか、パートの皆さんのおかげで、この店もうまく回っているんですから。それに私は店長になるのが目的で働いてないですから」

冗談を真面目に返してしまった。

「偉い！　そういう人が店長になるべきよね～」

「そうね、出世することが仕事じゃないものね～」

「ちょっと、早くしないと休憩時間なくなっちゃうわよ」

「あらやだ、あらやだ」

何か、心強い。何だっていいのだ。

私は静かにさりげなく、スーパーうめや大原店の改革に取り組んだ。

別に、上田店長のやり方が古かったと言っているわけではない。私なりに、もっとお客様に喜んでもらえて、かつ売り上げが伸びる企画をどんどん試していった。

まず、カップ麺の在庫が多いので、夕方６時のニュース番組の中のコーナーからの受け売りだが、１００円でカップ麺積み放題にする。店の前でやればイベント感もあるし、人だかりが人を呼ぶことになるだろう。カップ麺のような非常時にも食べられるものは家にいくらあってもいい。それが１００円で積み放題なんて、お客様は狂喜乱舞するかもしれない。それと、これも夕方のニュースの受け売りだが、ビニール袋に人参詰め放題。とにかく毎週イベントを定着させ、この店に来れば何かやっているから来たいという気持ちにさせることだ。次にランチタイムに限り２９０円という激安のお弁当。通常お弁当で３００円を切るなんてありえない。しかもお弁当を買った人にはみそ汁無料。セルフサービスで横に置いておく。予算的に私の大好きななめこのみそ汁というわけにはいかないが、温かいみそ汁がタダなんて近所のサラリーマンや専門学校生のお客様もきっと喜んでくれるだろう。そのうち他の店でも真似しだすかもしれない。トップが代わるといろいろと変わる。そう私は、この店をもっと良くしたいがあまり、そして、もしかしてだが、自分の店長就任を祝うかのように、さらに斬新なアイディアを出していった。入り口に小っちゃい机を置いて、そこにアルコール消毒スプレーを置いた。入る時に自由に消毒してもらって構わない。食べ物を扱うお店としても十分配慮が行き届いているように見えるし、世の中には意外と潔癖症の人も多く、特に女性なんかカゴを持った後、帰りに手を消毒してもらえばいい。店の中ではカボチャのスープをプレゼント。ウェルカムドリンクのようなものだ。スーパーに来るのは、やはり女性が多い。女性の好きなものといったらカボチャだ。スーパーに来ただけで、タダでカボチャのスープが飲めるなんて素敵すぎる。どうせこれも他の店が真似するに違いない。あと、店の奥に畳四畳くらいのスペースで子供の広場を設けて、ちょっとしたおもちゃと絵本を並べた。これでお母さんは安心して買い物ができる。主婦層のハートもゲット。しかも子供は陳列しているお菓子を勝手に取って食べ放題、精算は後払い。私も子供の頃、スーパーでお菓子をすぐに食べたかったが、お母さんのカゴに入れて、レジを通ってからでないともらえなかった。その面倒くささを解消し、子供にストレスを与えないようにと考案した。画期的過ぎてテレビの取材が来るかもしれない。夕方のニュース番組のコーナーで特集されるかもしれない。ということはテレビレポーターみたいな人が店に来て、私がインタビューを受けることになるだろう。

「スーパーマーケット界に革命を起こすユニークな発想はどこからくるんですか？」

「お客様が、毎日行きたいなと思えるようなお店を心がけているだけです」

「聞くところによると、伊澤さんはお店で一番偉い店長になったばかりだそうですね？」

「いえいえ、店長だなんてそんな、まだまだです」

「何と、今から……」

「はい、先着30名様に1リットルの牛乳1本10円！」

「さすが店長、太っ腹！　牛乳が10円だなんて安いにもほどがある！」

「何か、私がお腹壊しそうです」

「うまい！」

「すいません、今のはカットしといてください」

「あははは、生放送ですよ」

「いや～、まいったな～、あははは」

「以上、スーパーうめや大原店からでした。スタジオにお返ししまーす」

「本当に素人の方ですか？　ウィットに富んだ会話もできて多才ですし、誰もが羨む店長さんでしたね。さー続いてはお天気です」

となるだろう。次の日から帽子をかぶらないと町を歩けないかもしれないな。なによりこの店に買い物を目的とせず、私に一目逢いたくてくるお客様、通称「店長ギャル」ばかりになったらどうしよう。店頭に私関連のグッズが売り出されるだろう。店長Tシャツ、店長エコバッグ、店長キーホルダー、店長スマホケース、店長――。

金子君の、「お疲れさまでした。お先に失礼します」にビクッとした。

いつからそこに居たのだろう。

「金子君、明日……」

「9時半に朝礼ですよね。本部の方も来られるんですよね」

明日、そうなのだ。

今日このまま床屋さんに寄って行こう。

「え！　パパ、とうとう店長になるの！」

香菜子がそんなに驚いたことに、私は驚いた。

「まだ正式には言われてないよ。周りが言っているだけ」

新聞をめくる風が、少し熱くなった頰をなだめる。

「え～、大丈夫～、店長になんかなって」

顔は笑顔だが、少し小馬鹿にしている。否定的なのは香菜子が初めてだった。

「でも、15年も主任をやっているんだから、そろそろあなたが店長になってもおかしくはないわよね」

夫の出世を喜ばない妻はいない。

「明日の朝礼に本部の人たちが来るんでしょ。じゃあ、そこで発表されるんじゃない？」

「さあ〜な」

「そんなすまして〜、本当はすごい嬉しいんじゃないの？」

香菜子はグイグイくる。

「別に店長になったからどうのこうのじゃないよ」

「かあ〜っ、素直に喜べばいいじゃん！　ほら、もうにやけてるじゃん！」

小梅が二階から下りてくる。香菜子の大きな声に反応して「え？　何々？」と言いながら二階から下りてくる。小梅はいつも二階から下りてくる。末っ子の亮太も下りてくればいいのに。

「何？　どうしたの？」

「パパが店長になるんだって」

「へ〜、すごいじゃんパパ、店長になるんだー」

「だから、まだ決まったわけじゃないって言っているだろ」

「またまた、そんなご謙遜を！」

香菜子が茶化してくる。私は顔色を探られないように、また新聞をうまく使う。

「じゃあ、ママは念願の店長夫人だね」

香菜子の言葉に「念願？」と反応してしまった。

「だってママ、パパが店長になるのを心から待ち望んでいて、毎日買い物の帰りにあそこの神社まで行ってお参りしていたんだよ、ね」

律子は台所で背中を向けたまま返事はしなかった。

長い事苦労かけてすまなかった、と糟糠の妻の背中に向かって心の中でつぶやいた。

「じゃあさ、今度昇進祝いパーティーってのをやろうよ」

「いいよ、そんなことしなくて」

「何で！　やろうよ、ね、ママ？」

律子がチャーシューをおつまみに出してきた。いつもは枝豆だけというのが多いのに。豪華だし、つまみが一品多いのが嬉しい。店長になったら毎日一品多いのかな。

小梅が「その時はお寿司取ろうよ」と言うと、香菜子が「え〜、中華がいい〜」と言う。

「せっかくだから、お店に行って食べない？」

「さすがお姉ちゃん、じゃあ、思い切って天ぷら行っちゃう？」

私は一口で食べられるチャーシューを、大切にちょっとずつ何回かに分けて食べ発泡酒を飲み、微笑みながらこのやり取りを聞いていた。

亮太も来ればいいのに。父親として、息子に見せたかった。男が仕事で成功し、昇進した時の家族の喜ぶ姿を。一家の主として、一番のピークを見せたかった。私を尊敬する必要はない。ただ働く男の喜びというものを感じ取ってほしいのだ。

「寿司でも中華でも天ぷらでも、全部食べればいいじゃないか」

「おー、さすが店長になると違うねー、よっ大統領！」

「大統領は言いすぎだろ、店長なんだから」

「あ、自分でもう店長って言ったー」

「何だよ〜、ひっかかっちゃったな〜」

酒が美味い。

平常心で、と思っていたのに、気付いたらいつもより一本早い電車に乗っていた。7分違うだけで、電車に乗っている人や駅から歩いて行く人が初めて見る顔ばかりで、まるで違う景色の中にいるようだ。

ベーカリーのコーナーに顔を出す。開店と同時に出来立てのパンを出さないといけないので朝から仕込みが大変だ。三浦さんがパン生地を太い腕でこねている。見た目クリームパンみたいな体型のおじさんだ。この人の作るチョコクロワッサンが、香菜子は大好きだ。

「おはようございます」

「おはようございます。あ、髪切ってきたんですね」

女性ならまだしも、髪を切ったことを言われて喜ぶ男性は少ないという持論が私にはある。男が身だしなみを気にするというのは、ある程度は必要だし、悪くはないのだが、何か照れくさい。そこを突いてくるなんて、人の気持ちを汲めない人なのかなと思ってしまう。

しかも「髪切ってきたんですね」。「きたんですね」。

どういう意味だろうか。「やっぱり」という言葉が隠れている気がして恥ずかしくなる。

「いらっしゃいませ。いつもと同じ髪型でいいですか？」

「はい、すいませんね急に。明日朝から朝礼がありまして」

「へ〜、大事な朝礼なんですか？」

「ま〜、人事異動の発表とか」

「もしかして伊澤さんが主任から店長になったりとか？」

「まー、まだ決まったわけじゃないんですけどね」

「え、本当ですか！　そりゃめでたい。きれいに仕上げますから」

という散髪屋のオヤジとの会話を思い出し、それごと面映い気持ちを感じた。


朝9時を回り長い針が下を向く頃には従業員たちが三々五々集まってくる。

本部からスーツを着た人たちが来た。中には見慣れない人もいる。

全員が揃い、黙禱を捧げた。

緊張というか、何か、ふわふわしている。

本部から来た知らない人がしゃべり出した。メインイベントはまだ先らしい。

思えば、私が店長になることは、私だけではなく、妻と子供たちの夢でもあったのだ。小梅が幼稚園の時、父の日にちなんでお父さんの絵を描くとかで、筒状に丸めた画用紙が赤いリボンで括ってあるやつをプレゼントされた。ちょっと歪な蝶々結びをほどき、虎の巻のように画用紙を広げる。丸めてあるのでクレヨンが裏にもくっついてベトベトした画用紙を、娘からのプレゼントに緊張してベトベトしている手で開いた感触は、まだ掌に残っている。開いてみると、そこにはスーパーうめやの看板の下で笑顔の私が立っていた。親の私が言うのも何だが、なかなか上手いもんだった。ただ一つ間違いがあって、胸の名札に「店長」と書かれていた。

「小梅〜、パパは主任だよ。でもいつか店長になるように頑張るからね〜」と言った覚えがある。小梅は覚えていないだろうな〜。なら、亮太だって、小学校一年生の時の参観日で、「僕のお父さん」って作文をみんなの前で読んだ時があった。あの時パパは、キミより緊張していたんだよ。まるで自分の事のように。どうにか間違えずに読み終えてくれと。前の日に、内容は聞いてないけど部屋で何か朗読の練習をしているのは知っていたからね。本番はスラスラと立て板に水のごとく読めたね。ただ一つ間違いがあって、作文の冒頭の部分「僕のお父さんは、スーパーうめやで店長をやっています」って言っちゃったね。小学校一年生だし、「主任」の「しゅ」がなかなか言えなくて、「すにん」とか「ふにん」になっちゃって、面倒くさいから「店長」にしちゃったのかな。時間かかっちゃったけど、やっと作文の通りになりそうだよ。それなら、香菜子の授業参観の時だって、小学校の三年生の時かな、教室の後ろの壁に好きな文字を習字で書いたものが貼ってあって、「希望」「夢」「努力」等の中に「店長」ってのがあったけど、あれ香菜子だよね。名前は書いてなかったけど香菜子に間違いない。書いている内容のカテゴリーが一人だけ違うからね。先生も何も疑問に思わなかったのかね。やたら達筆だったからかな。あのころから習字はうまかったね。あの字を見てパパは鳥肌が立ったんだ。あの字をまぶたの裏に焼き付けて今日まで頑張ってこれたんだよ、ありがとう。

「と言うわけで、新しく大原店の店長を任されることになりました、西口です」

ん？　ん？　ん？　ボーッとしていた。みんなが拍手をしているので拍手をした。

「本部では経理を担当していましたが、現場経験が無いわけではありません。まだまだ未熟者ですが、どうか皆さんの力を貸していただきたいと思います。一緒に大原店を盛り上げましょう」

私より若い。

そして本部の部長がしゃべりだした。

「西口店長就任に伴いまして、伊澤主任には、これまでの主任から副店長として店長をサポートしていただきたいと思います」

副？　みんなの拍手も戸惑っているように聞こえた。

もともと副店長というポストなんて存在しない。上田店長が亡くなってからの繋ぎを、私に店長代理という形で頼んだ手前、大原店一筋25年勤務というのも考慮し、気を使って無理やり作ったと思われる、この副店長職。

チラチラと視線を感じる。みんなが私の表情を読み取ろうとしているのが分かる。

どう思われているのだろう。

散髪までしてしまったのに。

考えれば考えるほど、耳から後ろにかけて、きれいに刈り上げた首筋が赤く熱を帯びていく。

私を、どうぞ見ないでください。頼むから。

新しい主任の発表はなかった。

つまり、副店長というか、正式には副店長兼主任だ。

っていうか、主任だ。主任のままだ。

大丈夫だ。店長は私だ、なんて態度は取っていなかったはずだ。ことあるごとに私なんて無理ですと謙虚に対応してきたはずだ。店長になるために働いているわけではないとも言ってきた。恥ずかしがることも、ましてや落ち込むことも何もないのだ。

はっ？　何か？　パートの田中さんと目が合ったので、そんな顔を返した。

無理しちゃって。どこからともなくそう聞こえたような気がした。

長い一日が始まった。

淡々と仕事をこなした。

自然と、お客様に対して笑顔が多めだった。従業員が見ていると思ったから。

従業員にいつもより、あまり声を掛けられなかった気がする。掛けづらかったのかな。

だからといって仕事に集中できて、いつもより一日が短く感じられたわけでもない。

なんと、従業員たちが飲みに誘ってくれた。うれしかった。

居酒屋「しらふ」に入り、空いている椅子にカバンと12ロールのトイレットペーパーを置こうとして、トイレットペーパーだけは下の床に置いて、その上に上着をかぶせた。

8人くらいで飲みだした。そこに西口店長はいない。

みんな、口々に「どうして伊澤主任が店長じゃないんですか」と言う。

私は、「店長なんて無理無理。西口店長は良さそうな人だけどな～」と終始笑顔。

みんなは、「納得いかないです」と言いつつも食欲は旺盛だった。

「良く食べるね～」向かいに座っている精肉売り場の木村君に言った。

「はい、お腹空いているんで。でもほんと主任が店長になるべき……これうまい！」

次行きましょうよ、とは誰も言わなかった。


「あ～腹減ったな～」

そういえば昼飯を食べなかった。さっきの居酒屋でも割りばしを袋から出さなかった。食べるよりしゃべりたかったから。そんなポーズを取っていたのだが、あまり空気を読んでもらえなかった。私の勝手なので誰も責めるつもりはない。こういう場を作ってくれただけでありがたい。

夜中の12時までやっている近所の定食屋「おかわり」に入った。隣の空いている席にカバンを置いたが、やっぱりトイレットペーパーだけ下の床に置いた。このトイレットペーパーは、ビニールの穴二つに指を引っかけて持つタイプだったので、抜いた瞬間紫色になっていた人差し指と中指の先端にジュワーッと血が通った。

カツカレーを食べた。カレーのルーを一口。カツをサクッと一口、そして白いご飯。カレーのルーがかかって衣が柔らかくなっているカツを一口、カレーライスを一口。いろいろありすぎた今日一日のように、カツカレーにもいろんな食べ方がある。無心で食べた。美味しかった。

朝から、このための長いフリだったのかなと思ってみた。重心ができて落ち着いた。

「それだけ食えれば大丈夫だ」

見ると、定食屋のおばあちゃんが怖い顔をしていた。焼酎の水割りの中に、醤油をたらして飲んでいた。

それから40分。12時まで居て店を出た。おばあちゃんは、私の目の前の食べた皿を片付けないでいてくれた。

午前中の内に家族全員にメールは送っておいた。

「祝、店長じゃなくて、副、店長でしたー」

香菜子が一番初めに返してきた。「マジでー、なーんだ」とストレートな反応。

小梅は「でも昇級だね」と少し気を使った返信。亮太は「なるほど」だけ。

律子は「わかった。12ロールのトイレットペーパー忘れないでね。シングルだからね」

今日は、12ロールのトイレットペーパーが198円と特売で、ウチの近所の薬局の特売よりも50円ほど安いらしい。

家の明かりがついている。

「みんなが昇進祝いやってくれてさ〜」

あながちウソではないと思っている。みんなも私が店長になるのを確信して、居酒屋を予約していたと思われるからだ。

独り言になった。リビングの明かりはついていたが、みんなもう寝ているらしかった。

そうか、日常だ。ん、よし、風呂に入ろう。

店長になれなかったからといって、慰められるほどのことではない。家族みんなは知っている。私がスーパーうめや大原店を愛していることを。そうなのだ、私はお店に来てくれるお客さん第一主義なのだ。自分の事はどうでもいい。店長になりたかったわけではない。そう、店長になりたかったわけではない。今のままでいい。何てったって、「春男は、この店の司令塔だもんな」だからだ。店長なんかになる必要がないのだ。

風呂上がりに発泡酒を飲む。スッキリしたせいか、居酒屋で飲んだビールよりも、この発泡酒のほうがうまく感じた。明日からの活力がみなぎってくるのがわかった。2本目も開けた。副店長とはいってても店長ってことばが入ってるんだもんな〜と、そう呼ばれるのも悪くないんじゃないかなと思った。今まで何人の人間が辞めていったただろうか。何人の辞めていく人間を見送っただろうか。その中で副店長、立派ではないか。たぶん仕事内容は主任の時と変わりはないだろう。私にとっては好都合だ。そうだ、これで良かったんだ。店長になりたいわけではなかったんだし。そうだそうだ。至って穏やかだ。もう寝よう。

ふと見ると買ってきた12ロールのトイレットペーパーが置き去りになっていた。確か、階段の下の天井が斜めになっている物置に入れるんだっけ。この二つのビニールの穴に、今日は何回指を入れただろう。ドアを開けると、12ロールのトイレットペーパーが他に5パックもあった。

まだこんなにあるじゃないか！

ビニールを破いて一つのトイレットペーパーを手でギューッと潰した。

2 ガッキー

新聞の記事がこんなにも頭に入ってこないなんて。

私は隣のリビングに移り、ソファーのいつもの場所に座る。家族それぞれの座る場所は、ハッキリと決めたわけではないのにいつの間にかそういうことになり、そういうことでないと違和感が生まれてくる。

なるべくいつも通りにしようとしている私。

しかしいつも通りにしようと考えていること自体がいつも通りでないことに気付き、気付かない方が良かったのか気付いて良かったのか、どっちに自分をコントロールしようか戸惑う。

そんな顔を隠すアイテムとしてやはり新聞はもってこいだ。最近はネットに頼りすぎて、新聞を読む人が少なくなり、新聞を取る家も毎年減ってきているという。我が伊澤家でも、今後、新聞をとるとらないの家族会議が行われたくらいだ。私以外の家族四人が、パパしか読まないじゃん、と反対した。私は妻の律子まで反対するとは思わなかった。スーパーのチラシとか、ママも必要だろ、と味方に付けたかった私は当たり前のように言った。どこのスーパーのチラシもネットで見られるのよ、そう話した律子の蔑むような顔を思い出す。

でも、いろいろ役に立つぞ、引っ越しの時茶碗が割れないように包んだり、小さく折って箪笥と畳の間にかますと畳に箪笥の跡が残らなくてすむし、なにより体に巻いてみろ、意外と暖かいんだぞ、そうムキになったのを覚えている。結局、一番下の長男亮太の高校受験まではあったほうがいいという理由で新聞購読は今も継続している。

「パパ、新聞さかさまだよ」

香菜子は小悪魔のような目つきで私をおちょくった。そしてさかさまでないのに、一瞬焦った私を見て笑い、笑って開いた口についでのようにアイスを入れた。

「なんてな」

私は、香菜子の冗談に一瞬乗ってやったんだよ、だから最初から新聞がさかさまでないことくらいわかっていたよ、何てったって読んでいるんだから、という感じでごまかしたが、そんなことでごまかされる年頃でもなかった。

「心ここにあらずだね」

「え？　何がだよ」

私は再び新聞を顔の前に上げた。顔を見られたくなかったからだ。いつもは持っている新聞がちょっとでも乱れるとすぐに直したくなるが、そのまま読んでいたのも香菜子は見抜いていたのだろうか。

「お～お～読んでないのに読んでるふりして新聞めくっちゃって～」

「香菜子、パパをからかうのやめなさい」

台所から律子が少し睨むような顔で言って来た。妻の立場からすると、娘とはいえ、自分の旦那がからかわれている姿は、決して気分のいいものではないのだろう。

普段は私よりも子供優先で、なんなら子供を盾に私を追い込んだこともある。だから、久しぶりに私の肩を持った律子は、自分に驚き、少し照れているようだ。律子のそんな様子を見て、私も余計に耳が赤くなり、新聞を下げるわけにはいかなかった。

自分一人が浮足立っているのが分かった。なんとも情けない。一家の主なんだから、と思っても気の小ささはどうしようもない。

この位置からは見えないが、ともすれば玄関に意識が向かってしまい落ち着かない。この場の空気にも耐えきれず空咳を繰り返す。自分が作り出している空気じゃないか。この空気を少しでも和らげようと、香菜子は私にちょっかいを出してきたのだろう。この子は次女でちょっとお転婆なとこがあるけれど、うちのムードメーカーとして私は何度も救われている。この前だって、こんなことがあった。仕事場の悩みを家に持ち込み、気付けば食卓がどんよりしていた。家族も私に気を使い無言で食事をしていた。楽しいはずの家族の食事。私はその自分が作ったよどんだ空気を変えられずにただテレビの方へ顔を向け、時が過ぎるのを待とうとしていた。するとと香菜子が「パパ、何じーっと見てんの？　いやらしい～」と言ったので、改めてちゃんとテレビを見てみる。するとドラマのベッドシーンが映っていた。「いや、ママ、ボーッと見ていたから」と、本当のことを言っても、「不倫に憧れてんの？　ママ、気を付けた方がいいよ」「パパがそんなにモテるわけないじゃない」「度胸もないしね」とみんなに散々言われたが、その場が盛り上がり、私自身も救われたような気がした。急にドキッとするようなことを言ったりもするが、香菜子の明るさには、私どころか家族みんな本当に助けられている。

「香菜子、ありがとう」

新聞で顔を隠したまま言った。そんなことを思い出していたら、急に言葉が出てきたのだ。

「……は～？」
もっと変な空気になった。

昨日も仕事から帰宅すると、いつものように着替える前に350ミリリットルの発泡酒を冷蔵庫から冷凍庫に移した。手を洗い、うがいをして着替え終わった十分後くらいにベストの状態で発泡酒が冷えている。これ以上冷やすと凍ってしまう。缶を開けて中がシャーベット状だった時の落胆にはすごいものがある。だって毎日この350ミリリットルの発泡酒一本を楽しみにしているのだから。冷凍庫のどの位置に置くかでも冷え具合の違いが分かっているので、この作業は妻の律子には任せず自分でやる。もちろんそれについて律子は何も言わない。もう私に興味なんてないのだ、とちょっと大げさに思うようにしている。そうすることによって、いざという時のショックを軽減しようという脳になっているのだ。それがいつなのか、来るのか来ないのかは知らない。ビールでなくて発泡酒で全然いい。ビールより体を冷やさないからと、私の体の事を思っての発泡酒。もちろん、ただただ安いという理由だけで発泡酒を購入しているのでも構わない。これでも自分だけ贅沢させてもらっていると思っているので、律子には感謝している。

よーし、今日の冷え方もいいじゃないか。私は喉で楽しみ、そして無くなるのを惜しむように喉で区切りながら飲んだ。ゲップさえも惜しむようにゆっくり吐く。

私のいつものルーティンを待ってタイミングを計っていたのか、二階から長女が仰々しく音を立てて下りてきた。機嫌でもわるいのかな？　階段の上り下りの音で、その人の感情が見えることがある。なので私は常に静かに階段の上り下りをする。なるべく悟られないように。父親とは常に安定しているものだ、と勝手に思い込んでいる。

「パパって、明日家にいるの？」

どこか思い詰めたような口調だった。二階から下りてきて、落ち着く間もなく、それだけを聞きに来たような態度だった。小梅は長女でしっかり者で、小さいころから妹や弟の面倒をよく見てくれる子だが、親に高圧的な感じで話しかけることは珍しかった。長子ということでしっかり者に育てられるほど、私の方がしっかりしていない。それが反面教師になってかえって良かったのか、大した反抗期もなく真面目な子に育ってくれた。乳母車から私を見ていた実直な目は今も忘れない。この子の幸せのためなら頑張れると思わせてくれた。走馬灯のように急にそんなことを思うとはどうしたことだろう。

「いるよね？」

私が答える前に連続で来た。二回目の質問は、詰問気味に私の耳に届いた。休みの日といえば家族サービスもしないで遊びに行ってしまうような父親とは正反対の存在だと分かっているはずだ。なのに、明日家にいてよ、いてくれないと困るんだけど、という思いを込めた強めの口ぶりに一瞬たじろぐ。

「いるよ～」

逃がすように言った。真正面から受けとめると穏やかでないことが起こる予感がしたからだ。

「じゃあ、明日パパに挨拶（あいさつ）したいって人、連れてくるから」

小梅は、私と目が合うと同時に目を逸（そ）らしながら言った。

「あっ、そう」

私は、驚きと疑問を笑顔で包んだ、今までに見せたことのない顔をした、と感じた。手鏡があったら見ておきたかったと思うくらい、自分でも違和感のある顔の動きだった。

小梅はそれだけを言うと、下りて来た時よりも足早に階段を駆け上がり、自分の部屋に戻って行った。それはひと仕事終えた達成感を表しているようにも思えたし、私からの「誰が来るの？」という問いを避けているようにも感じられた。

　小梅は明日初めて、父親である私に彼氏を紹介するのだろう。自分が女性であることを発表するみたいで恥ずかしかったのだと思う。

　ダイニングテーブルに座って発泡酒を飲みほした私が視線を感じリビングに目をやると、こっちに背を向けてテレビを見ていたはずの香菜子が、私を見てニヤニヤしている。別に、という表情を返したが、それさえもお見通しなのか、さらにニヤつかれてしまった。律子も何も言わずに天ぷらを揚げている。なるほど、そういうことか、私以外みんな知ってたんだな。何か、ひとん家に来ているみたいな気がした。

「明日誰か来るの？」

　もう一人呑気な奴がいた。小学六年生の息子だ。まったく男どもはしょうがない。

「亮太は勉強だけしてればいいの」

「何だよ、知ってんなら教えてくれたっていいじゃんかよ」

　姉弟喧嘩が始まったか？　始まってくれ、その間にちょっと考えたいこともある。

　無意識に冷蔵庫を開けていた。

「あなた、ビール二本目よ！」

「あ、すみません」

何故か敬語になってしまった。厳しい。正確にはビールではなく安い発泡酒なのに。一応一家の主なのに。一日一本しか飲んじゃダメ、と言わず、二本目よ！　って、それでいいの？　って問いかけるような、それはあなたに任せますけど的な言い回しが……敵わない。

「パパに聞いたら？」

発泡酒を持つはずの手のやり場に困りながら、テーブルの席に戻ると香菜子にそう言われた亮太が近寄ってきた。

「ママ、明日誰が来るの？」

そっちに行ったか、私はどうせ知らないと見切ったんだろうな。

「亮太は、何も知らなくていいの」

やっぱり律子も知ってたんだ。たぶん私に話すのをいつにするか女子三人で決めていたに違いない。みんな私に隠し事するんだな、でも一方でせめてそうであって欲しい、それくらい父親に対して緊張感を持っていて欲しいとも思う。こんなこと律子には言えないけど。

亮太は不貞腐れて黙ってしまった。よく見る光景だ。末っ子というのは、しょっちゅうこんな表情を浮かべているような気がする。

「亮太、明日誰が来るか教えてあげようか」

見切り発車だった。

「え、パパ知ってるの？」

律子と香菜子も、虚を衝かれたかのように振り向いた。

「友達だよ、友達。あははは。さーて風呂入ってこよーっと」

顔の筋肉のこわばりを感じた。


昨日の顔の違和感がまだ残っている。

家の中の音がいつもと違う。

すでに布団の中で起きてはいたが、ゆっくりめに台所に登場した。香菜子が洗面台を占領して三十分、ドライヤーの音が途切れない。律子もよそ行きの服に着替えている。男って言ったって娘の彼氏じゃないか、何をそんなおしゃれして、女ってやつは。

あなた、そんなかっこうでみっともない、ちゃんと着替えてよ、と言われるまでは何もしないと、今決めた。二回だな、二回言われたら着替えてやろう。一回目はこう言ってやろう、別に家なんだからいいじゃないか、とね。本当は、私までが髪の毛ポマードびっちりで背広着てネクタイを締めて迎えたら、相手が緊張して可哀想だ。しかし小梅をはじめ家族に恥をかかすのも悪いので、間を取って二回、二回言われたら着替えよう。ヒゲは剃らなくてもいいだろう。家に居るんだから、日曜日だし剃ってなくて当たり前。じゃあこれも、律子に二回言われたら剃ることにしよう。

亮太は少年野球チームの練習で朝早くに弁当を持って出て行った。その弁当の余りと言ったら怒られるが、それがみんなの朝ごはんだ。から揚げやらなんやら茶色が多い。朝からあまり喉を通らなかったので、冷蔵庫から取り出した納豆と卵と一緒にかき込んだ。パパ、もう緊張してるの？　と香菜子にいじられるのが嫌で一生懸命食べた。から揚げも3つ食べた。食べ盛りの息子用に濃い味付けのはずだが、味自体あまり感じなかった。

そしてリビングに移り、新聞を見るともなく見ている。もう読んでいないに等しい。

小梅はというと、これまた朝早くに出て行った。なんでも、小梅の方から彼の家に迎えに行くらしい。どれくらいの距離が離れているのかも知らない。もしかしたら、小梅は向こうの親御さんに挨拶しに行っているのかもしれない。あちらさんはどういう家庭なのだろう、そもそも彼というのは何歳で何をしている人なのか、私は何も知らない。女性陣に、気になるんだ〜と言われるのも癪なので迂闊に聞けやしない。相手を知らずにリングに上がる怖さ。律子はどこまで把握しているのだろう。夫婦なんだから、ちょっとは情報をくれても良さそうなものだが。

「お姉ちゃん駅着いたって」

携帯電話を見ながら香菜子が教えてくれた。おそらく、駅に着いたら一回メールちょうだい、くらい小梅に言っておいたのだろう。それを私に報告してくれた。この子なりの優しさだ。

相手は近くに来ている、と思ったら、勝手に着替えようとしていた。何が二回言われたらだ、誰も何も言ってこないじゃないか、たぶん律子も香菜子もそれなりに緊張していて自分のことで精一杯なのだろう、と焦っているのは自分だけではないと言い聞かせてみる。

「冷たいものがいいかしら」

「何か買ってくるようなこと言ってたよ」

「だからって何も出さないわけにもいかないでしょ」

ちゃんと化粧をし終わった二人の会話が聞き取りづらい。電気カミソリでヒゲを剃っているからだ。これも一回も言われていない。

律子と香菜子は親子というよりは姉妹のように仲良くおしゃべりをしている。

「一度写メ見たけど、カッコ良かったよ」

「へ～ママは見たことない。ダンスをやっている人なんでしょ」

「そう、海外で有名なアーティストのバックダンサーとかもやったことあるらしいよ」

「え～だれだれ？」

「何て言ったっけな～、本人に聞けばいいじゃん」

「そんな初対面で、ぐいぐい行っちゃ嫌われるじゃない」

「やだ、ママ、好かれようとしてんの？　ねぇ～パパ……」

「ちょっと香菜子、そんなことないわよ」

有名人が家にやってくるくらいのテンションだ。とくに律子のはしゃぎようは、私にあてつけているようにも思えた。

駅からすぐにバスに乗ったとして早くて15分か。そう考えるとそわそわしてきた。

腕時計をしたが、すぐに外した。家で腕時計はおかしい、しかも自慢するほどの高級腕時計でもない。ポロシャツの胸ポケットには万年筆をさして、読書でもしていようか、いや違うな。そうだ、リビングの棚にあるウイスキーのだるまを奥に隠し、5年以上箱に入っていたヘネシーを取り出して、目立つように前に置こう。男同士、酒を酌み交わし腹を割って話すのもいい。しかもだるまではなくヘネシーともなれば、男なら誰でも飲みたくなる憧れのブランデーだ。でもちょっとだけ奥に下げよう、何だか自慢しているみたいだからな。前に赤べこでも置いて、これで良し。庶民に親しみのある赤べこの後ろに崇高にそびえ立つヘネシー。この見た目のギャップ、我ながらセンスのあるディスプレイだと思う。まだ見ぬ彼を、このリビングに通す。そしてこの18万円もするソファーに座らせる。ダイニングにもテーブルと椅子があるが、木でできていて、18万円のソファーとは座り心地が全然違う。オフホワイトのL字形になっていて、この家を建てた時にこれくらいないと箔がつかないだろうと私が一目ぼれし、勢いで購入した自慢のソファーだ。5年経った今でも、家族の誰かがソファーに足を伸ばして寝ているのを見ると誇らしく思う。誰だって見れば座ってみたくなるに決まっている。きっと彼はこう言うだろう、雲の上に座っているみたいですね、と。言いたいな言いたいな、18万円って言いたいな〜。でもお金のことを言うといやらしいか。そこへ妻の律子からお茶を出されるが、彼は部屋を見渡し、当然ヘネシーに目が留まる。お茶なんかよりヘネシーが飲みたい彼は居ても立っても居られない。そこで私が、景気づけに一杯やるかい？　とんでもない、僕みたいな若輩者にヘネシーなんて。何言っているんだ、ヘネシーは人を選ばないよ。しかしまだ開けてないようですし。そして彼は赤べことの美的アンバランスさに気付く。これで少し飲んでしまったら、赤べことのバランスといい、この棚の景観を損ねませんか？　大丈夫だよ、水を足しとくから。あははは、お父さんってユーモアがあってヘネシー飲んでいるなんてカッコいいな～、僕も早くお父さんみたいな大人になりたいです、という流れになるだろう。そして、姑（しゅうとめ）が自分の結婚指輪をお嫁さんにプレゼントするように、プロ野球の監督自ら大事にしていた記念のサインボールをドラフト一位の人にプレゼントするように、私の昔から愛用している財布をプレゼントする。え、いいんですか、もらっても。あー、財布は人からもらった方が金持ちになるっていうからね。ありがとうございます、渋くてかっこいいな～大人の男って感じですね。おっとー、中のお金は返してくれよ、新しい財布を買わなくちゃなんないから。あははは、お父さんってユーモアがあってカッコいいですね、僕も早くお父さんのような大人になりたいです。も～さっき聞いた、さっき聞いた。やがて彼は娘さんをくださいと言おうとする。私はそれに気付き、部屋の隅にあるパターゴルフを始める。彼が近づき、お父さん、僕とパターゴルフで勝負して、僕が勝ったら娘さんをくださいと言い出す。若いからゴルフの経験も無いに等しいだろう、そこで私がわざと負ける。彼を傷つけないように、接戦に持ち込んでから負ける。喜ぶ彼と娘。香菜子が、お姉ちゃん良かったね、パパが勝っちゃったらどうしようかと思った、パパもちょっとは手加減しなよ～。そりゃパパだって真剣だよ、男と男の勝負だからな、なんて言っちゃって。彼が帰った後、私は発泡酒を一気に飲み干す。父親としての任務を果たせたであろうか、と振り返っていると、律子がもう一本発泡酒を出してくれる。え、ど、どういうことだ、今日の発泡酒はもう……。わざと負けてあげたんでしょ、わかっているわよ、あなたらしいわね、今日はサービス。お前と結婚してよかった、と泣きながら……。

「ただいまー」

勝手に背筋が伸びた。会議室に社長が入ってきた時のように、伊澤家に緊張が走った。

この場所からは見えない玄関に神経を集中させる。

声は小梅だけなのに、靴音が複数だ。

「お邪魔します」

男の声だ。私は内心、ムッとした。

律子と香菜子は顔を見合わせると、「いらっしゃ〜い」と笑顔で玄関に走って行った。玄関に続く廊下に勢いよく出て靴下が滑って転びそうになった香菜子を律子が支える。

ただのミーハーだ。いち早く品定めをしてやろうという女の図々しさには辟易する。相手に失礼ではないか。まずい、男の声にムッとした後、妻と娘にもイライラするという怒りの細胞分裂が、あ〜悪い癖が出て来ている。

「どうも初めまして、梅垣聡です」

「あ〜わざわざどうも、母の律子です」

「妹の香菜子です。私の下に亮太って弟もいますけど」

「はい、その辺は聞いています」

「あっ、そりゃそうか」

「何言ってんの香菜子はもう〜、あの〜ダンスうまいんですよね」

「ママもその質問は、まだ早いよ」

何そっちで挨拶しているんだ、こっちに来て、私もまじえて挨拶しないと、彼も二度手間になって悪いだろう。私はまだ顔も見ていないんだぞ、勝手に進めるな。

私はソファーに座りながらも、自然と体が玄関の方を覗くような伸びをしていた。私もそっちに行くべきであろうか、今からでも間に合うか、いやもう遅いだろう、二人と一緒に玄関へ行っておけばよかった、完全に行くタイミングを失った。いつもそうだ、帰るタイミング、電話を切るタイミング、プロポーズのタイミング、いろんなタイミングの取り方が下手なのだ。このままここにいたら意地を張っているように見えるかな、少なくとも律子はそう感じているに違いない。

「さあさあ、こちらにどうぞ」

やましいことをしていた時に母親が部屋に入ってきた中学生のように、元の体勢に戻り新聞を上げた。みんなが隣のダイニングにやってきた。

最初にやって来た律子が私を一瞥したのがわかった。

顔を見られたくなかった。

私の存在を確認し、「パパ、紹介するね」と言った小梅を制するように「初めまして、梅垣聡です」と彼は少し前に出て怯えた感じで挨拶をした。スーツ姿でネクタイまで締めていた。細身で髪の毛は毛先を少し遊ばせてはいるが、今日のためにアゴの無精ヒゲは剃ったのだろう、そこだけ日焼けが薄かった。

「あーどうもどうも」

私は気さくに返した。彼の緊張をほぐしてやろうという意図だったが、頬の引きつりで、自分の緊張を再確認してしまっただけだった。

「あのーお土産ってほどでもないんですが……」

「え、なになに？」

香菜子がくいつく。妹の無邪気さを演出しているのかもしれないが、親としては卑しいのでやめてもらいたい。誰に渡していいか戸惑っている彼から香菜子が半ば強制的に譲り受け、ダイニングテーブルの上に置く。ケーキが入ってそうな箱だが、箱に書いてある店の名前と手で持った重さで、若い女子ならある程度察しがついたのだろう、箱を開きながらフライング気味に言った。

「あ、プリンだー」

香菜子と小梅がダイニングテーブルの椅子に座る。

え、そっちで繰り広げるの？　こっちのソファーにはまだ来ないの？　何段階あるんだよ、私はラスボス扱いなのか？　確かにダイニングと私の居るリビングは間の仕切りの引き戸を目一杯開けているので、一つの部屋みたいなものだが、テーブルが違うと疎外感を感じる。パパはこっちにいるよ！

香菜子が中のプリンを一つわざわざ私のところに持ってきた。香菜子は気を利かしているつもりなのだろうが、すでに二つのミスを犯している。まずお土産をダイニングテーブルに置いたことによって一家の主が蚊帳の外になる。そのミスを取り返すには、パパもこっち来て食べれば、だ。しかしこっちにプリンを持ってこられたら、私のダイニングテーブル行きは先送りになるではないか。

「どうぞ、お掛けになって」

律子がキッチンで、グラスに氷を入れてアイスコーヒーを作りながら彼に促す。余計なことを。彼は私の居るソファーに来ようとしていたじゃないか、現にこっちの床の方に目をやってから、彼はダイニングテーブルの席に着いた。

悪いやつじゃなさそうだ。人の気持ちを汲める人間らしい。ん！　スプーンがない、やったー、これでそっちに行くキッカケができた。

「あ、パパ、スプーン、ハイ」

小梅が気付き、私が腰を上げる前に持ってきた。

またしても余計なことを。どうなっているんだ、ウチの女性陣は。まさか、この状況を面白がっているのか？　意地悪をしているのか？

厚みのある可愛いビンは、先がすぼまっていて少し食べにくい。それさえもイベントにしてしまうほど中のプリンは上品で、若い女の子にブームらしい。

「わーこれ並ばないと買えないやつだよね、初めて食べるー」

香菜子のリアクションに彼も満足気だ。

「超おいしいー、これ並んで買ったんですか？」

香菜子は会話の間を埋める感じで何気なく聞いたのだろう。

でも失礼だ。別にもらい物でもいいじゃないか。並んで買ってなかったら、な～んだってなるのか、彼も騙すつもりじゃなく、そこはいい顔したいし、ガッカリさせたくないから、もらい物であったとしても、もらい物ですって言いにくいだろ、だからどんな物をもらっても、そういうことは聞くもんじゃないんだ。

「うちの家族みんな甘いものが好きだよって言ったら、ガッキーが買ってくれたんだよ」

「昨日たまたま通りかかったし、ついでだよ、人少なかったし」

たぶん何時間も並んで買ってくれたのだろう。こんなに気を使える彼なら、さっきの香菜子の質問の無礼さは分かっているはずだ。それをおくびにも出さず、こんなスマートな切り返しは素晴らしい。よくできた子だ、気に入った。そっちがそうなら、私も彼には喜んでもらいたい。

「アイスコーヒーどうぞー、じゃあ、ママもプリンを頂いちゃおうかしら」

若い男にしなをつくる。そんな律子を見てちょっとムッとする。

そういえば、彼の名前以外何も知らないな。律子や香菜子は気にならないのだろうか。見ようによっては前からの知り合いみたいな接し方だ。そこらへんの適応能力は女性はすごい、感心する。女性三人に囲まれて息苦しいだろ、こっちに来たらどうだ。私はダイニングの木の椅子に、座高でも測っているのかというほど垂直に座っている彼に対し、ソファーに斜めに寄りかかり、リラックスとだらしなさのギリギリの体勢で彼にアピールした。いいだろ～、キミもこのソファーに座りたいだろ～、なんてったって18万円のソファーだからな。

「私たちもガッキーって呼んでいいですか？」

「どうぞどうぞ、ちょっと照れますけど」

「ママ、いいって」

「ほんと～、ガッキーってテレビとか出た事あるの？　ごめんね、ミーハーで、あははは」

「いいえ、そんな。え～たまにありますね、目立たない程度に」

「ガッキーね、ダンス教室も開いているのよ、ね」

「お姉ちゃんも通っているの？」

「私は通わなくてもスタイルいいから大丈夫。ダイエット目的のおばさんが多いの」

「じゃあ私、通っちゃおうかしら、おほほほほ」

「ガッキー目的で来るおばさんも結構いるのよ、ね」

「そんなことないよ、みなさん真面目にダンスを習いに来ているよ」

「ダンサーって、腹筋すごいんでしょ？」

「やだ、ママ恥ずかしい、何言っているの。やめてよ、ガッキー困ってるじゃん、あははは」

それにしてもみんな笑顔だ。私なんか気にもかけていない様子だ。プリンの美味しさも後押ししてくれているが、なにより私たち家族がすんなり受け入れてくれたことが梅垣聡を笑顔にし、その横顔を見た小梅は不安から解放され、自分の事のように笑顔になり、そんな二人を見て、律子と香菜子も笑顔になっている。

笑顔って移るんだな〜と、他人事のように見ていた自分も、いつの間にか笑顔になっていることに気付く。

「ガッキー、そっちでテレビでも見る？」

ビクッとした。お！ 小梅がナイスパスをくれた。父親である私を気にかけてくれている彼にとってもナイスパスなのかもしれない。ちゃんとしようと思い、姿勢を少し戻す。全部戻してかしこまっても、彼の方が恐縮してしまうから、少しだけ戻し、楽にしていいんだよ感を出した。

アイスコーヒーを片手に二人が来る。近づく彼の顔をじっと見るのも失礼だと思い、テーブルの下に目線を留めておく。二人の足が一瞬止まった気配を感じた。おそらくどっちがどこに座る？　的なことだろう。顔を上げず、知らんぷりしといた。

小梅がソファーの下に座り、続いて彼も「どうも」と会釈しながら「足失礼します」と言って、胡坐(あぐら)をかいてソファーの下に座って、少しだけ背中をソファーにあてた。

え、そう座る？　こたつバージョン？　ソファーの前にこたつがある時は、ソファーを背もたれ代わりにするけど、こたつなんて無いのに、普通は上に座るだろ。18万だよ18万、ウソだろ〜。

何をするわけでもない。三人の視線は交差しないまま、平行線の先にはテレビがあった。こんな時のバラエティー番組との温度差はさらなる焦りを生む。三人とも笑ってみせる。それはいつ自分の顔を見られてもいいようにただ笑ってはいるが、声は出ていない。律子と香菜子はキッチンでどうやらクッキーを作ろうとしているらしい。

テレビにすがって5分くらい経ったかもしれない、いや正確には2分くらいだろうか。

「ねえねえ、パパ、ガッキーね、ダンサーなんだよ」

均衡を破ったのは小梅だった。私は自分のふがいなさを悔いた。

あー遅かった。小梅、申し訳ない、パパがいけないよな、変な間を作っちゃいけないよな、と思いながらも、フン、ダンサー？　というのが正直な反応だった。こんな偏見はいけないし、そういう目で見てしまう自分にも腹が立った。私は昔の人間なのだろうか。そんな大人にはなりたくないと思っていたのに。でもダンサーの世界は全然知らないが、食っていける人間なんてごく一部だろう。ほとんどの人間がバイトをしながらの生活で、そんな苦労をすると分かっていて嫁に送り出す親がいるのだろうか。初めてのこういう出来事がいきなりの難問で、勝手に逡巡（しゅんじゅん）している自分がいる。

気遣いの二人が歩み寄るのはなかなかにじれったい。そうこうしているうちに男の意地みたいなものも見え隠れし、お互い引き手が取れない状態で上すべりの空気が出来上がっていく。彼がダンサーであることに対しても、あまり聞きたくないというか、仕事内容まで深く掘り下げるのも悪いしなと思ってしまう。それを知ってか知らずか、向こうも聞かれてもいないのに、自分からぐいぐい自慢げにしゃべることもしない。とりあえず、何か返さないと。

「すごいね〜、小梅はダンスの賞状とかなかったっけ？」

とぼけながら言った。部屋の壁の上の方には子供たちの賞状が並んでいる。小梅が小学生の時に書いた作文が入賞した時のものや、中学の時に描いた、環境問題をテーマにしたポスターが入賞してもらった賞状。その時は、市役所のミニ個展コーナーに一か月間展示されて、家族で五回も見に行ったもんだ。香菜子の習字三段のものもあれば、亮太の縄跳び二級の賞状もある。親というのは、たとえ佳作でもうれしいものだ。なんだか自分が評価され褒められたみたいで。そんなふうに、子供を自分の夢にしてはいけないことは、分かってはいる。人生やり直しがきかないからって、それはずるい。でもうれしいものはうれしいのだ。

「ないよ、ダンスなんてやったことないじゃん」

　分かっていた。私が指をさして部屋をぐるっと見渡せば、彼も同じように部屋を見渡すはずだ。そうすると当然ヘネシーがあることに度肝を抜かれ、釘(くぎ)づけになると思ったから早めに私の方から誘導してやったまでだ。まさか彼女の実家に初登場でヘネシーが飲めるとはな、彼もつくづくラッキーな男だ。あ、ヘネシーじゃないですか！　って言っていいんだよ。勇気いるよな、分かる、分かるよ。でも言わない方が体に悪いよ。

「赤べこって懐かしいですね。ウチの実家も昔テレビの上に置いてありましたけど、薄型テレビになったから置けなくなっちゃって。薄型テレビって、あれ何も置けないですね」

彼は、赤べこから薄型テレビに目線を移し、最後に私を見た。

「そうだね〜、ししゃもくらいしか置けないね」

「ですよね〜、ししゃもといえば、子持ちししゃもを一匹焼いて食べる時、一匹というよりお腹（なか）の中の何千匹の命を奪ったんだなって思いながら食べますか？」

何の話だよ！　ししゃもの話なんかどうでもいい。そもそも、ですよね〜ってなんだよ。ボケたの！　薄型テレビの上にししゃもなんか置かないでしょ、ボケたの！　あ、なるほど、そういうことか、やはり直接ヘネシーにふれるのは行儀が悪いから、その前に飾ってある赤べこをいじって、気付いてくださいよお父さん、ってことね。ごめんごめん私としたことが申し訳ない、普段考えすぎだって言われる割には、肝心なとこで気が利かなかったりするんだよな〜。

私はソファーから立ち上がり、「ししゃもをそんなふうに考えながら食べたことはないな〜」と言いながら、棚からヘネシーと年に一回使うか使わないかのブランデーグラスをもって元の位置に座った。

ヘネシーVSOP。これ一本で1万円はする。開ける手が少し震えた。でもここはスムーズにやらないとカッコ悪い。いつも飲んでいるよ感を出す。ヘネシー開けちゃっていいんですか？　となぜ言わない。もしかして読めないのか？　エルメスみたいに最初のHを読まないみたいな？　いやあれはフランス語で……まさかそんな奴はいないか。たぶんこんな近くで見て言葉が出てこないのだろう。ん〜高級感あふれる香りがする、これは常温で飲むべきだ。水だ氷だ、と余計なものは一切いらない。ヘネシーはグラスに注がれる時、楽器のように大人の音色を奏でて、グラスにおさまると飲み手の色に染まる。ん〜うまい。贅沢だ、ちょっとずつ舐めよう。彼も飲みたいに決まっている。さー僕もいただいていいですかって言っていいんだよ！

「ガッキー、アイスコーヒーもう一杯飲む？」

「アイスコーヒーは、もういい」

よし、きたー、そうこなくっちゃ！

「お水もらえる」

　お、お水って……。目の前にヘネシーがあるのに。こいつ頭おかしいのか？　私は彼に喜んでもらいたいだけなのに全然伝わらない。僕も早くお父さんみたいな大人になりたいですって全然言わない。よーし直接ブツを渡そう。それなら私の気持ちが伝わるだろう。

「梅垣君？　人から財布をもらうと金持ちになれるって聞いたことあるかい？」

「あ、そうなんですか？」

「そう、それもいい財布だったら、もらう方もうれしいよね」

「そうですね」

「因（ちな）みになんだが、梅垣君はどんな感じの財布なのかな～って。別に見せてくれなくてもいいんだけどね」

「あ、別にかまいませんよ。……ハイ、僕いつもマネークリップなんです」

「え？　あ、な、なるほど。それもいいね」

　まさかの変化球。マネークリップの人を初めて見た。変わってんな～。

「ま、ダンサーといっても大変だろ。家賃や光熱費は払っていかなくちゃならないし」

「そうですね～」

「将来的には、家族を養っていかなくてはならない」

まだ正式に、娘さんをくださいと、言われてもいないのに——何を言っているんだ、恥ずかしくなった。でももう引けない。

「はい」

「自分はダンサーだ、ってやりたいことやって、女房を働かせておけるか？」

「いいえ」

「こんなの本当かどうかわかんないし、神頼みかもしんないけどさ」

「え、お父さんの財布いただけるんですか？　うれしいです。お金に対する不安は正直ありました。このままダンサーとしてあと何年やっていけるんだろう。世界を股（また）にかけて歩いてもダンサーとしての今の収入は五千万くらいしかないし、今後どうなるかわからないし、お父さんのように、家建てて家族をちゃんと養える財力のある人から財布をもらってお金持ちになりたいです」

　今、さら～っと五千万って言ったよな。私の十倍以上稼いでいるじゃないか、何なんだ？　こいつはそんなすごいダンサーなのか？　私の財布なんかいらないだろ、十分成功者だよ。なんなら私がお前の財布欲しいよバカヤロー。何なんだよ、悪気なく何なんだよ。

「ガッキーもらわなくていいよ。やめてよパパ、あんなぼろい財布、誰がもらうのよ」

小梅が彼の方に付いたことにムッときた。だいたいお前がコイツと結婚したら、梅垣小梅って、名前の中に梅が二つも入るけどいいのか？　オセロだったら、梅と梅に挟まれて、全部梅になるぞ、梅梅梅梅って名前になるぞ。それにさっきから、梅垣だからってガッキーって呼んでいるけど、結婚したらお前もガッキーなんだぞ、呼び方変えろよ！　よーし最後だ、私がパターゴルフをするから勝負を挑んできなさい。お父さんに勝ったら娘さんをくださいと言われたら、わざと負けてやるから。私からできることはもうそれくらいしかない。わざとらしくならないようにわざと負けてあげるから。

「あ、お父さん、僕、大学時代ゴルフ部だったんですよ」

もう帰れ！　人の行為をすべて無にしやがって。

でも、そんなことは言えなかった。

「じゃあ、今度教えてもらおうかな」

「それほどでもないですよ。相変わらず女性へのアプローチショットは下手ですけどね」

「あははは、梅垣君はユーモアがあってカッコいいねー」

「こんな僕ですけど娘さんをください」

「はいどうぞー」

流れで言ってしまった。その後の小っちゃい「あっ」は自分にしか聞こえていない。

意外とあっさりしすぎていて、香菜子の「良かったね、おめでとう」と言う言葉も出遅れるくらい、一瞬時が止まった。

いいんだよね？　盛り上がっていいんだよね？　と確認するかのように、「お姉ちゃん、おめでとう」と小梅の手を握って喜ぶ香菜子。

今回の計画がうまくいかなかったので、すべて白紙というか、今日は顔合わせということで、ま、この状況で彼も娘さんをくださいなんて言ってこないだろう、もし言ってきても、ちょっとは渋ってやろうとしたのに……弱い。とりこし苦労をするだけして、何だこのザマは。流れで言ってしまった——ウソをつくな。迎合しただけじゃないか。初めて会った娘の彼氏に、年収や若さや何もかも敵わないと思って、媚びただけだよ……情けない。同じ男として、家族に恥をさらしたくないから逃げたんだよ。いい父親でも何でもないよ、何もできなかった父親だよ……悔しい。まずい、泣きそうだ。香菜子がはしゃいでいる、みんな祝福ムードなのに、涙が出そうだ。ユーモアがあってカッコいいって言わせるつもりが、逆に言わされてしまったけども、こらえろ、こらえるんだ。だからって、涙をこらえているところがバレてもいけない。なぜならカッコ悪いから……この期に及んで。

「あ、ガッキー……君。小梅をよろしく。小梅は……小梅は泣き虫だから泣かさないでね」

私の精一杯の言葉だった。もっといい言葉なかったかな～。

小梅は真顔になり、両目から真っ直ぐに涙を落とした。

「何？　パパ、どうしたの？　急にお父さんみたいなこと言って」

だって、お前のお父さんじゃないか、という突っ込みは言わなかった。

彼が帰った後、生あくびが出た。

無性にお腹が空いたので、行き付けの定食屋「おかわり」に行って、カツカレーを食べた。

一人になりたかった。カツカレーのカツを食べやすい大きさにスプーンで切るのは困難なので、そのまま口に放り込み、口の周りに付いたカレーを一度も拭き取らずに一気に食べ終わると「ふぅ〜」と息を吐いた。

今日の事を一から思い出そうかどうしようか迷って、やめた。

定食屋のおばあちゃんが、曲がった腰のままタバコを呑んでこっちを見て言った。

「それだけ食えれば大丈夫だ」


後日、ガッキー君から私宛に宅配便が届いた。こないだはお邪魔しました、ゴルフ会員権を持っているので、そこで一緒に回りましょうとのことだった。新品のいかにも高そうなドライバーが黒光りしている。余っているので是非にとのことだ。それとヘネシーXO。VSOPより高いやつだ。知人からのもらいもので、すみませんがもらってくれると助かりますと書いてある。

助かりますって。助かりますはないよ。そんなふうに言われたらつらいよ。彼も私に喜んでほしいだけなのだろう。上から見下して物を送り付けているわけではない。若いのに行き届いている。彼の行動はちゃんと私に伝わっている。しかし私の彼に喜んでほしいという行動はどうだったのだろう？　全然伝わってなかったのだろうか。彼なら私の気持ちを分かってくれていたかもしれない。でも聞けないよ。何の事ですか？　って言われたら赤っ恥だもんな。父親の事なんか誰も分かってくれないのだ……私の事なんか。

3　二刀流

「くっさい！　男くさい！」

　小学六年生の亮太の部屋に入ると、妻の律子が最近必ず言うセリフだ。

「洗濯物出しときなさいって言ったでしょうよ、もうー」

　母親のヒステリックな声と車のクラクションとでは、どっちがイラつくだろうか。

　この家で今一番充実しているのは彼だと思う。亮太は朝起きて歯を磨く前にグローブを持って庭に出て、壁にボールをあてている。私はこの光景を見るのが好きだ。ウチの女子連中は毎日の事なので見向きもしないが、私は朝ごはんを食べながら、ちゃんとチェックしている。将来プロになるかもしれない亮太の成長を目に焼き付けておきたいのだ、と言うとさも亮太が、エースで四番なのだろうとみんな想像する。当然だ、プロはそんな人間の集まりなのだから。この段階でエースで四番でないならプロになれるはずがない。

　なんと、亮太は補欠だ。ピッチャーをやらせても駄目だし、バッターとしてもこれといって光るものは無い。せめて足は速いのかというと親に似て鈍足である。プロなんか到底無理だとどんな親も諦める。

しかし、私は諦めていない。亮太をプロの選手にする。しかも二刀流で。

子供の頃からエースで四番を打っていても、プロに入ったら、ピッチャーか野手のどっちかに専念するのが普通だ。勉強できるけど、文系か理系かどっちに進むか決めましょうというのと一緒だ。プロでピッチャーとバッターの両方で結果を出すなんてありえないとされている。しかし北海道日本ハムファイターズの大谷翔平選手が二刀流で成功している。世間やあまたの評論家が否定した二刀流を成功させている。それは大谷選手の才能が規格外に素晴らしいというのがある。ゆえに誰も先が読めない。そう、時代の寵児とは、一度は大衆から反対されるというのが定説なのだ。怖がることはない。

亮太は、野球の花形であるピッチャーやホームランバッターには無縁だが、ただ体格には恵まれていたので、キャッチャーというポジションについている。昔から言う太ったやつがキャッチャーってやつである。暑くて汗だくなのでキャッチャーマスクや防具を着けるのを極端に嫌がっている。このままでは野球どころかスポーツを嫌いになってしまう。スポーツを嫌いになったら、人生のちょっとはつまらなくなる。息子にそんな思いをさせたくはない。もっと夢と希望を持って欲しい。親なら誰でもそう願うはずだ。

そこで私は考えた。エースで四番でもない息子をいかにしてプロの選手にするか。それはキャッチャーというのが一つのヒントだった。現代に求められているのは打てるキャッチャーだ。しかし亮太は今の段階では打てない。つまりいくらキャッチャーとしてキャッチングが上手くても、スターティングメンバーに入るのは難しい。

しかし今はピッチャーも、昔みたいに先発完投型はまれであり、分業制で、先発、中継ぎ、抑えと大きく三つに分かれている。現在主流の打てるキャッチャーは先発でマスクをかぶり、3、4打席でヒット2本も打てば、最後抑えのピッチャーの時に、お役御免でベンチに下がるケースがある。控えのキャッチャーの登場である。ただ控えとはいえ、相当うまいキャッチャーであることには間違いない。なぜなら、抑えのピッチャーの大半は、速球と落ちる球を持っているからだ。私はここに目を付けた。落ちる球は捕りづらい。ワンバウンドしたりするからだ。しかも試合の最後、荒れたバッターボックスのベース付近でのワンバウンドは常にイレギュラーバウンドになる。いくら最高のピッチャーが最高のフォークボールを投げて打者から空振りを取っても、ボールを後逸しては三振振り逃げになってアウトにできない。

ボールを後ろに逸(そ)らさないキャッチャー。ワンポイントキャッチャー。これは使い勝手があると私は睨(にら)んでいる。

　そしてそれだけボールを後ろに逸らさないのなら、サッカーのゴールキーパーもできるだろう。常識的には、違うスポーツということで誰も挑戦しなかったが、私はイケると思う。サッカーボールより小さい野球のボールを後ろに逸らさないのだから。この単純な発想を大事にしたかった。

　プロ野球選手でありながらプロサッカー選手。まさしく二刀流である。

　それぞれ球団とクラブで契約をする。野球の方が試合数が多いので基本野球選手として出場する。サッカーは、週に2試合程度なので、その日は野球は休んでサッカーのゴールキーパーに専念する。当然ワールドカップ期間は野球の球団と揉(も)めることになる。野球ファンとサッカーファンが、亮太を取り合う。もー勘弁してください。体は一つしかないんです。亮太に代わって親の私が言うのかな。マスコミが押し寄せる。野球チームが優勝争いしているのに、サッカーを取るんですか？　ワールドカップで二番手のゴールキーパーなら、日本に残って野球の試合に出るというのは本当ですか？　女子アナとの結婚はどうなっているんですか？　私の家の玄関のインターホンにいくつものマイクが向けられている映像が日本中に流れるだろう。そんなことも覚悟の上で亮太を二刀流にしようと頑張っている。

亮太が小学校の四年の時からである。最初は地域の少年野球チームだけだったが、キャッチャーをやるということで、私の発案により少年サッカーチームにも入れたのだ。当然そんな子は他にいない。サッカーチームでもゴールキーパーを志願し、亮太は常にボールを取るという生活になった。野球もサッカーも点を取るという攻撃的なポジションではないが、三人姉弟で上二人が姉という環境で、おっとりした性格に育った亮太には合っているだろうと私は分析していた。スポーツは技術だけでなく性格との相性もかなり大きなウエイトを占めていると思う。

これは成功するかもしれない。昔マイケル・ジョーダンがメジャーリーグに挑戦したが、いくら運動神経が良くても、体の動きがバスケットボールとは違いすぎたから成功しなかったのだ。それがどうだ、キャッチャーとゴールキーパー、違うスポーツだがボールを後ろに逸らさないという点ではシンクロしている。

亮太は、少年野球チームでは補欠のキャッチャー。少年サッカーチームでは補欠のゴールキーパー。どちらも補欠。まあそんな急に結果は出ない。何てったって初の試みだし、世間やマスコミも、この偉大なプロジェクトが始動していることをまだ知らないのだ。

そう、静かに活動していればいい。変に騒がれ、学校でも話題になって、二刀流がやりにくい環境になってしまうという、亮太が世間やマスコミに潰されるのだけは避けたい。

「息子さんに、プロ野球選手とプロサッカー選手の両方に育てあげる教育をしているって本当ですか？　それについては、まだお答えできません。ある週刊誌に顔写真が載っていましたが？　やめてもらいたいです、息子はいずれ世に出るかもしれませんが、今はただの一般人なんですから、プライベートは勘弁してください。お父さんの投げるナックルが凄くて、プロでも通用するからスカウト陣が目を付けているという噂がありますが？　誰がそんなことを言ったんですか、いい加減にしてください。家に押しかけてきたマスコミと、こんなやり取りになることは容易に想像がつく。

私は悪者になってもいい、亮太を守ることが一番だ。因みにマスコミが言うであろう、私がプロ野球に行く行かないのことだが、亮太のキャッチャーの練習のために家の庭で極秘に練習をしていて、ガンガン亮太にナックルを投げ込んでいるうちに自分のものになってゆき、しまいにはプロでも十分通用するまでになるだろうというところから来ている。

キャッチャーとして一番やっちゃいけないのはパスボール。ピッチャーの球を後ろに逸らす行為だ。ワンバウンドで球を後ろに逸らした場合は、大抵ワイルドピッチといってピッチャーにエラーが付くが、よっぽど高い球とか以外を後ろに逸らすとパスボールといってキャッチャーにエラーが付く。そこでナックルである。ボールに爪(つめ)を立てて押し出すように投げる。回転のかかっていないボールは空気抵抗を受ける。球速は100キロ前後と遅いが、投げた本人もどう変化するかわからないくらい不規則な変化をする。卓球の球を思いっきり投げた時の予測のつかない変化に似ている。大リーグを見ていてもぽろぽろこぼすキャッチャーが多い。そんな魔球にでも対応できるのが、ワンポイントキャッチャーだ。

私は亮太を、どこに出しても恥ずかしくないキャッチャーにしたくて、ナックルをひたすら投げ込んだ。私は野球経験がないので、当然ナックルなんて投げられたもんじゃない。それでも亮太のために投げ込んでいくうちに不思議と球が変化し始める。見よう見まねで独学で投げ始めたナックルが、いつしか自分の手元を離れた瞬間、親離れをした子供のように自由に飛び立って行き、親の想像もしないような大人になっていくように、亮太のキャッチャーミットの手前で思いがけない不規則な変化を見せるようになった。

亮太はそんな球を受けたことが無い。そりゃこんな球を投げる同級生なんかいないからね。亮太は集中し、私も懸命にナックルを連投した。はたから見ていると、どっちの練習なのか分からないだろう。それくらい私はナックルを投げ込んだ。亮太のためにやっていたら、たまたまナックルが投げられるようになっただけで、これでプロになろうなんて甘い考えは持っていない。


当然サッカーのゴールキーパーの練習もした。野球のキャッチャーはピッチャーがいれば練習できるが、サッカーの場合は、誰がどこからシュートを打ってくるか分からない、しかも味方の選手に当たってのオウンゴールというのもあって、とても私一人では亮太を一人前のキーパーに育てることはできない。しかし私は諦めなかった。

亮太をPK専門ゴールキーパーに育てる計画を思いついた。試合が延長でも勝敗がつかない場合のPK戦にのみ登場するのだ。このキーパーの分業制には価値がある。これなら家で思う存分練習もできる。息子さんをPK専門のゴールキーパーに育成しているって本当ですか？　それについてはお答えできません。お父さんの、無回転シュートが凄くてプロでも通用するから、どこかのクラブチームのスカウト陣が目を光らせているという噂がありますが？　誰がそんなことを言ったんですか、いい加減にしてください。家に押しかけてきたマスコミと、こんなやり取りになるのは容易に想像がつく。

雑念が亮太の集中を妨げる。私は脇役であって、主役は亮太だ。全(すべ)ては亮太のためにやっていることなのだ。因みにマスコミの言うであろう、私がどこかのサッカークラブチームに行く行かないという噂だが、私は勿論(もちろん)サッカーの経験などほとんどない。しかし、亮太をゴールキーパーにしてサッカーボールを蹴(け)っているうちに、無回転シュートが蹴られるようになってしまい、きれいなカーブを描くバナナシュートや、雨の日の濡(ぬ)れた芝生にあえてバウンドさせてボールのスピードを増す蹴り方までマスターしているだろうと想像がつくからだ。

亮太の練習に付き合っていたら、たまたま世界に通用するシュートが蹴られるようになっただけで、だからといってプロテストを受けてみようなんてうぬぼれはない。身の程知らずもいいところだ。私は亮太の手助けをしているだけだ。

私はありとあらゆるＰＫをビデオで見て研究した。ゴールキーパーがナイスセーブをした時の、何でナイスセーブをしたのに怒っているんだろうってパフォーマンスまで亮太に教えた。

小学六年生、そろそろ結果が表れてもいいころだ。しかし亮太は野球もサッカーも両方とも補欠のままだ。私は亮太の努力を一番間近で見ている。このまま、小学校生活で野球もサッカーも一度も試合に出られないなんて亮太が可哀想だ。

どうして亮太は試合に出してもらえないのだろう。おそらく野球とサッカーの両監督の嫉妬である。二刀流というのが気に入らないのだ。自分のチームだけで頑張っている子は可愛いが、あっちでもこっちでも活躍されては鼻につくのだろう。困ったものだ、これだから日本では世界に通用するスーパースターが生まれにくいのだ。でもそんなこと言っていてもしょうがない。亮太の小学校生活は終わってしまうし、なにより亮太が腐ってしまう。

私は両方の監督に近づくことにした。だからといってあからさまに媚びて亮太を試合に出してもらおうというわけではない。確かに監督との交流が無さすぎたのだ。亮太に私の自己流を押し付けるあまり、無視していたわけではないが、頼りにしなさ過ぎたことが彼らのプライドを傷つけたのかもしれない。他の子のお父さんたちは、監督と居酒屋でしょっちゅう飲んだりしていると聞いたことがある。あくまで主役は子供だが、大人の横のつながりも大切だ。私は、その付き合いを一切してこなかった。意識してそうしていたわけではないが、誘われなかったし、そんな時間があったら亮太の練習の相手をしたかったし、ま、そういう空気を知らず知らずに私が醸し出していて、監督も誘いづらかったのかもしれない。こっちから積極的に行って仲良くしよう。それが亮太のためであるなら、そうしよう。しかし、いきなり監督に「さしで飲みましょう」と誘ったところで気持ちわるがられるだけなので、周りから攻めることにした。周りの親御さんの信頼を得ることで、亮太も良く見られると思ったからだ。

電車が鉄橋を渡っている数秒の間に、草野球のワンプレイだけでも見たいものだが、そんなこっちの思惑通りにピッチャーが投げて、バッターが打ってくれるはずもなく、荒々しい音を残しながら電車は空しく通り過ぎる。

土手沿いのグラウンドでは、金属バットとボールの当たる音と、声変わりのしていない声とが、音の高さを争っているように聞こえる。亮太の所属する少年野球チームの練習は活気があった。小学校四年生から六年生を対象としたチームは、地区大会でも毎回ベスト4に入るくらいの強豪チームだ。その分、熱心な親御さんも多く、試合でもないのに毎回おにぎりや飲み物の差し入れがある。多分お母さんたちが持ち回りでやっているのだろう。

　亮太に言わせると、あそこの家のから揚げは美味しいけど、あそこの家のおにぎりの具がしょぼいだの、いつも学校で言っているらしい。「変なもの出してからかわれたくないから、差し入れなんかしなくていいよ、やってない人の方が多いんだから」と言う亮太の言葉は、母親に気を使っているようだったが、律子は少し淋しい顔をしていた。

　確かに差し入れをする親御さんの方が少ない。そして差し入れをする親御さんは、子供がレギュラーの親御さんだ。このチームには30人以上いる。野球のレギュラーは9人。親御さんの中でも、子供がレギュラーか、そうでないかで熱の入れようが違うのだ。

　子供がレギュラーの親御さんは、夫婦で練習の応援に来ていたりして、よく拍手をし、声も出ていて笑顔だ。自分の子供に自信を持っている。子供を介して自己承認欲求を満たしているように見える。それとは対照的に、子供がレギュラーでない親御さんは、すべてに消極的というか遠慮しているようにも見えた。

親御さんがそわそわし始めた。休憩の準備をしている。長机を出し、10リットルのウォータージャグを運び、紙コップを並べ、たくさんのおにぎりのラップを剝(は)がしている。長机の余ったスペースに、「もしよろしければ」と、たくあんやきゅうりの漬物を持ってくる親御さんもいる。「田舎から送られてきたワカメなんだけど」と、ワカメの酢の物を置くお母さん。「消化にいいだろうから」と、バナナを置く人。みんな、これは自分が持ってきたものだと主張しながら長机に置く。もちろん、レギュラーでない子供の親御さんも、いつももらっているばっかりじゃないわよ、と言わんばかりに、「人数分あるといいんだけど」と、大量のコロッケを差し入れる。

なるほど。予想通りだ。こんなところで親御さん同士の見栄(みえ)の張合いが繰り広げられている。しかし、子供が本当に食べたいものではない。たくあんやワカメの酢の物なんて、今汗だくの子供たちの喉(のど)を気持ちよく通るわけがない。

正解は、流しそうめんだ。テレビなどで見たことはあるが、実際に流しそうめんを経験したことのある人は少ないはずだ。コストもかかるし、それなりの場所が必要となる。なにより土台を組み立てる手間がかかるのだ。そうめん一人前は安いが、骨組みが高くつく。そんじょそこらの家庭で、子供がいるからといって気軽にできるものではない。所詮そうめんだが、流しそうめんになるとイベントだ。生まれて初めての流しそうめんの子供も多いだろう。それがまさかの野球場で体験できるなんて、さぞかし喜ぶだろう。わー流しそうめんだーすげー。伊澤君のお父さんありがとう。伊澤君のお父さんが一番僕たちの食べたいものがわかっているな〜。みんな、育ちざかりなんだからいっぱい食べるんだぞ〜。でもたくあんやワカメの酢の物も取らないとプロ野球選手にはなれないぞ。私ばっかりに注目が集まっても、他の親御さんへの気配りは忘れない。私は上からそうめんを流す。野球もそうだが、まずピッチャーがボールを投げないと試合は始まらない。流しそうめんでいうところの今の私の位置だ。そうめんを流す私が主導権を握り、下で構えている子供たちと、完全に主従関係が出来上がっている。子供たちの心は捉えた。これで亮太をバカにしたりいじめたりする子はいないだろう。伊澤さん、私たちも参加していいですか？ 流しそうめんなんて、ナイスアイディアですね。私たちは子供たちの気持ちを理解していませんでした。伊澤さんにガツンと殴られた気分です。私は関口と申します、うちの子はこのチームのエースピッチャーなんですが、厳しい練習の合間のこの楽しいイベント、緊張と緩和が素晴らしい、わたくし感動しました、うちの子はエースピッチャーなんですが、私は全国大手スーパーで常務をやっています、よかったらうちで働きませんか？　私は親御さんたちの心も捉えた。これで、伊澤さんとこの子とキャッチボールするんじゃないよ、とは言わないだろう。たくさんの親子が早くそうめんを流してほしくて私を神様を見るかのような目で見ている。そこで私は、この羨望（せんぼう）の眼差（まなざ）しを受ける役を監督に譲る。ちょっと離れたところでおにぎりをほおばっている監督に、私疲れちゃったので監督代わってもらえませんか？　本当は疲れてなんかいない、私が輪の中心になって面白く思ってない監督に、しょうがないな～そこまで言うのならという状況を作ってあげることで、監督のプライドも保たれる。みんなの声援が飛ぶ。監督、ちゃんと流してくださいよー。みんなが監督を盛り上げているのが分かる。伊澤さん、いいんですか？　こんな大役いただいて。いいんです、どうぞ子供たちにそうめんの千本ノックをお願いします。決まった。この流しそうめんのセットを一人で組み立てるのがどれだけ大変か、監督はノックをしながら横目で見ていたに違いない。しかもそうめんを流せるなんて、こんな流しそうめん接待を受けたら、亮太を試合で使うに違いない。監督がそうめんを箸（はし）で摑（つか）み、私はペットボトルに汲（く）んできた水を竹に流す。健気（けなげ）に流す。水の流れがないと流しそうめんといえないので、意外と大変な脇役だ。監督が店長だとしたら、私は副店長。ここでも私は副店長。これで亮太のキャッチャーとしての素質が試合で発揮できるのならそれに越したことはない。

よーし。

私は流しそうめんの準備に取り掛かった。車に戻り、2リットルのペットボトルの水20本、朝4時から家で茹でてきたそうめん70人前、普通の乗用車なので、車の後ろから入れても運転席の横を通り抜けフロントガラスまでたどり着いている竹や木材などを降ろす。

これらを運ぶのも一苦労だ。次々に運ばれてくる大量の水や竹を見て訝しがる親御さんたち。一塁側に設置された親御さんの持ち寄ったもので溢れかえる長机の横で、土台を組み立てる。滑り台の要領になるように長さの違う木材に釘を打つ。半分に割った竹を、中を上に向けていくつもつなぎ合わせる。これだけの人数なので、10メートルくらいの長さのセット、そう、もうセットと呼んでいい。私は舞台の大道具さんだ。

そろそろ私のやりたいことが分かってきたのだろう。親御さんたちがひそひそ話をし始めた。ノックを受けている子供たちも、こっちが気になってしょうがないみたいだ。

一人で作業をしていても、「何を作っているんですか?」とか「手伝いましょうか?」など言ってくる親御さんは誰もいない。野球のグラウンド脇で流しそうめんのセットを組み立てている私のことを気持ち悪がっているのだ。何だか、だんだん距離が離れていっている気もする。まーいい。そんな風に私を見ていたことを後悔する時が来るだろう。何てったって、みんなが喜ぶことを私は今からしようとしているのだから。こんな所で流しそうめん? って一瞬思うかもしれないが、やってみればわかる。私には自信がある。

よーし完成だ。間に合った。危ない危ない。

「危ない、危なーい!」

どれどれちゃんと流れるかどうか、始球式ならぬ始麺式(しめんしき)でもやってみるか。

おっ、みんなこっちを見ているな。この立派な流しそうめんのセットが眩(まぶ)しすぎるのかい。そうだろう、そうだろう。今まで差し入れといえば、おにぎりとかだったもんな。でも運動した後にすぐに喉通らないよな。今日はそうめんだ。しかも流しそうめん。まさかのサプライズ。

「危ない、危なーい!」

みんな、こっちを見すぎだよ、わかるけど。まだ休憩じゃないんだから。

何だ！　キャッチャーの防具を着けた少年が、こっちに向かって走ってくるぞ。そんなに早く食べたいのか。

「まだ駄目だよー」

私の声が聞こえていないようだ。しかもマスクを外し、上を向いている。私も上を向いた。曇り空で見にくかったが、よく見ると白球が流しそうめんのセットに向かって落ちてくるではないか。さらにすごいスピードで走ってくる少年。

「ダメダメ！」

と叫んではみたが無理だった。少年は、セットにぶつかる寸前に止まろうとして、ミットごと両手で竹を摑んでもたれかかったが、素人の作った即席で頼りない土台は、少年を支えきれず簡単に壊れた。私は一部始終をただ見ていただけだった。

「パキッ」という音が聞こえた。竹が割れたな、と思った。

「やだー、危ない」

「こんなところに、危ないじゃないの、ね～」

「子供が怪我（けが）でもしたらどうするのよ～」

親御さん同士向き合って話しているが、私に聞こえるように言っている。

私への同情は一切聞こえてこない。

「すいません！　すいません！」

少年は申し訳なさそうに謝りながら立ち上がった。その時にまた「パキッ」とスパイクで竹を割った。顔を見たら、レギュラーキャッチャーの岸君、亮太のライバルだ。

まさか！　私が流しそうめんを成功させることによって、回り回ってレギュラーキャッチャーの座を亮太に奪われるという計画を察知し、わざと壊したのか。いや、そんなことはない。岸君の誠実な謝り方を見ればわかる。親バカなあまり変なことを考えてしまった。

「大丈夫かい、怪我はなかったかい」

レガースを着けていたので岸君に怪我はなかった。

「ハイ、休憩にするぞ」

ちょっと違う空気になったので、監督が声をかける。ナイス判断かもしれない。子供たちが長机に群がり、飲み物の順番を争う。「はーい、慌てないでねー」と親御さんたちが張り切るのをよそに、私は土台の修理に取り掛かっていた。もう一度セットを組み直して、ちゃんと流しそうめんをやれば、きっとみんな喜ぶ。岸君も救われるだろう。岸君のためにも、なにより亮太のために、早くしないと。しかし予想以上に被害は大きい。竹が縦に真っ二つに割れているのを針金でグルグル巻きにするが、水は洩れるだろう。

子供たちはニコニコしながら、おにぎりやバナナを食べている。亮太と目が合った。亮太は笑っていなかった。亮太に、ん？　どうした？　美味しいか？　という顔を投げかけ、その群れに一人背を向け組み立て直す。早くしないと。親御さんの中にはお父さんもいたが、「大丈夫ですか」と声をかけてくれる人はいない。

うそ、まずい！　降ってきた。太いし速い。ホコリを立てたかと思うと、そのホコリもすぐに自分らで鎮める勢いでグラウンドの色を変えていく。

カミナリが鳴り、お母さん方が「キャー」なんて声を発している。

痛っ！　焦っている。木材のトゲが右手の親指に刺さった。

「今日は終了！」

土手のグラウンドは、雨宿りをする場所なんて無いので、子供たちは野球道具をかたづけながら、親御さんに手招きされ車に戻ったりしている。亮太と目が合った。

「亮太！　車に戻ってろ！」

車のキーを、しゃがんだ姿勢のまま下から投げた。ちゃんと勢いがつかず、亮太まで届きそうもなかったが、キーが落ちる前に背を向けた。

地面に水が溜まってくると、雨がさらに音を主張するので、足音は聞こえなかった。濡れながら下を向いて修理をしている私の視界にスパイクが飛び込んでくる。先に車に戻っていろって言ったろ。来るんじゃない。風邪ひくから、来るんじゃない。見ている人もいるから、来るんじゃない。こんなとこ同級生に見られていいのか。離れた車の中から見られているから、来るんじゃない。見られたくないから、来るんじゃない。こんな、こんな惨めなパパを見られたくないから、亮太に見られたくないから、来るな！

「どした？　風邪ひいてママに怒られるぞ」

とぼけた顔を作ってから振り向く、と同時に頭が重くなった。

「パパの方が風邪ひくよ」

亮太は私が濡れないように、キャッチャーミットを頭に被せてくれた。

「何だよ、重くてやりづらいだろ」

優しさだと分かったから、照れちゃったのかな～。

「無理だよ、片づけて帰ろうよ」

息子に従った。何か、嬉しかった。ほぼ同時に自分への怒りが込み上げてきた。

車のキーを投げて、すぐに背を向けた私は、亮太を試したのかもしれない。車に行くか私の方に来るかを試そうという邪心があったに違いない。心の中では、こんなずぶ濡れの情けない父親を見られたくないと思いつつも、亮太に来てほしかった。「帰ろう」と言ってほしかったのだ。弱い。自分でこんな勝手なことしといて、周りに相手にされないからって、自分から止める勇気もなく、亮太にキッカケを作ってもらって、仕方なしにみたいな逃げ方。ホントに弱い。さっきも岸君のことを邪推してしまった。確かにグラウンドのすぐ横にこんなセットを組み立てる方がおかしい。指に刺さったトゲは、きっとバチが当たったのだ。

強い雨は、人を無口にさせる。

雨が雨に溶けて行き、街全体を大掃除しているようだ。

気まずさからくる鼓動の速さが、やけくそに働いているワイパーの速度と一致する。

左折するついでに亮太をチラッと見た。真っ直ぐ前を向いていた。

「ファミレスにでも寄って、ステーキでもガッツリ食うか、なあ？」

いかにもずっと会話していた流れのトーンに挑戦したが、久しぶりに声を出したので、タンが絡んだ声になってしまった。

「食べたいけど、今日はいいや」

「なんだよ〜、ノリ悪ぃーな」

雨の音に消されないように、テンション高めで言った。

「そうめんがもったいないから、家でそうめん食べるよ」

「あっ」

思わず出てしまった今の声を雨の音で消してほしかった。忘れていた。亮太はなかなか冷静だな。やっぱりキャッチャーに向いていると思った。

車をバックで車庫に入れる。これから中の荷物を出すことを思うと憂鬱(ゆううつ)になる。亮太が率先して降ろすのを手伝ってくれている。次女の香菜子が玄関に置いてあるそうめんを見て「え〜何これ！」と声をあげ、覚悟していたことが始まった。

「何でこんなに余ったの？」

妻の律子も台所から駆けつけ、容赦なく聞いてくる。長女の小梅が二階から下りてくる。

「もしかして雨で流しそうめん大会も駄目になっちゃったの？」

うるさい、うるさい。

「じゃあ夕ご飯は、そうめんね」

「でも、70人前も食べれないよ」

「今日と明日の朝と、昼のお弁当と……」

「えー、お弁当そうめんなんてやだー、固まって箸で持ち上がっちゃうよ！　全部一回で持ち上がっちゃうよ！」

うるさい、うるさい。

結局、夕ご飯は普通にそうめん。べたべたしてくっついたそうめんをイライラしながら家族五人で箸でつっついて食べた。香菜子によって、男連中はそうめんが無くなるまで、毎回一人三人前をノルマとされた。

次の日から律子が、そうめんスープ、そうめんハンバーグ、そうめん煎餅、カレーそうめんなどバリエーションをつけてくれて、最後は家の廊下で流しそうめんをやった。

70人前を家族五人で三日かけて食べ終わった時には、妙な達成感と家族の絆が生まれたような気がした。最初は、何で70人前も作ったんだと蒸し返され、グラウンド脇にセットを組むこと自体に無理があって、せっかく土手があるんだから、土手に竹を並べればいいだけで、そっちの方が楽だし、岸君が突っ込んでくることもなかったんじゃないかとさんざん言われ、二日目で、「もう飽きた」といいながらも泣きながら食べてくれた香菜子。「お肌が荒れちゃう」と言いながらも泣きながら食べてくれた小梅。「もうそうめんのレパートリー無いわ」と泣きながら作ってくれた律子。黙って食べていた亮太。みんなできる限りの力を振り絞ってくれた。それらをダイジェストで振り返りながら、私は流しそうめんの最後の一口を啜った。最後は、箸ですくえずに、そのまま流されて、下のザルに溜まったそうめんである。みんなで、最後のそうめんが私の口の中に入り、70人前すべて食べ終わったことを確認すると、静かに握手を交わし、何も言わずにおのおの自分の部屋に引きあげた。

みんなのうしろ姿がスローで見えた。

怪我の功名の余韻に浸っている時間はない。次なる目標はサッカーの監督だ。しかし野球の監督に対して、流しそうめん接待という、ちょっと遠回しなアプローチで失敗しているだけに、消極的な私がいる。

サッカーは11人でやるスポーツ。亮太の目指している二刀流の一つであるゴールキーパーは、野球のキャッチャーと同じく、あまり人気のあるポジションではない。

サッカーやるなら誰しもフォワードで点を取ってヒーローになりたいだろう。体育の授業がサッカーの時は全員フォワード状態という現象がある。ジャンケンで負けた人がゴールキーパーだ。

　このサッカークラブにゴールキーパーは、亮太を入れて三人。みんなゴールキーパーとして重要な身長も同じくらいだし、これといって抜きん出てすごい子はいないが、ずっと弘樹君っていう子が正ゴールキーパーだ。監督が決めた事だからしょうがない。

　亮太を、PK専門のゴールキーパーに育てたいので、PKの実戦をたくさん経験させてあげたい。しかし、試合が同点のまま延長戦になり、さらに決着がつかなかった場合のみのPK戦は、なかなかやってこない。しかもPK戦になっても監督は、そのまま弘樹君を使い続けている。試合に馴染んでいるのは弘樹君の方だからわかるけども。だからといって、これでは亮太が何のためにPKだけを練習しているのかわからない。あまりにも亮太が可哀想だ。

　土手くらいの高さでも、上りきると壮大な景色を提供してくれる。斜め下に見えるサッカーのグラウンドからは、ボールを蹴った動きと音が時間差で届いた。

私はまず、弘樹君のお父さんに接近を試みた。正ゴールキーパーともなると、夫婦そろって練習を見学に来る熱の入れようだ。野球と一緒で、子供がレギュラーの親御さん同士がやはり最前列に陣取っている。子供がレギュラーじゃない親御さんは、あんまりいないし、ちょっと後ろに下がっておとなしくしている。私はこのヒエラルキーを壊すことにした。

「息子さん、すごいですね」一歩前に出て、横に並んでから言った。弘樹君のお父さんが、虚をつかれたような顔でこっちを向いたので、前を向いていた私は「あ、伊澤です」と笑顔で横を向いた。

「あ、どうも、岡島です」

弘樹君のお父さんは、体を開いて奥さんを紹介すると、奥さんが軽く会釈をした。茶髪のわりにおっとりとした顔立ちは、ここにいるお母さんの中では群を抜いて美人だった。私は弘樹君のお父さんに顔を戻した。

「息子さん、最近さらに上達していますね。ウチの子に教えてあげてくださいよ」

「伊澤さんの息子さんの方が、野球との二刀流でしょ、画期的ですよね」

「いやいや、どうせどっちつかずになって両方失敗するってのが、もっぱらの下馬評です」

私は照れながら、現実の噂を謙遜(けんそん)というパッケージにして表現した。

「周りの親御さんはどう言っているか知りませんが、私は二刀流の成功を信じています」

ちょっと熱い人だった。弘樹君のお父さんは、自分は練習を見学しているだけなのに、ゴールキーパー用のゴムのイボイボのついた手袋をはめていた。

「よし！　弘樹ナイスセーブ！」

弘樹君が横っ飛びでゴールを防いだ。奥さんは小さくジャンプして手を叩(たた)いている。

「いや～伊澤さん、サッカーって素晴らしいですね。ボール一個でこんなに燃えることができるんですよ。世界中が燃えるんですよ。世界にはまだまだ貧しい国がたくさんある。だからこそボール一個でみんなが楽しめるサッカーの人口は多いんです。野球はボールのほかにグローブやバットやベースとかお金がかかりますからね」

確かに野球はサッカーよりお金がかかる。キャッチャーなんて、マスクからレガースまで一式そろえなくてはならないし、流しそうめん70人前も結構な痛手だ。

「伊澤さん、私はね、このチームのゴールキーパー三人全員に可能性があると思っているんですよ。監督は、ずっとうちの弘樹を使っているけど、何で使い続けているのかわからない。亮太君を含めた他の二人にもチャンスをあげてほしいんです。みんな同じくらいの力を持っている。みんな平等であるべきです。サッカーボールが白と黒でできているのは、白人も黒人もみんな一緒だよ、差別なんてないよって意味だと信じています。だから世界中でサッカーが愛されていると私は信じています」

ゴムのイボイボのついた手袋で手を握られた。私は、もしかしてこのあと10万円の水晶玉とかを買わされるのではないかと思い、正気を保つ努力をした。

「でもね伊澤さん」まだしゃべる気だ。「うちの弘樹は頑張っているんです。親バカかもしれませんが、監督もそんな弘樹の姿を見て心を打たれたんだと思います。つまり弘樹自身で勝ち取った正ゴールキーパーの座なんです」

いつの間にか自慢話になっていた。でも岡島さんは、私にこんなに熱く語ってくれるなんて、いい人だなと思った。何か仲間ができたようで、うれしかった。

家に帰ると、亮太が私にボールを蹴ってくれというので、チョークでサッカーゴールの枠が描いてある庭のブロック塀に目掛けてPKの練習をした。クラブチームの練習では物足りないのだろう。亮太は、昼の練習の時よりも真剣に汗を流していた。

弘樹君だけじゃない、亮太だって頑張っている。他の子もそうかもしれない。ただ、試合で使われるのは弘樹君だ。せめてＰＫ戦になった時だけでも亮太を使ってほしい。そこから世界は広がる。ＰＫ専門のゴールキーパーとして地元の「町民だより」という小っちゃな新聞でもいいから載せてほしい。ゴールキーパーの分業制を訴えてほしい。今のところ弘樹君のお父さんだけは、私のこの意見に賛同してくれている。

私は、サッカーの練習を見に行くたびに、岡島さんと並んで話すようになり仲良くなっていった。家での練習のことを言ったら、岡島さんが是非見させてほしいと言い出した。

急だったが、弘樹君とお父さんの二人を私の家に招待した。奥さんは何か用事があるとのことで先に家に帰ったらしい。

亮太がブロック塀の前に立ち、私がシュートを蹴るところを見せた。

「こんな近いところからシュートを打つんですか？」

弘樹君のお父さんは、私のスパルタ指導に目を丸くしていた。

「はい、そうすれば実際のＰＫの時にシュートが遅く感じるでしょ」

「でも、ＰＫって約11メートルの距離ですよね、これじゃあ5メートルくらいしかありませんよ、危ないじゃないですか」

「それくらい鬼気迫る恐怖を体にしみこませるのが目的です。そうすることによって、驚異の集中力で相手の蹴る瞬間を見極めることができるのです。右か左か真ん中か、一か八かじゃダメなんです。ＰＫは入って当然なのでゴールキーパーが責められることはあまりありませんが、5割以上の確率でシュートを阻止できないと、ＰＫ専門のゴールキーパーとして成立しないと私は思っています」

　私は法廷で無実を証言するかのように毅然とした態度で言った。別に褒めてもいないのだが、亮太は誇らしげな顔をしていた。それとは逆に、叱ってはいないのだが、岡島親子が萎縮してしまったように見えた。まずい、ここは気を取り直して。

「弘樹君VS亮太のＰＫ対決！　ドンドンドンドンドン」

　最後にバラエティー要素を織り込んで、あくまでもお遊びですよ感を醸し出した。

「どうだ、弘樹、亮太君の胸を借りるか」

　弘樹君のお父さんは、気を使って乗ってくれた。ただ弘樹君の方が、ＰＫには自信がないのか浮かかない顔をしている。

「お互いのお父さんが蹴りましょう。弘樹君がゴールキーパーの時は私が蹴って、亮太がゴールキーパーの時は弘樹君のお父さんが蹴るということで、5回戦」

やったことはないのに、スラスラとルールを決めた自分に驚く。

「わかりました。弘樹、お父さんが全部シュートを決めるから、弘樹が一つでも止めれば勝ちだ」

「そんなこと言っていいんですか、ウチの亮太はPK専門ですからね、1点も入れさせませんよ、な、亮太」

テンションが上がっているのは親同士だけで、亮太はまだしも、弘樹君は鈍重な足の運びで、被害者のようにブロック塀の前に立った。

亮太以外の子供に向かって蹴るのは初めてだったし、正ゴールキーパーがどんなものかとりあえず思いっきり蹴ってみた。ゴールは決まった。弘樹君はあまり反応できなかった。最初だったし、まだ照れがあるのかな。

次、亮太がゴールキーパーで弘樹君のお父さんが蹴った。ゴールならず。全然枠を捉えていなかった。ウチの塀を越えて道路の方に転がって行ったボールを、私が取りに行った。

「伊澤さん、すいません」

「いえいえ、すぐですから」

　ゆっくり歩きながら庭から出て、みんなから見えなくなったらダッシュしてボールを取って、庭に入る時には再びゆっくり歩いた。ボールはすぐに見つかったので時間はかからなかったですよ感を演出した。本当は遠くにボールが行ってしまっていたが、私に対する申し訳なさを少しでも軽減させてあげたかった。そして、今の弘樹君のお父さんの蹴り方を見て、こりゃ下手だなと思った。サッカーをやったことないぞこの人。

　次、私はゴールを外した。そう、わざと外したのだ。とりあえず1対1の同点になるまでは、わざと外そうと思った。しかし、肝心の弘樹君のお父さんが全然ゴールを決めてくれない。

　ついに最後の5ラウンドになってしまった。先に蹴った私はゴールを外し、このまま弘樹君のお父さんが外したら、私たち親子が勝ってしまう。いくら岡島さんが急に家に来たいと言ったとはいえ、もてなす方としては気持ちよく帰ってもらいたい。弘樹君のお父さんからしたら、何か弘樹君のためになるかもと思ってウチに来たのに、このままだと負けて、正ゴールキーパー弘樹君の自信を無くしに来ただけになる。

私は最初に気の向くまま欲の赴くままゴールを決めたことを悔いた。まさか弘樹君のお父さんが、こんなにもポンコツだとは。亮太がナイスセーブをしているわけではない。なんなら亮太はいいところを見せたくてウズウズしているのだ。頼む、入れてくれ。

弘樹君のお父さんが蹴ったボールは、初めて枠のギリギリのところに飛んだ。ブロック塀にチョークで描いたサッカーゴールの枠は、薄く消えかけていてわかりにくく審議となった。私はブロック塀に近寄った。

「さっきここに当たりましたよね、じゃあ、入っています」

「やったー、同点！」・

岡島親子がハイタッチをしている。

「ちきしょー、勝ったと思ったのに、引き分けか〜」

大袈裟（おおげさ）に悔しがってみせた。でも心の中は、どうにか同点で終われてホッと胸をなでおろしていた。いくらサッカーゴールの枠を描いたチョークが薄く消えかかっていても、いつもやっている自分の家なので分からないわけがない。あれは完全に枠の外だった。ゴールに入ってはいない。亮太もたぶん分かっているだろうが、さすがに私の考えるところの意図を汲んでくれたのか、何も言わなかった。

「弘樹、流れはこっちだぞ！」

えっ、まだやるの？　終わんないよ。

一時間経過。私はずっと外して蹴っている。

ナイター照明を点けた。日が落ちても練習できるようにと、私が設置したものだ。ナイター照明といっても大きめのライトを三つ付けただけだが。大きな声で盛り上がっているので、そろそろ近所の目が気になってくる。

「ゴールの枠を広くしたらどうですか？」

庭に出てきた小梅の彼氏ガッキーが名案を出した。何だ、いつの間に来てたんだ？　まっいいか、確かに、そっちの方が早く終わる可能性がある。

「でも、それだとPKじゃなくなりますよね」

終わんないよ。

弘樹君のお父さんは、熱い人なので、途中から妥協してルールを変えたりするのが嫌いらしい。また、弘樹君もPKが始まった一時間前とは顔つきが変わっている。完全に勝利を目指して闘志をみなぎらせているのだ。

ゴールの枠は広げず、そのままで続けた。弘樹君のお父さんは、相変わらずトンチンカンな方向へボールを蹴っていた。私も、わざとトンチンカンな方向へ蹴り続けた。

何だ、このPK接待。

PKを始めて二時間が経過した。弘樹君のお父さんがボールを蹴る時に、思いっきり足を芝生にダフって転んだ。「大丈夫ですか？」とゴールキーパーの亮太も駆け寄り、それでもボールはゆっくり前に転がって、力なく無人のブロック塀のゴールの枠内に当たった。弘樹君のお父さんは、足の先を押さえて倒れている。

「あっ、見てください！　ゴールですよゴール！」

私は、ピストルで撃たれ死にそうな人を抱きかかえ、「ほら、見てごらん、あんなに夕日がきれいだよ」のシーンのように必死にその方向を指さした。

「いや、キーパーいないのに、今のをカウントしたら卑怯(ひきょう)です。ノーゴールでいいです」

終わんないよ。

そのスポーツマンシップ、終わんないよ。

かれこれ２００球は蹴っている。

「お父さん、その足じゃもう無理だよ。それに亮太君の家にも、これ以上は悪いよ」

弘樹君のお父さんも、息子の言葉にはさすがに参ったようだ。

「僕、サッカーも頑張るし、中学受験も頑張るから、いろいろ心配かけてごめんね」

弘樹君は、足を押さえて下に座り込んでいるお父さんの背中に向かって言った。

この親子には今日までいろいろあったのだろう。たまたまかもしれないが、今日こうしてウチに来てPK対決をしたことで、弘樹君のお父さんは息子に何かを伝えたかったのかもしれない。何かを見てほしかったのかもしれない。何かを見つけてほしかったのかもしれない。だからあんなに200球も蹴ったのだと思う。

家の明かりの数だけ幸せがあるのなら、家の明かりの数だけ悩みもある。

空間が一気に和んだ。

手作りのナイター照明の、きつい光だけが勇ましい。

弘樹君のお父さんは、ポケットから携帯電話を取り出し、誰かにかけたがつながらなかったみたいだ。

二階の窓から、小梅と香菜子そしていつの間にか来ていたガッキーも、この父子を見守っている。

「弘樹君のお父さん、まだPKの勝負はついていませんよ！」

私は考えるより先に言葉が出ていた。

「いいえ、これ以上伊澤さんに甘えるわけにはいきません」

弘樹君のお父さんは、まだ気持ちの整理がついていないようだった。

「弘樹、まだ帰れないからスーパー銭湯にでも行って、その後美味しいものでも食うか」

弘樹君の奥さんは、たぶん夕食の用意をして帰りを待っているだろうに。

「どうです、スーパー銭湯、ご一緒に」

「またの機会に」

父子の邪魔をするわけにはいかない。

最初にありがとうございましたと言ったのは、弘樹君だった。お父さんは鉛のようになった体を折り曲げて礼をした。二人が庭の光を横切っていった。手作りナイター照明が放つ光のバランスの悪さは、弘樹君の影を、お父さんの影よりも一瞬だけ大きくした。

今日は無駄にいっぱい蹴って疲れたけど、なんか良かったな。なんか良い事をした気分だ。

私は庭の照明を落とした。全力を出していた照明は熱く、当分冷めないだろう。

ふと見ると、庭の隅に手袋が落ちている。落ちているというか置いてある。つまり弘樹君のお父さんの忘れものである。息子と同じ気持ちになって、ゴールキーパーの手袋をして応援していた昼間の姿が、同じ日だとは思えないくらい遠く感じる。

私は届けてあげることにした。当然スーパー銭湯へではない。親子水入らずのところへ水を差しになんて行かない。家のポストにでも入れておこうと思った。弘樹君の家は、お父さんに聞いたことがあって、ウチから車で15分くらいの場所だ。

「今から？　今度会った時に渡せばいいじゃない」

「うん、近いから」

玄関で靴を履いている後ろで、律子の気色ばんでいる顔が容易に目に浮かぶ。いいのだ。うれしかったから届けてあげたいのだ。私の気持ちは、全力を出していた手作りナイター照明よりも熱く、当分冷めないだろう。

だが、車に乗ると職業病というか、弘樹君の家を通り越して、前から気になっていたスーパーに、偵察がてら行くことにした。店内は半分電気が消え、閉店の準備に追われてせわしなかったので、ポカリの粉を10個買って、すぐに退散した。

サッカークラブの練習には、いつも10リットルくらいのウォータージャグが二つ用意してあるが、中は氷水である。みんな冷たい水を、名前を書いた紙コップに注いで飲んでいる。そこにこのポカリの粉を入れたらどうだろう。いつもの水だと思って飲んだらポカリ。走り回って汗をかいた後のポカリ。みんな狂喜するに違いない。監督も「水をポカリにしてくれた人は初めてですよ」と喜んで、亮太をPK戦で起用することを考えてくれるかもしれない。子供たちからは「ポカリのおじさんだー」なんて言われて、監督も「毎回すいませんね」と言ってポカリを飲もうとすると「今氷を入れたばっかりなんで、溶けてないからすごく濃いですよ。もうちょっと待った方が。監督、オフサイドですよ」「あははは、伊澤さんはユーモアがあって楽しい人だな、今度亮太君を使ってみましょう」なんてことになるかもしれない。私はワクワクしてきた。「流しそうめんの悲劇」を取り戻すにはこれしかない。ここら辺だよな～、確か弘樹君の家はこの団地っていってたような。外観のいろんな剝がれ具合が年月を物語っていた。そういえば何号室なのかは聞いてなかった。近くに車を止め、携帯電話を取り出す。弘樹君のお父さんは、おそらくわざわざ届けてくれるなんてと恐縮するだろうから、いえいえ私もこっちの方のスーパーに行くついでだったので大丈夫です、と言う準備をしていた。つながらない。そりゃそうか、スーパー銭湯に入っているんだもんな。あっ、そうだ、下のポストに名前が書いてあるじゃないか。車を降り、色あせたポストがたくさんある入り口を見つける。名前の書いてある紙の劣化具合で、長く住んでいる順番がわかる。え〜と、岡島、岡島と、あった！　201号室か……、試しにという感じで階段を上ってみたら、すぐに201号室があった。ちゃんと岡島と書いてある。じゃあドアをノックして弘樹君のお母さんに手袋を直接渡そうか。いや待てよ、突然訪ねるなんていくらなんでも失礼だ。弘樹君のお母さんを驚かせてしまう。旦那の忘れものを届けてくれた手前、邪険に扱うわけにもいかず、お上がりになってお茶でもどうぞ、なんてことになったら申し訳ない。私は階段を下り、外のポストに手袋を入れて車に戻った。ハンドルに抱き付くように前かがみになって、フロントガラス越しに団地の二階を覗く。北向きの玄関のドアがいくつも並んでいる。さっきの201号室を見るともなく見る。すると間髪を入れずドアが開いた。全身がキュンとなった。一連のストーカーっぽい行動をしている自分に後ろめたさを感じていたからだろうか。それとも得体の知れない何かを期待してのことか。自分の存在がバレたのかな。それともポストに……まだ気づくわけないか。じゃあ、ただのゴミ捨てに出てきたのかな。開いたドアから少しうつむき加減に出てきた人影が見える。弘樹君のお母さんかと思ったら、出てきたのは監督だった。喉の奥が詰まり、声にならなかった。何だ？　何だ？　いや、何かの間違いかもしれない。団地妻だからといって、十把ひとからげにして考えてはいけない。分かっている。では何で監督が201号室から出てきたんだ？　今度の試合の相手チームの戦術分析のミーティングか、それとも弘樹君が今後ゴールキーパーとしてどうすればいいかの話し合いか、いや、高いところの電球を替えに来たのかな、んなわけない、んなわけないじゃないか。正解は分かっていたが出したくなかった。しかし限界だ。つまらなそうに笑う自分の顔をバックミラーで確かめる。……な〜んだ。……だからか。だから正ゴールキーパーは弘樹君なのか。前に電車の中吊り広告で「主婦の3割は不倫を経験している」という見出しを見たのを思い出した。何だポカリって。太刀打ちできるわけがない。拳銃を持っている相手に対して、待ち針で戦うようなものだ。車のエンジンを掛け、何も見なかった振る舞いをしてみる。もたない。押し寄せてくる。ついさっきまで私の家の庭で、あんなにPKの死闘を繰り広げて、父と子の感動を見たのに。弘樹君とお父さんは、今頃スーパー銭湯で背中の流し合いをしているのだろうか。弘樹君もお父さんも、実力で正ゴールキーパーの座を勝ち取っていると思っている。人間の目はあてにならない。私が見たのは本当に監督だったのだろうか。そもそも201号室の岡島さんは、私の知っている岡島さんなのか。弘樹君の家じゃなく、たまたま同じ苗字で、本当の岡島弘樹君の家は、団地の違う階で、ポストに名前が入っていない所に住んでいるのではないか。現に２０１号室から弘樹君のお母さんが出るところは目撃していないので、すべて私の早合点かもしれない。団地ごと間違えた可能性もある、といろいろ逃げてみる。んなわけない。んなわけないと思っているから、さっきの団地に引き返してポストから手袋を取り戻しに行かないのだ。律子の言う通り、今度会った時に渡せばよかった。それをわざわざ自分から。とんだオウンゴールだ。

少年野球の最終戦で、途中から亮太がマスクをかぶった。９回の裏、０対０の同点、２アウト満塁のピンチに、正捕手の岸君に代わって亮太がキャッチャーとして公式戦初デビューした。

亮太がマウンドのピッチャーの所へ行ってサインの確認をしている。流しそうめんの失敗を乗り越えて、どうにかこの時を迎えることができた。感慨深いものがある。

しかし、初球、亮太がボールを捕れず、三塁ランナーが還り、サヨナラ負け。あっけなかった。あんなに私のナックルボールを後ろに逸らさない練習をしてきたのに。速いボールは練習していないので捕れなかった。怖がっていた。亮太は公式戦で一回もボールに触れず、エラーで三年間の少年野球の幕を閉じた。私も近所の草野球チームに入れてもらい、ナックルボールを投げてみたが、素人にガンガン打たれてしまい、プロでは通用しないことが分かった。

少年サッカーも最終戦、同点のままＰＫ戦になり、監督がＰＫ専門の亮太を起用した。弘樹君に代わって亮太のゴールキーパー公式戦デビューだった。

ＰＫ専門で練習してきたはずの亮太は、一回も止めることができず、チームは負けた。

家の庭で、蹴る瞬間右か左かを見抜く練習をしていたが、私しか練習相手がいなかったので、私の癖しか見抜くことができなかった。私も近所の草サッカーチームに入れてもらい、バナナシュートや無回転シュートといいながら披露したが、素人が「はぁ?」って顔をしていたので、これもプロでは通用しないことが分かった。

亮太を世界初の野球とサッカーの二刀流に育てる計画は、一旦(いったん)白紙に戻すことにした。

私のコーチとしての指導力の無さが露呈してしまい、また、私自身のプロへの道も閉ざされ、家にマスコミが押し寄せるなんてことも杞憂(きゆう)に終わった。

私はこの胸の内を、律子に報告することにした。

お風呂からあがり、寝室で化粧水を顔にピタピタしている律子が三面鏡に映っている。

「亮太の二刀流の事なんだけど……」

「もう、ゆるしてやったら」

「えっ⁉」

三面鏡の中のどの律子を見ればいいか一瞬戸惑った。

三人とも、なんてことない顔をしている。ウソだろ、どの律子が言ったんだ。ゆるすって。

どういう意味か聞けなかった。怖くて自分からは聞けなかった。

ただ、――そんな感じだったんだ～。

亮太が中学受験をしたいと言ってきたんだって。いい大学行って、いいとこに就職して安定した生活したいんだって。プロのスポーツ選手には興味ないし、なれるわけないと思っていたんだって。しかも野球とサッカーの二刀流なんて何言ってるんだろうって思っていたけど、私があまりにも本気だから、私に気を使って、やめたいことを言えなかったんだって。

夜風に当たりたくなって、外に出た。たまには散歩もいいもんだ。

私は父親として、亮太に何年も無駄なことをさせていたのか。律子の言ったことを、もう一度反芻する。

恥ずかしくて走り出した。自分で思い返しといて、それを振り払うかのように走った。私抜きで家族会議が開かれていたのだろう。厄介者として扱われていたのだろう。ずっと走っていられる。夜は景色が付いてくるのが遅い分、ムキになって走ってしまう。自分でもこんなに走れるとは思わなかった。走るって、体力ではなく動機なんだなと思った。


いつもの定食屋「おかわり」に入った。夜の11時をちょっと過ぎていたが、カツカレーを食べた。

走ったら腹が減った。こんな時間にカツカレーを食べるなんて太るし、体に悪いのは分かっている。家族からも、好きなのは分かるけど、夜中に食べるのは消化にも悪いから食べちゃダメといつも注意されている。しかし、食べてやった。妻や娘たちが怒っている顔を想像しながら食べてやった。悪いと思って食べるカツカレーは最高に美味(うま)い。もしバレたらカリギュラ効果のせいにすればいい。

「それだけ食えれば大丈夫だ」

定食屋のおばあちゃんが怖い顔をして言った。

カウンターの隅っこに座って日本酒をすすり「あぁぁ〜」と再び怖い顔をした。

テレビは、暗いニュースからスポーツのコーナーに移った。

食べ終わった皿のカレーの描いた模様が乾いていく。

私は亮太を自分のリベンジに使っていたのだろうか。もしそうだとしたら、亮太にとってこんなに迷惑な話はない。亮太が何も言わないのをいいことに調子に乗っていたのかもしれない。その一方、何か取り返しのつかないことをしたのかもしれないという恐怖を擁護するかのように、はたして私だけだろうか、こんな父親ごまんといるだろう、そんなに悪いことをしたわけではない、反面教師でもいいじゃないか、と次々出てくる御託にすがる。

手で握っていたコップの中の水に物足りなさを感じる。

おばあちゃんが飲んでいるきったない日本酒の一升瓶が気になっていたので、一合だけもらうことにした。

まだ頭から離れない。

結果うまくいかなかったから、こうなったのだろうか。いやうまくいったとしても、それは親目線のものであって、亮太本人にとっては苦痛なだけなのかもしれない。

弘樹君の父子を思い出した。弘樹君はウチの庭で、サッカーも勉強も両方頑張ると言っていた。弘樹君の本意なのだろうか。お父さんの気持ちを汲んでの覚悟に思えた。

弘樹君は、亮太よりもゴールキーパーとして今のところうまくいっている。大きなお世話だが、このままずっとうまくいくのだろうか。いずれやってくる敗北は、早い方がやり直しがきくのではないか、と自分を正当化してみる。そこには、同じ父親として、今のところうまくいっている弘樹君のお父さんへの妬(ねた)みもあるのかもしれない。

しかし私は裏を知っている。うまくいっている裏を。あの後も、サッカーの応援をしに行くたびに、弘樹君のお父さんと会っている。隣には弘樹君のお母さんがいる。相変わらず仲が良さそうだ。私は何も知らないていで今まで通り接している。

お母さんのおかげでうまくいっている。

この事実を弘樹君のお父さんが知ったらどうなるのだろう。

教えてあげようか。

いけない、いけない。こんなことを考えている時点で私の心は病気だ。他人の家族崩壊を期待している。他人を蹴落とすことによって、自分が救われようとしている。

私は家に帰ったら、庭に設置したナイター照明を取り外そうと心に決めた。みんなが寝ている間に。家族の誰の目にも触れずに外したい。それくらいのわがままはいいだろう。

あと15分で夜中の12時か。香菜子あたりはまだ起きているかもしれない。じゃあまだ帰れない。まだ帰れない――。

あの時、弘樹君のお父さんは「まだ帰れないからスーパー銭湯に行こう」と言った。

携帯で電話をかけたがつながらなくて「まだ帰れない」と言った。

弘樹君のお父さんは知っていたのかもしれない。

でも何も言えない。そのおかげで弘樹君が正ゴールキーパーでいられるから。

その悔しさが200球も蹴らせたのかもしれない。ここでも体力でなく動機だ。

誰にも言えない苦しさ。弘樹君のお父さんは、もしかして私に気付いて欲しかったのかもしれない。だからわざと庭に手袋を置き忘れて行った、とも考えられる。それとも弘樹君をこんなに応援するお父さんだからこそ——お父さんが、そうさせているのかもしれない。奥さんに電話して、つながらないのは「まだ居る」という合図だったのかもしれない。

日本酒を舌におき、細く流す。

こんな時の日本酒は、老ねてるくらいが丁度いい。

4 お昼泥棒

「あのーこの空いているスペースにビールのケース積んでもだいじょうぶですか?」

正社員の金子君が私に向けて発した言葉だ。

「すみません、5円玉の補充お願いします」

パートの中島さんが私に向けて発した言葉だ。

前は「主任!」と呼んでいたのに、まだ心の整理がついていないのか、私に気を使っているのか、遠くから「主任!」と呼べない分、近寄ってきて「あのー」や「すみません」と話しかけてきたりもする。

いつもではない。金子君も中島さんも私のことを「副店長」と呼ぶ時も当然ある。ただ、当の本人に自分が呼ばれたという自覚がなく、「副店長」という声を無視してしまうことが時々あり、それが周りの混乱を招いている要因でもある。

私的には「主任」でかまわないというか、むしろそっちの方がしっくりくる。しかし働いているみんなはそうではないらしい。私が店長になると信じていたのに、本部から来た知らない人がいきなり店長になった悔しさから、私を「副店長」と呼びたくない、でも昇進は昇進なのだからちゃんと「副店長」と呼ぶべきなのかも、という葛藤があるのだろう。

西口店長は40歳。私より5歳若い。大学では経済を学び、スーパーうめやに入社後は、半年ほど現場で働いていたが、すぐに本部勤務になり、それ以来経理を担当してきた。痩身でなかなかの男前なのに独身で、趣味は車らしい。

西口店長は、私を「副店長」あるいは「伊澤さん」と呼び、敬語を使う。

私も西口店長に敬語を使う。西口店長が、いくら店長だからといって年上の私に偉そうに話したところで周りの反感を買うだけで何の得にもならないと分かっているように、私もいくら西口店長よりも年上で、この大原店で25年やっているからといって、新参者に上から物を言って自分の矜持を満足させたところで、むなしさしか残らないことは分かっている。副店長として店長に敬語で接するのは社会人として当たり前のことであり、なんら悔しくはない。

「いや〜、覚えなくちゃならないことが多いですね」

私と一緒に店内を回った西口店長は、そのあと「至らない点もありますが伊澤さん、よろしくお願いします」と言って、私があれだけ座ることをためらった店長の椅子に、躊躇なく座る。

「こちらこそ、新天地で不安もあると思いますが、私で良ければ何でも聞いてください」

正直に言えば、「不安もあると思いますが」は、私自身の気持ちだった。新店長がどんなことをやりだすのか、今までの大原店の色をガラリと変えるような経営をするのか。

しかし、その不安とは裏腹に、西口店長が来るまでの間、自分が店長代理としてこのお店を指揮するという重圧を体験していたので、副店長に落ち着き、心に少しばかりの余裕ができたのも事実である。だからその分、西口店長を傍でサポートしようと考えた。それがお店にとって最善だと思うからだ。

まず、西口店長は従業員とちゃんとコミュニケーションが取れていない。やることが多すぎてそこまで手が回らないのは分かるが、実はこれを最優先にすることがすべての近道だと私は考えている。

西口店長は、ほぼ私とばかり会話をしている。わからないことがあると、近くに従業員がいるのに私に聞きに来る。少し人見知りの気があるのかもしれない。しかもみんなもみんなで、わからないことがあると、西口店長でなく私に聞いてくるのだ。今まで通りといえば今まで通りだが、私に対する忠誠心というよりも、西口店長を店長としてまだ認めていませんよ、といった態度で、仲間はずれにしているようにも見て取れた。

　そういうのは本人が一番敏感に感じているはずだ。それでは孤立して私しか話し相手がいないのもしょうがない。仕事ぶりを見ていると、今まで経理で数字を扱っていたせいか、几帳面で真面目であることは窺える。西口店長が何も言わないのをいいことに、従業員たちも自ら歩み寄ろうとしない。そろばん弾いていた人間がどこまでできるのか、お手並拝見といった様子なのだ。

　地域密着型の小規模スーパーでは、日本全国にチェーン展開している大手スーパーと違って人事異動が活発でなく、一つのお店に長く勤務するのが当たり前で、風通しが悪いとまでは言わないが、少々人間関係が閉鎖的になってしまう傾向がある。もちろん、うちも例外ではない。

　したがって、いくら新店長とはいえ、みんなの月旦評の餌食になるのは止むを得ないところだろう。

　でも、私にはそんなことまで注意できない。自分だって若い頃やっていたではないか。新しく入ってきたバイトの学生にさえも、無関心を装いながら遠くから言動を逐一チェックしては、今度入った新人はどうのこうのって、みんなで陰口に花を咲かせていたではないか。居心地が悪いまま辞めて行った人がどれだけいるだろう。転校生をいじめるのと一緒だ。そんな自分の過去をちゃんと清算せず、都合のよくない人間は追い出して、気の合う仲間だけで残って徒党を組むということを繰り返してきた自分に、注意する資格なんてあるのか。

人はよく人を叱りつける。自分も昔同じ過ちを犯していたことを忘れてしまったかのごとく。それとも、忘れたフリをしてでも叱った方がいいとでもいうのだろうか。

いずれにせよ、西口店長と従業員の関係がこのままでいいとは思えなかった。西口店長は寡黙に動き回っている。たまに「よし!」と小さい声で自分に言い聞かせているのが聞こえてくる。いつでも話せる、声を出せる準備をしているかのように。

私はみんなに直接「西口店長とコミュニケーションをとるように」と言うのではなく、西口店長と従業員たちが、田舎の有料道路のように、つまり「これって高速? いつの間にか高速に乗ったの?」という現象のように、ごく自然に仲良くなれるように仕向ける作戦を考えるにあたって、まずみんなを飲みに誘った。当然西口店長抜きで。

よく行く居酒屋「しらふ」のお通しのキャベツは、食べる前にちゃんと見ないと虫さんがお邪魔している場合があるが、クレームを言ったことはない。なぜなら、野菜全般をウチから仕入れてくれているからだ。

胃袋も落ち着き、それとなくみんなの西口店長への印象を聞いてみた。

真面目、おとなしい、いい人そう、モテそう、まだよくわからない、と当たり障りのない答えが返ってきた。しかし時間が経つにつれ酔いも回りだすと、少しずつ洩れてきた。

「西口店長って、いっつも机に座って何をやっているんですかね？」

「まー、経理出身だからね。でもいろんなお金の計算は上田店長より細かいし、あ、こういうデータを算出する方法もあるんだ〜って勉強になるけどね」

私は西口店長をさりげなくフォローする。精肉担当の木村君が求めていた答えとは違ったみたいだ。一人が言い出すと、それに続く者が現れる。

「今は店内の流れというか、店の動きを覚えた方がいいと思うけどな」

「そうだな〜、わかる。もしかしたら西口店長は、自分がいると仕事の邪魔になるから、遠慮して少しずつ覚えようとしているのかもね」

金子君の意見を真っ向から否定せず、一回受け止めてから西口店長をいい風に持って行く。

「やっぱり、伊澤さんが店長になるのが自然な流れだったんですよ、まったく本部はわかってないなー」

ベーカリー担当の三浦さんが、お酒が入ったグラスに口をつけたまま吐露する。みんな一様に頷き視線を落とした。まだ西口店長を店長として受け入れられていないのだろう。何も知らないよそ者が急に入って来てトップに立たれたら、今まで地道に働いてきた者にとって面白くないのはよく分かる。

みんな大人しくなってしまった。そんなつもりで飲みに誘ったわけではないのにな。私はみんなを明るくしようとした。

「あれだな、いっそのことどこかの会社みたいに、外国人が急にトップに立ってくれた方が踏ん切りがついたのかもな〜」

「いや、それは違います」

今まで何もしゃべっていなかった紅一点、高井さんに一蹴された。

何だか、従業員みんなの団結を意図しない方向に、さらに固めてしまったのかもしれない。

次の日からみんなの西口店長への対応がより淡白になったように感じられた。傍目にはなんら変わらぬ上司と部下の言動だ。みんな西口店長への言葉づかいも態度もいつも通りちゃんとしている。しかしひとたび西口店長から離れると、他の従業員たちの仲の良さがひと際目立った。それはまるで西口店長への当て付けのようにさえ見えた。間接的なのに直接的というか、そういう風な人との壁の作り方もあるんだな。

やがて私は、西口店長と従業員のどっちからも、少し敬遠されている気配を感じるようになった。おそらく、西口店長からしたら従業員側、従業員からしたら西口店長側の人間だと思われている。私がどっちつかずの態度をとりつづけていたせいかもしれない。溝が深くなる前に、西口店長を誘って飲みに行かなければならないと思った。

結婚と飲みの誘いはタイミングが大事だ。

いつものように西口店長はパソコンの数字とにらめっこしている。

近くに誰もいないのを確認した。神妙な面持ちでなく、気さくな感じでと、指を下の方で動かし、お猪口(ちょこ)を持ってクイックイッって口元に持ってくるイメージでシミュレーションをする。何緊張しているんだ。そんな自分が嫌いだ。年下を飲みに誘うだけじゃないか。

　私は深呼吸をして手を口に持って行き、もう一度、シミュレーションをしようとした。

「あのーもし良かったら、今日、さしでどうですか?」

　西口店長から誘われた。西口店長は口元に手を持ってきて、クイックイッと指でお猪口で酒を飲む真似(まね)をしてみせた。

「あ、こちらこそ是非お願いします」

　出番のなくなった私の手は後ろに回り、行き場をなくしていた。まさか西口店長から誘ってくるなんて。しかも「さしで」って。でも、話は早そうだ。

　閉店し、最後に店内の電気を消すのは私の役目だ。店内は昔より暗い。非常口のマークが小さくなった分だけ、以前より暗い。

　西口店長はまだ机で作業をしていて帰る支度などしていない。従業員たちのタイムカードを押す音が聞こえる。「お先に失礼します」「お疲れさまでした」と言う声には顔をあげて「お疲れさま」と言うものの、西口店長は夢中で仕事をしている。

本当にこれから飲みに行くのかなと疑問に思うほど仕事を終える感じがない。よっぽど私と二人で飲みに行くのが、従業員にバレたくないのだろう。仕事しているようで実は全然集中していないんだろうな。心の中で私以外みんな早く帰ってくれって思っているんだろうな。口には出さないが私にもそういう態度を取ってほしいんだろうな。「伊澤さん一緒に帰りましょうよ」って言われないように、まだ仕事が残っている空気を出してほしいんだろうな。「今から西口店長とさしで飲みに行くんだ」なんて言ったらいけないのかな。別に内緒だよとも言われてないんだけどな、とか思いつつ。

「では、行きますか」

従業員が全員帰ったのを見計らって私から声をかけた。

「あ、そうですね」

そこからの帰り支度は、待っていましたと言わんばかりに速かった。

やっぱりそうだったんだ。大変だね、店長も。

「駅の反対側に行ってみますか」

少し早足で私より一歩前を歩きながら遠くを指さす。駅のこっち側、つまりスーパーうめやがある方は商売が盛んで飲み屋がたくさん建ち並び、サラリーマンの愚痴をお酒が洗い流してくれる。一方西口店長の言う駅の反対側は、こっち側に比べて大人しく、飲み屋は数軒ほどしかない。おそらく従業員とバッタリ出くわすのを避けるために駅の反対側を選んだのだろう。

　私も25年この駅に通っているので、お店の存在は知っていたが行ったことのない居酒屋だった。壁いっぱいに貼ってあるメニューの多さに、料理へのこだわりと自信の無さを感じながら奥のカウンターに落ち着く。

　西口店長は、「とりあえず生」と言ったあとの二杯目から早くも焼酎に入り、とりあえず早く酔いたいのだろうなというのを隣で感じながら私も焼酎を嗜む。

「あの～」西口店長はゆっくりと話し出した。「カスタネットって、赤と青に分かれているじゃないですか、あれは男の子でも女の子でも両方使えるようにということなんですってね」

「らしいですね。聞いたことあります」

「いい音が出るように、突起というか丸く盛り上がっているのが付いているのって、赤か青かどっちか知っていますか？」

「いや～知らないです。どっちなんですか？」

「赤です」

「へ〜」

「おかしいと思いませんか伊澤さん。男が青で女が赤なら、突起は青に付けるべきでしょ。僕は小さい時から思っていました。なんでこんなややっこしいことするんだろうって。伊澤さんも僕の赤という答えを聞いてへ〜って驚いていたということは、突起をおちんちんに置き換えて青だと思ったから、赤という答えに驚いたんですよね、ですよね」

何の話だよ。どうでもいい。早く本題に入ってくれ。

私は待った。たわいもない話が続く中、私は待った。

しかし西口店長は何も言わなかった。言えなかったのか、結局言わなかった。くだらない話をしながら酒を酌み交わしている間に、まだ大丈夫、もう少し頑張れる、まだ部下に弱みなんて見せられない、と覚悟を決めた瞬間を見たようにも思えた。

久しぶりだったのだろう。「今日は楽しかった〜」と上を向きながら夜風を受け入れている。

私は西口店長の本当の笑顔を初めて見られたことだけでも、今日は良しとした。

「店長はパパより年下なんでしょ、そういう時はどっちがお金出すの?」

顔パックをしている次女の香菜子が、発泡酒を雑に注いでくれるものだから、コップの外に跳ねて画用紙に書いたインクが滲む。

「あーあ、もー。ん? 割り勘だよ」

「世知辛いねー、仮にも店長と副店長なんだから、会社のお金で飲めるもんなんじゃないの?」

「そんな潤沢な会社じゃないよ、うちは」

こういう話をして発泡酒を飲んでいると、自然と肩身が狭くなる。

「もう12時過ぎているわよ。早く寝ないと」こちらも顔パックをしている妻の律子が登場し、冷蔵庫から梅酒を取り出す。「何、また西口店長の話?」と質問を投げかけておいて、私たちの答えを待たずに勝手にしゃべり出す。「人見知りなのかもしれないけど、自分からどんどん従業員に話しかけないとダメよ。みんな話しかけてくれるのを待っているのよ。だって店長だもん。従業員から行きづらいわよ」

そう言い終えると、律子は大きめの梅を一口で口に入れ、その反動で口の周りのずれた白いパックを指でピタピタと貼りなおした。

「でも彼なりに努力はしているよ。でもなんだろな～今日もさ、西口店長がさ、パートの田中さんにレジ袋の予備がないから入れておくように言ったら、分かってますって田中さん食い気味だったもんな～。怒った感じじゃないけど、真顔で言われると冷たい印象しか残らないよね。あと昼食の時って、従業員は店内で何か買ってレジに持って行ったりするんだけど、パートの中島さんが漬物を持ったら、西口店長が消費期限今日までだからいいですよレジを通さなくてもって言ってくれたのに、いいえ、ちゃんと払いますって頑固に。たぶんパパがレジを通さなくていいよって言ったら、ラッキーなんて言って、いつも通りみんなで食べるんだよ」

「わかった、照れているんじゃない」香菜子がまた違った切り口を打ち出してきた。「それは西口店長がそこそこの男前で独身ってことだけじゃなくて、ほら、東京から垢抜(あかぬ)けた転校生がやってきたら、誰が初めに話しかけるか、誰が最初に仲良くなるかけん制し合うじゃない。今までのクラスメイトとの関係性も崩しかねないから慎重になって、個人それぞれは仲良くしたいと思っていても周りを気にしちゃって、お互い素直になれない感じじゃない？」

「んーそうなのかな～」

「ちょっとしたきっかけでみんな打ち解けると思うよ」

「香菜子の予言はたまにあたるからな〜」

「だからパパがナイスアシストしてあげればいいんじゃない」

律子が「もう、どっちが親かわからないわね」と言いながら「ほら足！　行儀の悪い！」と椅子に片膝を立てて座っている香菜子の足をひっぱたいた。二人ともパック中。ずっとリーチがかかっていた。長女の小梅も顔パックしながら登場して、顔パックしている女性三人が揃う画を想像したが、今日はなさそうだ。


翌日も私は店に一番早く出勤した。正確に言うといつもより30分早めの出勤だった。それは西口店長好感度アップ大作戦を決行するためだ。当の本人はというと、昨日飲み過ぎたせいかいつもよりも遅い出勤で、他の従業員たちと挨拶を交わしていた。

私は西口店長の顔を見て言った。

「店長、おはようございます」

西口店長は、私の笑顔を流すように引きつった笑顔で「おはようございます」と言った。

でた。会社の飲み会で、あんまりしゃべった事のない人とすごく仲良くなったのに、次の日の朝会社のエレベーターで会ったら、今まで通りの他人行儀な態度取られて、昨日のは何だったんだよ！　という例のやつだ。

　西口店長は、よっぽど昨日の私との密会を他の従業員に知られたくないのだろう。わからなくもないが、ちょっとしたアイコンタクトくらいあってもいいと思ったので少し寂しさを感じた。だからって自分から一歩踏み込まない私も、香菜子の言うように照れているのだろうか。

「伊澤副店長、倉庫の玉ねぎをこっちに移動させといてもらってすみません、助かります」

　おっと、さっそく西口店長好感度アップ大作戦が口火をきったぞ。青果売り場担当の牧田君はこれから自分が驚くとは思っていない。

「あーそれだったら、西口店長が昨日のうちにやっていたよ」

「え、西口店長がですか？」

「そう」

「一人でですか？」

「そう」

「あの重い玉ねぎを？」

「そうだよー、みんなが帰った後、あの細い体で20キロの玉ねぎの袋を一人で運んでいたよ。そういう人なんだよ。俺はそれを手伝わずにとっとと帰ったけどね」

本当は私が今朝早く出勤して玉ねぎを運んでおいたのだ。

牧田君は「へ〜」と言って何かを考えている様子だ。

「あー牧田君ね、このことで西口店長に礼を言う必要はないよ。そういうの嫌う人だから」

そう言いながら、静電気で袖にまとわりついていた玉ねぎの茶色の薄い皮に気付き、牧田君にバレないようにそっとポケットに隠す。

完璧だ。牧田君の西口店長への意識は確実に変わったはずだ。

「伊澤副店長、パンの可愛いポップありがとうございます」

ベーカリー売り場の三浦さんがニコニコしながらやって来た。

「ん？　何の事ですか？」

とぼけてみた。三浦さんは「またまたー」とさらに相好を崩す。

「あ、それなら西口店長が、昨日みんなが帰った後一人でポップを作っていましたよ。ベーカリーはこの店でも一番目立たないとこにあるから、せっかく三浦さんができたての美味しいパンを作っても、お客さんの目に留まらないんじゃもったいない。少しでもお客さんの興味を引くようなアピールをしたいって、西口店長が言っていましたよ」

三浦さんの目が少し潤んでいるように見えた。本当は、昨日香菜子としゃべりながら画用紙をパンの形に切り取って、カラーでふちどり、「自家製うまうまカレーパン」「こだわりのうまうま明太フランス」「彼と一緒に食べれば気にならないうまうまガーリックトースト」など丸文字で可愛く書いたつもりだ。ちょっと発泡酒が跳ねてインクが滲んでいるのもあるけど。

「じゃあ、店長のとこに行って、ありがとうございましたって……」

「いやいや、それは店長に対して逆に失礼ですよ。だって西口店長は、店長としてそのくらいのことは当たり前だと思っているんですから。そういう人なんですよ。私なんかこんな細かい作業、面倒くさいからゴメンですけどね」

と言って、蓋(ふた)を閉める時に誤って手に付いたインクの痕跡に気付き、手をポケットに入れた。

完璧だ。最後自分を下に落とすことで、さらに西口店長の株が上がる。西口店長がみんなからの信頼を得るのも時間の問題だ。思っていたより早く終わるかもしれない。

私は、人のためになれているうれしさを全身で感じている。高鳴る鼓動を落ち着かせようとしていることへの喜びといっしょに。

鮮魚コーナーの責任者である西村さんがやって来た。

「西村さん、フグをさばいた後のゴミ箱にちゃんと鍵(かぎ)をかけとかないとダメですよ。もし誰かがゴミ箱の蓋を開けてフグの毒を取って何かの犯罪に使ったら大変ですよ。営業停止どころじゃないですよ。条例で決まっているんですから」

私が早口でまくしたてると、真面目な西村さんは顔を強張(こわば)らせながら頭を下げた。

「すみません。以後気を付けます。伊澤副店長が鍵を閉めておいてくれたんですか？」

「実は……西口店長なんです。昨日みんなが帰った後に見つけて。西村さんも忙しいから、たまにはこういうミスもあるだろう。自分が発見してよかった。このことは本人に言わなくていいから。それよりも最近の西村さんの腰の状態が心配だって言っていましたよ」

西村さんには申し訳ないが、本当はちゃんと鍵はかかっていた。こんなやり方は酷過ぎるというのもわかっている。西村さんには本当に悪いことをした。ただ他に思いつかなかったのだ。それくらい西口店長を認めてほしいという思いと、たまにはこういう刺激があった方が今後さらに注意を払うだろうという私の勝手な解釈を許してほしい。

「あの西口店長が、僕の体を気遣ってくれていたなんて」

「そういう人なんです。西口店長はなんて心が広いのでしょう。言わなくていいという忠告を無視して西村さんを糾弾した私は最低です。何で我慢できなかったんだ。たまのミスを鬼の首を取ったかのように。私は人として最低だ。すみませんでした。どうか私が言ったということは西口店長に黙っていてもらえますか？　お願いします」

「そんな、伊澤副店長が頭下げることないですよ。悪いのはこっちですから。そうですね、店長に謝りに行きたいけど、そうすると伊澤副店長が店長を裏切ったことになっちゃいますもんね。わかりました、黙っています。それと本当に申し訳ありませんでした」

西村さんは何も悪くない、ごめんね。

捏造（ねつぞう）しちゃったけど、多少の犠牲はしかたない――ことにしよう。

私の西口店長好感度アップ大作戦は、毎日着々と行われていた。

みんなの休憩室に、小梅の彼であるガッキー君から教えてもらった行列のできるおいしいプリンを買ってきてテーブルの上に置いておく。置いてちょっとの間その場でタイミングを計る。パートのおばちゃんたちが休憩室にやってくる。それと同時に私は休憩室を出ようとする。田中さんの声が思ったより大きかったので、西口店長に聞こえてしまうのではとヒヤリとした。

「あら、どうしたのこのプリン！」

「あ、見つかっちゃいましたか。西口店長には黙って置いとくように言われたんですけど」

「え、西口店長の差し入れ？」

「はい、ただ恥ずかしいから自分からだって言わないで、そろっと置いといてくれって」

「店長ってシャイでいい人じゃない」

「ほんとですよね。私なんかこんな高価なプリンをみんなの分なんて買えませんよ。私はケチだけど、店長は太っ腹だな～」

　プリン代はちょっと高くついたけど、西口店長の評価はうなぎ上りだ。何だか自分が評価されているみたいでとてもうれしい。

　西口店長好感度アップ大作戦は、日を追うごとに成果を出していった。

西口店長のいいイメージは、私の手から離れて勝手に広がっていく。

従業員みんな、店長が決めることも副店長である私に聞いてきたのに、今では普通に西口店長に話しかけている。これで私も少しは肩の荷が下りて自分の業務に集中できる。西口店長の陰口を言っていた人たちも、笑顔で積極的に話しかけている。元々男前で独身なので、パートのおばちゃんたちには大人気だ。そう仕掛けたのは私なのだが、西口店長本人を含め誰も知らない。私が勝手にやったプロジェクトであり、成功したということだ。望んでいたことだ。あのまま西口店長が仲間はずれのようなかたちで浮いた存在でいたら、この店は存続の危機に瀕していたかもしれない。何でも、昨日西口店長と何人かの従業員で飲みに行ったらしい。私は誘われていない。残業で忙しそうにしていたから声をかけるのを遠慮したのだろう。西口店長と金子君が品出ししながら昨日の飲み会を思い出しているのだろうか、ひそひそと話しながら笑っている。別に話の内容なんて気にならない。私は真面目に働くだけ。仕事現場が明るいのはいいことだ。ベーカリー担当の三浦さんが、西口店長に新作のパンの試食をお願いしている。へ～、私には一度も新作パンの試食など頼んでも来なかったのに。三浦さんにそういう行動をとらせたのも、西口店長好感度アップ大作戦効果である。いいことだ。青果売り場の牧田君が西口店長とＤＶＤの交換をしている。へ～、牧田君って映画好きだったんだ～知らなかったな。私も映画好きだから言ってくれても良かったのに。西口店長には映画好きなことを口にしたんだね。ま、私とはそんな話になるタイミングがたまたまなかっただけかもしれないから気にしないけどね。鮮魚コーナーの西村さんが、マグロの中落ちの部分を西口店長に食べさせている。私も食べさせてもらったことないのに。しかもマグロの骨についている中落ちをスプーンでなくハマグリの貝殻ですくって食べるという何とも通な食べ方である。ほ～、ここまで好感度が上がるとは。西口店長の人望が独り歩きしている。ここまで大きな成果が上がると私もやった甲斐があるってもんだ。精肉売り場の木村君が、来月西口店長のサプライズ誕生日パーティーを催したいと私に相談してきた。私はそんなの一度もやってもらったことはない。しかも西口店長の前に私の誕生日があることは完全にスルーされている。いいじゃないか、誰でも新しいものに目が行く。西口店長と従業員との距離があった分、今は急速に縮まっている状態だ。でもここまで好かれるとは思わなかったな～。なんだかな～。西口店長好感度アップ大作戦のことをみんなに言っちゃおっかな～。

「副店長、電話ですよ！」

高井さんの強めの声だった。いろいろ考えすぎてボーッとしていたのだ。高井さんは女性唯一の社員で、勤務態度は真面目すぎるくらい真面目で、性格がキツイわけではないが、まったく隙が無いというか、浮いた話も一回も聞いた事がない。

小走りで向かうと、「本部からですよ」と高井さんが受話器を差し出した。事務的だがさっきよりは高圧的な感じではなかった。

「え、何だろう？」

私は高井さんの機嫌を意識しながら、彼女の隣で立ったまま受話器を持った。

電話の相手は、本部の広報課の芝草さんで、広報課といってもそんな大きな会社ではないので、芝草さん一人で広報課と企画課とマーケティング課を受け持っている。その芝草さんから、この大原店がテレビに出ることになったと報告を受けた。

私がいつか想像していたことが現実になった。

「どうしたんですか？」

自分でも気付かないうちに受話器を置いてニンマリしていた。そんな様子を高井さんは気持ち悪がったのだろう。

「うちの店がテレビに出るんだって。『お昼泥棒』って知ってる？　ほら、お昼の生放送で、その中でいろんなお店対抗歌合戦みたいなコーナーあるじゃん、あれ」

「あーなんかやっていますね。伊澤さんが歌うんですか？」

「まさか、そこは西口店長でしょ」

私は副店長だから、という言葉を付け足そうとしてやめた。

事は二週間後である。生中継で、お店の代表者が歌い合って勝った方がお店のPRができるという内容だ。対戦相手の店はまだわからないが、歌を歌うということはわかっているので、早くカラオケの練習をするに越したことはない。

その旨を西口店長に伝えると、伝えている途中から表情が剣呑になった。

「それって、断ることできないですかね？」

確かに人前に出てワイワイ盛り上げるタイプの人間ではない。しかもそれがテレビの生放送ときたら、彼にとっては地獄だろう。

「でも、スーパーうめやを宣伝するチャンスですしね」

冷たく伝わったかもしれない。しかし彼の気持ちも汲んだうえで、本部からの命令で板挟みになっている私の中立的な意見を述べたつもりだ。

「わかるんですけど、別にうちがやらなくても……他の支店に頼むことは可能ですかね？」

「そうですね、ちょっと本部に相談してみます」

「すみません。あ、早めの方がいいと思うんですよね、番組の方も都合があると思うので」

どこに気を使ってんだか。「わかりました」と言って、すぐに本部に電話をかけた。

本部の広報課に回してもらい、芝草さんに理由を聞くと、うちの大原店は他の店と比べてアバンギャルドでテレビ的にイジリ甲斐があるという理由で決まったらしい。

その革新的といわれる所以は、私が先代の上田店長が亡くなってから西口店長が就任するまでの間、店長代理としていろんなことにチャレンジしていた名残だと思う。

女性はカボチャが好きという私の思い込みから始まった、ウェルカムドリンクならぬウェルカムカボチャのスープ、お弁当が200円台なのにサービスのみそ汁、店の一角を子供の遊び場にし、お菓子を開けて食べても袋をレジに持ってくればOKの後精算システムなど、私が一番輝いていた頃というか、勝手に店長になるもんだと思って勘違いしていた頃の企画が、他にはない斬新な店として、やっとというか、ま、評価してもらえたのかな。

私的には何ら悪い気はしない。ただ西口店長的にはどうだろうか？　私の考えた企画のおかげでテレビ出演が決まったと聞けば、あまりいい気はしないだろう。

「店長、本部がどうしても引き受けてほしいとのことです」

私は少し困った顔を繕い、半分同情している風を装った。

「そうですか〜。あ、確かあそこの店長が歌がすごくうまかったんだよな〜、ちょっと連絡してみようかな、スーパーうめや的には勝った方がいいですもんね」

受話器を取ろうとした店長の手を、警察に電話しちゃダメ！　とばかりに私は上から押さえた。

「いや、歌のうまいへたじゃないらしいですよ」

「え？　だって歌で対戦するコーナーですよね？」

「そうです。でも本部的には、大原店が西口店長で新体制になったことや、ここ数か月の売り上げが全店中トップを走っていることで、スーパーうめやを代表してほしいとのことです。それと、何よりも店長の男前のルックスはテレビ的にもほしいんですよ」

最後にずるいところをついたと思った。リアクションが取りづらい顔をしている西口店長を、体の向きを変えて視界の隅で感じ取った。

「でも、歌が得意なわけでもないし、私にこんな大役が果たせるか心配です」

「店長、まだ二週間あるじゃないですか。カラオケ、付き合いますよ」

西口店長は、私の手を「ありがとうございます」と力強く握りながら、従業員の中にこの事を知っている者がいるか尋ねてきた。

「高井さんくらいですかね」

「彼女、他の従業員にしゃべってないですかね？」

「大丈夫だと思いますよ。高井さんは余計なことはしゃべらない人ですから」

どんだけ秘密主義なのだろう。

「では、さっそく今日から付き合ってもらってもいいですか？」

独身は身軽だ。家庭持ちの大変さをわからないのだろう。

そんなことおくびにも出さず、「いいですよ」と言った後、「高井さんもカラオケに誘いますか？」と聞いてみた。

「そーですね。三人で行きましょう、三人で」

何を恐れているのだろう。私との飲み会といい、こそこそするものでもないのに。

テレビに出る事なんてすぐにバレると思うけどな。

臆病(おくびょう)なんだろうね。

みんなとカラオケに行った方が、西口店長好感度アップ大作戦がさらに効果を増すんだけどな。ま、それがうまくいかないから私が裏で手を焼いているんだけどね。

　私はみんなの目を盗んでこっそり高井さんを誘った。

「家に帰ってやることあるんですけど、伊澤さんがそんなに店長と二人っきりが嫌なら行きますけど」

　高井さんは、今日の特売品である一個59円の納豆のパックをキュッキュッ言わせながら手際よく並べている。しかしその動きとは正反対と言ってもいいくらいの小さな声だった。

「そんな、嫌じゃないんだけど、もし高井さんが来てくれたら盛り上がるかなって」

「私なんかが行ったって盛り上がりませんよ」

　悲観的というよりは、何ですか、その見え透いた嘘は、というような怒りの顔を向けられた私は怯む。

「そこをなんとか」私は両手で拝みながら、「ハニートースト頼んでいいから」と軽い買収のようなことをした。

「女子が全員ハニートーストが好きだと思ったら大間違いですからね！」

高井さんが、二つ目のハニートーストを食べている。

主婦層が見ている番組なので、おじさん二人で決めるよりも、主婦ではないが独身32歳の女性である高井さんの意見を参考に選曲したかったので、とりあえず高井さんが来てくれてホッとした。

「ちょっとシャウトの部分がな〜」

西口店長は五曲続けてヘビメタだかロックだかを歌っている。

三人でカラオケに入って、恥ずかしいから最初に歌ってくれと頼まれたので、私は一発目の曲ではないなと思いつつも、青西高嗣の「〝AO〟 corner」を歌った。二人はきょとんとしていたが、私はフルコーラス歌いきってやった。

それからは、西口店長がずっとマイクを放さなかった。最初の一、二曲はみんなの知っている曲を歌っていたが、だんだん自分の趣味の域に入って行き、不慣れなタンバリンを持って応援している私も、ヘッドバンギングしながらヘビメタを歌われても、どうしていいかわからなかった。高井さんなんか一曲も歌っていない。歌おうともしていない。ちょっとはカラオケの本を捲(めく)ったりするものだが、そんなこと一切せずにハニートーストに夢中なのだ。私は二人に気を使いながら、長く感じる時間に耐えていた。

「やっぱり、シャウトの部分がな〜」

西口店長の気にしている部分が全くわからない。

「シャウトとかもういいから、サザンくらいにしといたらどうですか?」

お、生クリームを口に付けた高井さんが切り出した。確かにそうだ。お昼の時間帯でこんなわけのわからない激しい曲を歌われても番組側からNGが出るに決まっている。国民的バンドのサザンオールスターズにする方が賢明である。高井さんは素晴らしい。私が言えないことをズバッと言ってしまう。注文したメニューと違うものが来ても何も言わずそのまま食べてしまいそうな見た目なのに、核心をついて周りをギョッとさせる正論を言っちゃうあたりが、ギャップがあって素晴らしい。

「そうかな〜盛り上がると思うんだけどな〜」

西口店長は汗を拭きながら真面目に答えている。

「サザンのバラードとかを歌いあげたら、店長人気出ますよ」

高井さんが、こんなお世辞を言うことあるんだ〜という少しの驚きと同時に、え、もしかして高井さんも西口店長に心奪われちゃった組? とちょっとだけ嫉妬する。

「じゃあ、この曲なんかどうかな?」と西口店長が入れた曲が、「Blue〜こんな夜には踊れない」。桑田佳祐のソロである。高井さんは小さく首をかしげた。確かにカッコいい曲で私も好きだが、この曲をテレビで歌い上げるには難易度が高いのではないかと思う。サザンとしてももっとポピュラーな曲がたくさんあるはずだ。

「いいんじゃないですか。いい曲ですし」

私は心にもないことを口にした。そこには、大原店がテレビに出ることはすぐにバレるだろう↓つまり西口店長が歌うこともバレる↓そうすると従業員が西口店長を応援するためにカラオケに行こうと言い出す↓その時には、西口店長が完璧に歌いこなせていて、その歌声を聴いた従業員たちは、さすが店長！　となる、いわゆる西口店長好感度アップ大作戦を目論んでいた私は、もういない。

「でもこの歌難しいんですよね、サビが英語だし」

「そこが見せどころじゃないですか」

思わず口走っていた。西口店長が失敗するところを想像しながら。かわいさ余って憎さ百倍とはこのことなのか。あんなに西口店長の好感度アップを切望していたのに、どうしたことだろう。

西口店長は歌いまくった。本気で勝ちに行っているか、ストレスが溜まっているかのどっちかだろう。私はカラオケに毎日付き合わされた。自分から言い出したので仕方ないけど、それにしても毎日行くかね〜。因みに高井さんは初日以外かわいそうだから呼んでいない。高井さんからも「その後調子はどうですか？」の一言も無いところをみると、全く興味がないのだろう。無理やり誘って悪いことをした。

そして、この店が「お昼泥棒」に出ることが従業員全員にバレた。バラした張本人は西口店長だ。私と一緒にこっそりカラオケ屋に通っていることは内緒にしといてほしいって言っていたくせに。歌がうまくなって自信が付いたのか、自分から発表した。自分で内緒って言っておいて自分で言った。必死に秘密を守っていた私が惨めに思えた。西口店長はテレビに出ることを発表してみんなの驚きの顔を見て満足している。学校の教室で、「五時間目は自習！」って言った後のまわりの歓喜を浴びる場面を思い出した。ざわつきが止まらない。パートの田中さんなんて、自分が出演するかのように驚き慌てふためいている。それをニコニコしながら見ている西口店長。いつ言うか狙っていたんだろうな〜。おいしいところ持っていくんだ〜。気持ちいいだろうな〜。

「今日、店を閉めた後みんなでカラオケに行きましょうよ」

こうなるよね〜。でも、金子君が声をあげたのに少し驚いた。そういや金子君も最近西口店長にべったりだもんな、それまでは私が弟のように可愛がっていたけど。

大きい部屋に通された。鮮魚コーナーの西村さん以外は全員参加した。西村さんは、「どうしても娘の誕生日なので、すみません、本当にすみません」と何度も謝っていた。そんなに謝ることではない。パートのおばちゃんたちは一回家に帰って、晩ごはんを食べてからの参加。忘年会なみの大ごとになっている。

食べ物や飲み物が一通り揃うと、乾杯をして一斉に食べだした。そこは仕事帰りでありほとんどの人が腹ペコだ。いくら店長の歌のために集まったとはいえ、若い連中は特に食べるのが先のようである。

「対戦相手って、決まっているんですか？」

「千葉の方のスーパーらしいよ」

「相手は、何の曲歌うんだろうね？」

「何でも、二週勝ち抜いているらしいよ」

「へ～その番組、チェックしとけばよかったな～」

そんな会話が飛び交っている。高井さんは、相変わらず存在感を消して座っている。

「で、店長、何の曲を歌うんですか？」

「んー決めてないんだよねー」

私に聞こえないように小さな声で言ったと思われる。私は聞き逃しはしない。歌う曲は決まっているではないか。毎日練習しているではないか。

「とりあえず店長、何か歌ってくださいよ」

「んーでも最初は、社歴が一番長い伊澤副店長でしょ」

またた。私は「よっ！」とか言われながら拍手の中、モニター前に立つ。西口店長に対して、ずるいな、なんて気持ちはおくびにも出さず笑顔でマイクを握る。大勢の前で歌うのは少し照れるが、トップバッターなのでその分みんなのテンションが高いのが救いだ。

私の十八番である、青西高嗣の「"AO" corner」を歌った。さっきまでの盛り上がりがウソのように全員きょとんとしていたが、私は心折れることなくフルコーラスを歌い上げてやった。落ち着いた拍手でみんな黙っている中、青果売り場の牧田君が、「カッコいい歌ですね。僕、格闘技やっていたんで気持ちわかります」と言ってくれたのが嬉しかった。

「じゃあ、店長お願いします」

私よりも大きい拍手で迎えられた西口店長は、桑田佳祐の「Blue～こんな夜には踊れない」を入れた。小さな声で「どうかな～、歌えるかな～」と、この曲初挑戦をにおわす発言をした。毎日歌っているのに。出だしはやたらとマイクのエコーやらなんやらを気にして、機械のつまみを何度も調節していた。私と二人でいる時はそんなことやったこともないのに、よっぽど照れ屋なのだろう。テレビとか大丈夫なのだろうか。一度断った理由がよく分かる。そのくせスポーツカータイプの車を乗り回して、スーパーの駐車場にディスプレイするという自己顕示欲の強さも持っている。

「さすが！　店長。歌うまいですね」

私が歌い終わった後よりも激しい拍手が飛び交う。

「英語のサビの部分、カッコいいですよね」

私が歌い終わった時とは比べ物にならないくらい感想が多い。

「絶対うちが勝つでしょ！」

「今日はもう前祝いですね！」

みんなが西口店長を囲んでワイワイやっている間、私はみんなの飲み物の追加とかを片方の耳をふさぎながら受話器を持って注文していた。副店長なのに。でもこんなにみんなが一つになるなんてすばらしいことではないか。

「店長、一緒にデュエットしましょうよ」

パートのおばちゃんからも大人気だ。

私は一度部屋を出てトイレの個室に腰を下ろした。そして考えた。あんなに西口店長が担がれているのも私の極秘プロジェクトのおかげだ。じゃあいいじゃないか。私のおかげで西口店長はみんなの人気者になったじゃないか。極秘なのだから誰も知らない、知っているわけがない。じゃあ何なんだこの気持ちは。何だ、見返りが欲しいのか。伊澤副店長が人間関係もすべてまとめていたんですね、さすがですって誰かに言ってほしいのか。こんな時きまってあの言葉が私を救ってくれる。「春男は、この店の司令塔だもんな」先代の上田店長に言われたこの言葉は、私の心の一番上の抽斗にあるかのようにすぐに出てくる。司令塔は目立たなくていいのだ。そうわかっているのに。それにしても店長店長って盛り上がりすぎだろ。

部屋に戻ると、「伊澤さん、どこに行っていたんですか?」とは誰も言わない。まああの時間いなかったのに、それに気付く者もいない様子だ。隅っこを見ると、高井さんがベーカリー担当の三浦さんに言い寄られて迷惑そうにしていた。

から揚げ一つつまんだだけで、お酒も飲まず気ばっかり使って割り勘で一人三千円。何だったんだろう。その分、家族にケーキでも買って帰った方がよっぽどいい時間とお金の使い方だ。

中継車がお昼の生放送に向けて朝8時にやってきた。私は朝7時から店でスタンバイしていた。これといってやることはないが、スタッフの対応がメイン。ここのスペース空けてくださいとか照明の置き場はどことかコンセントが足りないとかレポーターの控室作りとかへの迅速な対応を私がしている。

そして何よりも大切なのが、西口店長のそばにいてあげることだ。紙一枚持ってそわそわしている。おそらくインタビューの内容が書いてある紙だ。

歌う曲も、前日の打合せでもっとわかりやすい曲がいいのではないかと、ディレクターにサザンの「希望の轍」という曲に変えられたので、かなりパニクっている。

ただ、お店は通常営業である。私はスタッフの対応と西口店長の世話、そしてお客さんとの「今日、何かあるの？」「実は『お昼泥棒』って番組の生中継がありまして」というやり取りに追われていつもの仕事がこなせない。西口店長は使い物にならないし。金子君と高井さんがしっかりしているおかげで、大事件が起きていないのがせめてもの幸いだ。

「そろそろ打合せ、いいですか？」

奥の部屋で、ディレクターとレポーターの男の人と一緒に台本の流れを確認する。西口店長を中心に、スーパーうめやの本部からは専務と広報の芝草さん、そして私が立ち会った。

テレビマンたちは慣れた口調で話す。

「CMあけにスタジオからの呼びかけで、まずスーパーうめやさんに来ます。対戦相手とのクロストークや意気込みを語っていただいた後、歌ってもらいます。そして判定にまいりまして、もし勝ったらお店の宣伝、負けたら宣伝できないので、高井さんって方の主任昇進を発表するということで。以上ですが何か質問なければ、一時間後本番なのでよろしくお願いします」

高井さんの件だが、本部的には勝てばお店の宣伝ができるので何の問題もないのだが、負けた場合、このお店の好印象を残すために、以前私のポストであった「主任」の座を金子君ではなく高井さんに用意することになっていた。これは上が決めたことだ。うちは女性が働きやすいですよというアピールだそうだ。

私が副店長という無理やり作られた役職に就いてから、この店では主任と呼ばれる人はいなくなっていた。高井さんは勤務態度もまじめだし、社歴も年齢も金子君より上なので、別におかしな人事ではない。テレビの生放送でサプライズ昇進。高井さん、ビックリするだろうな～。喜んでくれるといいけど。何か、もう負けた時のことを考えすぎ。

「伊澤さん、ちょっといいですか？」

西口店長が店の裏に私を呼ぶ。何かと思えばインタビューの答え方を一緒に考えてほしいとのことだ。もーお店に戻りたいのに。

お店の周りがだんだんと賑やかになってきた。カメラクルーの存在に気付き、立ち止まって物珍しそうに様子を窺っている人も多い。

こんな時の一時間は早い。

番組が始まった。ちょっとした人気のこのコーナーは番組の中盤辺りだ。

番組は始まったけど、コーナーはまだ始まらないという、都合二回の緊張を強いられる。この緊張と緊張の間はどこに気持ちをもっていけばいいのか、おまけに対戦相手であるフードストアの沼田さんという方から、本日はよろしくお願いしますと、わざわざ電話を頂き、さらに緊張して少し気持ち悪くなった。

コーナーが始まったら、従業員は一旦仕事の手を休めて、お客さんにも了解を得て応援をすることになっている。レジのパートのおばちゃんたちも、いつもより濃いめのお化粧で気合が入っている。高井さんは単独でテレビに映るかもしれないから、ちょっとくらいメイクをすればいいのに。知らないからしょうがないか。

「中継はいりまーす。5秒前！　4、3、2、1」

「はいはい、スタジオの皆さん、こちらスーパーうめや大原店に来ています」

とうとう始まった。従業員は、西口店長の後ろで盛り上げている。私はみんなと一緒にテレビに映る所にはいない。専務と芝草さんと一緒に横から見ている。

レポーターが小気味よく進行している。「西口店長、こちらのお店の特徴は？」という質問に、ウェルカムカボチャスープや子供の食べたお菓子後払いなど、私が立ちあげた企画を例に挙げ、西口店長が緊張しながら説明している。レポーターが「すごいですねー」と言ったが、西口店長は、「ありがとうございます」とだけ言った。「すべて副店長の案です」とは言わなかった。これからの抱負を聞かれ、「うちは地域密着型なので、近所のお客様との信頼関係を損なわないよう努力していきたいと思います」と、私が用意した答えをそのまま言った。後ろで応援している従業員が盛り上がる。

「このお店は、社員の一体感が凄いですね」

「はい、みんな家族のように仲良しです」

仲良しになったのは最近だけどね。しかも私がそうしたんだけどね。

まずい。本当に、西口店長が歌で失敗すればいいのにと思っている自分がいる。どこからそうなっちゃったんだろう。

「それでは歌っていただきましょう、サザンオールスターズで『希望の轍』。どうぞ！」

テレビを見て駆けつけた人もたくさんいて、辺りには人だかりができている。

前日に曲を変更された影響もあったのか、基本歌がそんなに上手ではない西口店長は、スタジオの判定により負けてしまった。

相手の二週勝ち抜いている実力は本物で、妥当な結果だったと思う。

それはそれで、悲しいし悔しさが込み上げてきた。あんなに頑張ってきたのに。西口店長と二人で夜な夜なカラオケに行った日々を思いめぐらす。

本当か？　西口店長が負けて悔しいのか？　実際に負けて、喜んでいないか？

答えは、分からない。

「いやー、負けてしまいましたが」

「そうですね、悔しいです。でも、こんなに応援してくれるお客さんがいるってことが分かっただけで、嬉しいです」

「スーパーうめやさんは負けたので告知は出来ませんが、なんと、サプライズ発表があると聞いておりますが？」

「はい、弊社の人事で恐縮ですが、高井さんを主任に抜擢(ばってき)します！」

高井さんにカメラが向いた。高井さんは何が起きているのか分からないという表情で狼狽(ろうばい)している。周りの従業員も何も知らされていないので、驚き戸惑って拍手さえ忘れている。

私は金子君の顔を探した。自分が主任に選ばれなかったことをどう思っているのだろうか。うまく顔を作って演技しているだろうか。

以前、朝礼で店長でなく副店長と発表された時のことがフラッシュバックした。金子君は好奇の目に晒(さら)されている。そのことに自分でも気付いているはずだ。

私は、自分の性格の悪さを手っ取り早く好奇心という言葉で隠し、自らを傷つけないように瞬時に守った。

金子君は笑顔で祝福していた。

なるほど～。

別に金子君を使ってリベンジしたわけではない。高井さんを主任にするというのは本部の意見だ。一応、私もそれについてどう思うか聞かれた。それは私が反対したところでどうにもならない形式上のことだと察し、本部の意見に同調した。

しょうがない。私の次は彼しかいないと思っていた金子君が、西口店長にしっぽを振っていることへの嫉みではない――はずだと自分の心の深い所へ探査機を沈め確認する。でも、よーく確認せずにさっと切り上げた。

怖かったからではない。自分の悪と対峙するのが怖かったからではない。言い訳を探していることに気付く。迷子になっている。

というか、今は金子君ではなく高井さんだ。

「高井さん、こちらに来てもらっていいですか？」

レポーターが促すと、目隠しして手を引っ張られるように、足を曲げないで一歩ずつ前に進む高井さん。

「店長、なぜ高井さんを主任に？」

「はい、スーパーという体力的にもきつい現場で高井さんは女性にもかかわらず、他の男性にも負けない働きぶりですし、お客さんからも従業員からも信頼が厚いので、スーパーうめや初の女性主任に任命したいと思います」

高井さんは自分が褒められていることに恐縮しきっている。

「なるほど、こちらのスーパーうめやさんは、労働に対して男女格差のない素晴らしい職場であることがわかりました」

レポーターがうまくまとめた。横にいる専務もご満悦だ。

「では、高井さん、いや高井主任、意気込みをカメラに向かって一言」

高井さんは小刻みに震えている。それが初々しく、守ってあげたいと思わせるほどだ。

「あ、あの……」

お客さんの誰かが「頑張れー」と声をかけたのを最後に、お店の中が、外が、街が、テレビを見ている全国が、一斉に固唾(かたず)を飲んだのがわかった。

そして高井さんは俯(うつむ)き、音声さんに緊張が走るくらいの小さな声で、申し訳なさそうにしゃべり出した。

「あ、あの〜成長戦略か何か知りませんけど、女性のキャリアアップを勝手に後押ししておいて、でも女性にはもっとたくさん子供を産んでほしいんですよね？　子育ても介護も女性なら当然という顔をされながら、男性には女らしさを求められるし……す、すみません。何か、うまく言えないですけど……何て言うか……なんでもレディースデーを作っておけば女性がくいつくと思ったら大間違いだと思います。女性が女性としてというより、一人の人間として普通に暮らしていたいだけなんですけど……ダメですか？」

家に帰ると、香菜子がダイニングテーブルでメールを打っていた。私が冷蔵庫から発泡酒を一本取り出し、「プシュ」と大好きな音をたてると、「お疲れ」と香菜子が言ってくれた。

「あら、帰っていたの？」と律子がパジャマ姿でやってきて、秋刀魚を焼いてくれる。

隣のリビングでテレビを見ていた亮太に、「録画したよ、見る？」と聞かれた。返事をする前に、「パパは映ってなかったよ」と言われ、それに対して返答する前に録画再生ボタンを押されたので、否応なしに「お昼泥棒」を見ることとなった。

終始表情の硬い西口店長と、その後ろで笑顔の従業員たち。高井さんがアップになると興味を示したのは律子だった。

「高井さんって、何歳だっけ？」

「確か、金子君より4つ上だから32歳かな」

おどおどしながらしゃべっている高井さんに、つい引き込まれる。

「へ～、わかるわ～」

ドキッとした。「どこが？」とは聞けなかった。

現場的には、レポーターが焦っていたが、すぐにCMに入った。本部から来た二人、特に専務は仏頂面になって帰ってしまった。私はその車に向かって頭を下げ続けた。

CMがあけると、スタジオでは高井さんの話題で盛り上がっていた。現場のディレクターは、「これはこれで良かったです」と喜んで帰った。

歌で負けたことに加え、最後高井さんに持っていかれた感の否めない西口店長は、みんなから慰められ、言い訳なのか照れ隠しなのか、饒舌（じょうぜつ）だった。

今日の「お昼泥棒」は、番組あてにいつもよりたくさんの女性からメールが届いたというくらい反響があったらしい。その張本人である高井さんはというと、まずいことを言ってしまったと後悔しているかと思いきや、意外にケロッとして何事もなかったかのように仕事に戻っていた。私はそんな簡単に非日常から日常に切り替えられずにもやもやした一日だった。

「本部の人は、それでも高井さんを主任にするのかしら？」

「どうだろうね。本来、主任くらいの人事に本部は関与してこないけどね。今回はテレビがあったから特別だよ。普通その店の店長が決めるものだからね」

「高井さんはやりたくなさそうだから、他の人でいいんじゃない？」

「だからって、じゃあ金子君ってわけにもいかないだろうしな〜」

律子と話していたら、いつの間にか亮太は自分の部屋に戻ったらしい。テレビのリモコンを手にした私は、無意識に再生ボタンを押していた。視線の先は、画面の中の西口店長の後ろにいる従業員たちだった。巻き戻したりして一人一人の笑顔をチェックする。

こんなに西口店長を応援しやがって。

西口店長が負けて悔しいのか、それとも嬉しいのか、どっちなのかの答えがわかった。

答えはどっちでもない。

自分一人で西口店長好感度アップ大作戦を敢行しておいて、チヤホヤされている西口店長に腹を立てていたわけではないので、勝ち負けは関係ない。あんだけ警戒して西口店長に近寄らず、私側に付いていたみんなが、すんなり西口店長を受け入れ、誰のおかげだとも知らず私をほったらかしにして、まるで勝ち馬に乗り換えたような状況に腹を立てているのだと思った。ん？　そういうことでいいのか？　何か、心のもやもやがとれない。目の前に秋刀魚が出てきた。

私はこの場で西口店長好感度アップ大作戦の結果を報告した。それによって生じた嫉妬や葛藤も包み隠さず、でもあまり心配はかけたくないので途中から少し明るめに話した。いろいろ考えすぎてわからなくなっている私に、間違っているなら間違っているでいい、とにかく本当の答えを突き付けてほしかった。

「あなたがそこまでやる必要なかったのよ」

律子はいつもの独り相撲でしょ的なあきれ顔だ。さすが妻だ。まーそう言っちゃえばそうなんだけどね。

「身から出た錆だね」

「香菜子、それは悪いことをした時に使うの。パパは良いことしようとしたんだから違うでしょ、自業自得でしょ」

「ママ、それも悪いことをした時に使うのよ」お、この声は小梅。二階から下りてきた。相変わらず正義の味方のような登場だ。小梅は得意気に言った。「二人とも違うわよ。正解は、悪事千里を走る」

全然違う。もう悪い事してるじゃん。

そして小梅は、歌うように言った。

「冗談よ、パパは頑張ったね」

あまりにもさらっと言ったから、もう一度聞きたくて、「え？」と言った。

「パパは頑張ったね」
小梅は一回目と同じ顔で、同じトーンで言ってくれた。涙が出そうになった。
本当の答えは、褒めてほしかった、だ。
私は誰かに褒めてほしかったのだ。
娘に掌（てのひら）で転がされているこの感じ、悪くない。
心地のいい敗北感だ。
秋刀魚がしょっぱくなると酒がすすむから泣かないでおこう。

5　二人との出会い

最初は今日が日曜日だと気付かなかった。電車がホームに滑り込んでくる。この時点でこんなにスピード出しているけどちゃんと止まれるの？　と思う。しかしちゃんと止まる。それまでに何両か見過ごしていたがいつもより空いている。あ、日曜日か、とそこで気付いた。

聞いたことはあるが曲名のわからないメロディが鳴り止みドアが閉まると、私は肩幅くらいに足を開き、電車が動き出す瞬間を狙って進行方向に体を傾ける。タイミングがピッタリ合うと、私が倒れる寸前に体が元の位置に戻るという、誰にも発表したことのない自分なりの遊びをする。

生活の中には場面場面があり、そのパッキン的な存在であるこの空間は、次の場面へのリセットタイムであり、営為の中の無為が自然と出てきて、なんとも居心地のいい、何の時間かわからない時間の一つだ。

私は基本的に電車の中では座らない。それはすべて優先席だと思っているからだ。

座っていて、おじいちゃんおばあちゃんが乗ってきたら席を譲って、今日はいいことしたな~と悦に入っている人がいる。そんなの当たり屋と一緒だ。自作自演もいいとこ。最初から座らなければ、おじいちゃんおばあちゃんにわざわざ頭を下げさせないですむのだ。優しさの押し売りをして、お礼を言ってもらおうなんて図々しい。

でも、そんな私の努力は誰も認めてはくれない。もう何年も前、私が電車に乗っていた時のことだ。電車がとある駅に着き、ドアが開く直前、私はこれからこの車両に乗り込むであろう若者たちを目にした。立っていた私は、彼らを見た瞬間、空いている席に座った。この若者たちが、おじいちゃんおばあちゃんが乗ってきた時に席を譲るとは限らない。それなら私が先に座って席を取っておく方が確実だと思ったからである。

私の思惑は的中した。若者はずかずかと空いている席に我こそはと座っていく。そこへおじいちゃんが乗ってきた。お礼を言わせるつもりはないが、こうするより仕方なかったので「どうぞ」と言いかけた時、そのおじいちゃんのいでたちを見て席から立てなくなった。おじいちゃんはチェックのネルシャツにリュックを背負っている。どう見ても山登りが趣味のおじいちゃんだ。山に登る人はたいていチェックのネルシャツを着ている。このおじいちゃんに席を譲るのは失礼ではないか、怒り出すのではないかと思ったら席を立てなくなり、そこまで深く考えない若者が「おじいちゃん、どうぞ」って。えー！　そういうことする子たちなんだー。「ありがとう」えー！　おじいちゃん座るんだ。山登りで足腰鍛えているんじゃないんだー。なんだかなーって時があって、それ以来電車では席に座っていなかった。それが私のルールだった。

四つ目の、乗換の駅に電車が到着する。急行を降りて人のまばらなホームの反対側に立ち、普通列車を待つ。電車が滑りこんできて、徐々にスローダウンする。その時だった。私はドア越しに車内に座っているきれいな女性を見つけた。隣の席が空いている。私は本能的に思った。彼女の隣に座りたいと。

電車の中で座らないというルールは、すでに頭から飛んでいた。ただし、彼女の横に座るために、これからドアが開き車内に足を踏み入れて何歩か歩いていく間の一瞬で、決断しなければならないことがいくつもある。私は脳をフル回転させた。

まずは周りの目をどうするかだ。その美人の隣の席は空いていたが、座りづらい。周りの目が気になる。美人がいて二つ空いて男が座っていた。美人の隣か男の隣のどっちかしかない。思い切って美人の隣に座ると、あ〜やっぱり美人の隣がいいんだ〜と周りの乗客に思われるのが嫌だ。かといって男の隣に座ると、本当は美人の隣に座りたかったくせにカッコつけちゃって〜などと、どうせ乗客個人個人の頭の中での賭(か)けの対象となってしまうに違いない。だからといって真ん中はモコッてちょっと盛り上がっているので座りにくいから嫌なのでがんじがらめだ。なので私は座らない、という選択をして周りの乗客をガッカリさせたりする。

しかし今日は違った。美人の向かい側の席が空いていたのだ。ラッキーだ。実は隣に座るよりもラッキーだ。隣に座ると美人が見えないのだ。腕などの接触はあるが、美人の顔をチラチラ覗(のぞ)くことはできない。その点向かいの席に座れば、普通にしているだけで視界に入ってくる。

ドアが開く。隣のドアからも客が車内に入ってくる。私はやや早足で、目当ての席に近づく。空いている席はどんどん埋まっていく中で、素早いベストな選択ができた。この正しい選択の瞬発力を持っている者が、選択だらけの人生で得のある人生を送れる人なのだろう。私はこの瞬発力に欠けている。しかし、今回は、私の本能が後押しした。

私は目当ての席に座ることができた。一息ついて、目を上げる。目の前に、人が立っていた。しかも男だ。何でこんな時に限って、私の目の前に立つんだ、せっかくベストポジションに座れたというのに。美人が見えないじゃないか。こんなことなら思い切って美人の隣に座っておけば良かった。それでもどうにか前に立っている男の腕の隙間から美人を観察した。——よく見るとそうでもなかった。急に冷めた。何年も大切に守りとおしてきたルールを破ったのに、その見返りがこれとは。いや、こんなことよくあることだ。私の人生は、だいたいこんな感じだ。いつものことだと自分に言い聞かせ、落ち込まないように自分をコントロールする。

地下に入り何駅過ぎても外の景色は変わらないが、車両内の景色は変わる。人が立ったり座ったり増えたり減ったり。私の目の前に立っていた男は、何の因果か美人が降りたらその席に座った。その男をよーく見るためにこの席に座ったわけじゃない。

穏やかにしようと目を閉じる。その眉間にしわが寄った。車内ではこどもたちがはしゃぎながら走り回っていた。親も注意しない。こどもが足をひっかけて転ぶと危ないから自分の足をひっこめる大人がいる中、私は逆だった。そんなことをすると余計にスピードが出て危ない。私の前でいったんスピードを落とさせてあげるためにわざと足を投げ出していた。駐車場内の通路の路面が定期的にモコッとなっているのと同じ原理だ。それがこの子たちの安全のためだと思ったが、私の思案に賛同する者はいなかった。

なんで足を投げ出しているんだ、お前一人の電車じゃないんだぞと言われてる感じがする。どっちがこどものことを思っているかといったら、自分の方だという自信はあった。しかしそのまま足をひっこめるタイミングを逸した私は、他の大人が通る時もその状態を続け、周りから睨まれていた。たまに座るとろくなことがない。

私は電車が駅に止まったと同時に席を立ち、ドアの端に移動した。私にはここが一番落ち着く。よくドアを挟むようにして人と人が立っているが、私とドアを挟んでいるのは乳母車だった。急に赤ん坊がぐずり出した。三人掛けの椅子の端っこに座っている派手ではないが若い母親が、手すり越しに乳母車を前後に少し動かしている。

しかし泣きやむどころか、さらにエスカレートしてきた。全力で泣いている。若い母親の顔を見ると余裕の表情だ。ゆるくなだめている。地下鉄がトップスピードに乗った時の轟音と対決しているかのような赤ん坊の泣き声。轟音に紛れない。周波数が違いすぎて音で音を消せない。逆に際立たせている。周りもその音には敏感だ。それでも母親は表情を変えない。周りに申し訳ないとは思わないのが不思議だ。

この母親は慣れている。赤ん坊が泣いて何が悪い、しょうがないでしょ、文句があるんならどうぞ、といった感じだった。女性の中には、こどもを持つと嬉しさともあいまって、最強のアイテムを獲得したかのように勘違いして天狗になる人がいる。彼女はその典型のようだ。

　乗客のイライラの矛先が若い母親に向かう。あえて分かるように睨んでいる人もいる。さすがに気まずくなったのか、電車の轟音がしなくなる前に泣きやんでほしい様子に変化する。

　乳母車から赤ん坊を抱きかかえているが、それでも容赦なく狼煙を上げ続ける赤ん坊。機嫌を取ろうとする母親に視線という無言のプレッシャーをあびせる乗客たち。私はその人たちがドアのガラスに映るのを見ていた。

「あら、たいへんね～」

　若い母親の隣に座っていたおばあちゃんが泣く子を見ながら微笑みかけた。この状況下ではすごく心強い味方の登場だろう。

「赤ん坊は泣くのが仕事だからね～」

　俳優は待つのが仕事、的な感じで言った。そんなのが仕事なわけがない。両方ともしょうがないという思いのなかで生まれてきた言葉なだけだ。

その若い母親は、おばあちゃんに向かって「すみません」と軽く会釈をしたが、おばあちゃんが「よちよち、いい子いい子」と、赤ん坊の顔を手で撫でた瞬間、少し嫌な顔をした。

「女の子かい？」

若い母親は「はい」とは答えたが、これ以上話しかけないで、といった感じのおざなりな返事のように見えた。

おばあちゃんが名前を聞いたのに電車の音で私の耳に届かなかったのが残念だ。女の子か〜、どんな可愛い名前なんだろう〜、いや待てよ、どうせ今流行りの当て字で、こう書いてこう読むんだ〜的な、親の自己満足でこどもの将来の事なんか全然考えてない名前だったら、この子が不憫でしょうがない。お前ら親たちのおもちゃじゃないんだぞ、読めないような名前なんか付けるな、卒業式で賞状を渡す時、生徒一人一人の名前を読み上げる校長先生の身になってみろ！　その子が大人になって大偉業を成し遂げ、歴史に名を残すような人物になった時、さらにその後に生まれたこどもたちのテスト問題になり、漢字と読み方が違いすぎて、こんな暗記しにくい名前にしやがってと恨まれてしまえ！　と思ってはみたものの、この子の本当の名前は知らない。

やがて若い母親の上下トントンする膝の上で機嫌を直した赤ん坊は、笑顔で覗き込んでくる隣のおばあちゃんから遠ざけるように、若い母親の手によって反対側の乳母車に移動させられた。

静けさが懐かしい。乗客のやれやれといった感じもドアのガラスで見えていた。地下鉄は風景が無く真っ黒な分、ミラー代わりになって車内が見渡せる。覗き行為をしているという自覚から、そんな自分を見ている人がいないか、さらにチェックしてしまう。

何かの視線に気付き、その方向、右斜め下に視線を移すと乳母車の中の赤ん坊が見ていた。泣くのが仕事というのなら、ひと仕事終えた彼女の顔に疲労感があってもよさそうなものだが、そんなものは一切なく、強い眼差しで私を見ている。真っ直ぐな視線は微動だにしない。これは本当に私を見ているのだろうか。ならばこの戦いに負けるわけにはいかない。今まで数々のネコとの修羅場で勝ってきた自信がある。互いの視線や行動に気付き振り向いたネコと私。ゴングはすでに鳴っている。全てのネコが私より先に目を逸らす。つまり私の勝ちだ。また私は、赤ん坊との対戦も経験済みだ。前回は街の信号待ちで背中におんぶされている赤ん坊との対戦だった。その時は私が手を振ってしまったため、動くものに反応する赤ん坊は私から目を逸らした。わざとではないが少しずるい勝利になってしまった。今回はそんな姑息(こそく)な手段は使わず正々堂々と向き合う。お互い見合っているうちに思考が飛んでいく。同じ漢字をずっと繰り返し書いていると、何だこの漢字は？　こんな漢字あったっけ？　というゲシュタルト崩壊に陥るように、何だこの子は、赤ん坊って何だ？　何だこの生き物は？　キミの中に私は存在しているのかい？　今何を考えているんだい？——

　いつの間にか私はこの子の将来の事を考えていた。初めて二本足で立ったと思ったら、ストンと尻もちをついて大人たちの笑顔を誘うだろう。幼稚園では一番可愛いからお遊戯会でシンデレラ役に抜擢(ばってき)、小学校で女性初の児童会長になり、中学校では女子バスケ部のキャプテンとして全国大会に出場、その時新聞に載った写真が「奇跡の一枚」と言われ、可愛すぎるとネットで話題になり芸能界デビュー、CMを50本抱える超売れっ子に、学業との両立に悩む彼女は私に相談する、何故かここで私が登場、彼女の初恋の相手が私だと知る、え、何で？　いつ私のことを？　歳(とし)の差を乗り越え国民的アイドルと一般人の私が結婚、世の中どうなっているんだ？おっと、自分がにやけていることに気付き、その顔を誰かに見られてはいないかドアのガラスでチェックする。誰も見ていなかったようだ。

ふと、乳母車に視線を戻すと、赤ん坊も視線を逸らしていた。ドローである。いつの間にか、赤ん坊がまた少しぐずり出していた。女性が泣いている時は甘いものを与えると泣きやむと聞いたことがある。果たしてこの子を女性として扱っていいのか。男より女の方がすぐに大人になるって言うからいいだろう。私はカバンの中に飴の「小梅」があるのを思いだした。私は「小梅」が大好きだ。特に薄いパウダーがかかっている最初が好き。酸っぱさと甘さのどっちつかずの梅便りで口の中がたまらない。そうだこの子に「小梅」をあげよう、きっと泣きやむはずだ。待てよ、この子にこの飴は大きいな、喉が塞がったら大変なことになる。ここは私が少し舐めて飴を小さくしてから口に入れてあげよう。私は一粒口の中に入れた。口の中で両頬がジュワーッとなる。パウダーがかかっている最初の段階で食べさせてあげたかったけど仕方がない。私は急いだ。口の中で相当転がした。口の中が疲れて痛くなってきた。「小梅」の本来の味わい方ではないのは分かっている。でも一刻も早くこの子に飴をあげたい。

あ、嚙んでしまった。いつもの癖で。飴玉を最後まで嚙まずになくならせること、それは私にとって永遠のテーマなのかもしれない。「チェルシー」もあの長方形のまま頑張って薄っぺらくするが最後は割ってしまう。そんな言い訳をしている暇はない。良かった、有事に備え「小梅」を袋ごと持って来といて。「小梅」を袋から出し、口から迎えに行った。私の口の中を再びジュワーが襲う。雑技団の網目状になっている鉄球の中でグルグル回るバイクのように飴を舐め回す。おっと、またうっかり嚙んでしまうとこだった、危ない危ない。ん、いいころ合いだ、直径1センチ以内にはなっただろう。私は飴を口から出してその子の唇にあてた。

「ちょっと！　何してんのよ！」

手が手をぶつ。若い母親の声と速い動作は他の乗客の驚きと興味を引いた。私の手から転げ落ちた丸くて小さな飴が、思ったより転がらなかったのは飴がベトベトしていたせいだろう。

私はすでにしゃがんでいたので、ドアのガラス越しに確認することはできなかったが、乗客がみんなこっちを向いている視線は感じ取れた。

運良くというのか悪くというのか、ちょうど駅に止まった。目的の駅ではなかったが、私は逃げるように電車から降りた。

これがいけなかった。何で逃げたのだろう。逃げたことで若い母親の怒りに火をつけてしまった。彼女が私を追って乳母車ごと電車を降りた。

「誰か捕まえて！　あの人痴漢！」

私は「え？」と振り向く。誰か捕まえて！　の時は、まずい！　と思ったが、痴漢という言葉に、自分は痴漢じゃないので一瞬妙な自信をつけたのもつかの間、乳母車を押しながら私を指さす若い母親。いつの間にか痴漢扱いにされている。駅のホームにいる人たちが一斉に振り向く。ばれないようにしれーっと早足で去ろうとするが、みんなの疑いの目が私を捉える。三十歳くらいのサラリーマンが勇気を出す瞬間の顔が見えた。私は少しダッシュしかけた。一人の勇気ある行動は伝染するのか、あっという間に正義感を出し始めた集まりに取り押さえられる。「捕まえたぞ！」「コラ！　大人しくしろ！」「そっち足押さえて！」

「違う違う……」

苦しくて声が出ない。私が主役なのに、私とは関係ない所で盛り上がっている感じだ。

「誰か警察を呼んでください！」

警察？　何かすごいことになっている、何だよお前たち誰なんだよ、私は痴漢なんかじゃないぞ、何正義感出してんだよ、いつもの見て見ぬふりはどうしたんだよ、カッコつけてんなよ、私は何もしてないんだ、何でだよ、この中に格闘技習っている奴いるだろー、腕を決めすぎだって、痛いよー、このあと警察に私を引き渡して、人のためにいいことしたってさわやかな顔するんだろ、家族に言うんだろうな、「今日、パパは痴漢を捕まえたんだぞ」ってか。だから違うんだよ、怖いよー、これからどうなるんだよー。

うつ伏せになって横に向けている私の顔に誰かが膝を押し付けてきた。

「奥さん、こいつが痴漢なんでしょ？」

最初に私を捕まえた三十歳くらいのサラリーマンが、私だと完全に決めて尋ねている。

「違うんだ、小梅……」

私は、赤ん坊に飴をあげようとしただけで、痴漢でも何でもないと証言したかった。

しかし、若い母親の様子がおかしい。

「何で……何で娘の名前を知っているの！」

私は「小梅」をあげたかっただけなのに、ちゃんと伝わらず、しかもこの子の名前がたまたま小梅というらしく、娘の名前を知られていると勘違いした若い母親は、私に恐怖を感じていた。若い母親のあまりの狼狽（ろうばい）ぶりに周りのみんなも、え、どういうこと？　こいつはただの痴漢じゃないの？　もしかしてとんでもない事件なのでは？　と一瞬たじろいだのか、私を押さえる力が緩んだのがわかった。

一時現場は騒然とし、ドアは閉まり電車は動き出した。事の顛末を最後まで見たかったという残念そうな顔が窓ガラスにたくさん張りついたまま電車は移動していった。

駅のホームの床のひんやり感と走行する電車の生ぬるい風が私を少し諦めさせた。興味本位で我慢できずに電車から降りてしまった野次馬もいた。数分後に向かいのホームに降り立った、事態を知らない乗客も何事かといった感じで足を止める。

大人の男に押さえられ、もがき疲れた私は、駆け付けた鉄道警察に無言で引き渡された。若い母親も事情聴取のため事務所に行くことになった。赤ん坊は泣いていなかった。唇の甘さを不思議がるように舐め回し、一部始終を見るともなく見ていた。

「その人、痴漢はしていませんよ」

若い母親の隣に座っていたおばあちゃんだった。元々この駅で降りる予定だったのだろうか、それとも心配になってわざわざ下車してくれたのかどうかはわからないが、私にとっては救世主であり、初めての味方登場だ。

「その人は、赤ん坊に飴をあげただけです。ねっ」

おばあちゃんは若い母親に顔を向けた。

「はい」と若い母親はうつむき加減に頷く。「でも一瞬飴とはわからず、毒でも入れようとしたのかと。逃げたし……」慌てて被害者アピールをしたものの、事が大袈裟になってしまったことへのバツの悪さを隠しきれていなかった。

「びっくりしちゃったのね。で、何て言っていいかわからなくて痴漢って叫んじゃったんでしょ。あなたは悪くないわ」

若い母親は悔いたに違いない。こんなに優しいおばあちゃんを汚いものとして扱い、我が子を遠ざけたことを。さらに、おばあちゃんがそんな自分の行動に気付いていないことを祈ることだろう。

「あと小梅って、飴の『小梅』よ。昔からあって私も大好き」

おばあちゃんは、ニコニコしながら「小梅」の袋を拾った。

「では……いいんですかね？」

鉄道警察の方々が判断に困っていた。周りの野次馬や勇敢の無駄遣いをしてしまった人たちも、痴漢じゃなくて良かった風の大人の対応を装っている。しかし、拍子抜け感はどうしてもつまらなそうな顔に出ていた。何よりも私を悪者として押さえこんだ者としては、この気まずさは逆に被害者であり、私にどう謝るというか声を掛ければいいのか、若い母親に対して少し腹を立ててもおかしくはない状況になっていた。

抱えられた両腕が自由になった私は、自分のカバンから散らばった物を拾い集めた。おばあちゃんから「小梅」を受け取り「ありがとうございました」とおばあちゃんの両手を握った。若い母親も「すみませんでした」と私に謝った後、周りの人たちにもぺこぺこと頭を下げた。周りの人たちが、こちらこそ、とぺこりと頭を下げるなか、申し訳なさそうに乳母車を押して行ってしまった。

それはそれで残された方は困る。

「大丈夫？　怪我はないかい？」

私を力ずくで捕まえた男たちの中の一人が声をかけてきた。格闘の余韻が収まらず、所在無げに立ち尽くしているだけの人もいる。

「大丈夫です」

私は皆さんに心配をかけないように努めて明るく言った。

「でも、あなたも災難だったね。無実なのに」

「あなたは赤ん坊に飴をあげただけでしょ？」

「それで痴漢呼ばわりされちゃあ、たまったもんじゃないね」

「おばあちゃんも勇気がいったでしょ？」

「いえいえ、そんなことないわよ」

口々にみんながしゃべり出し、和やかな空気になった。

「ありがとうございました。おかげで助かりました」

私はもう一度丁寧におばあちゃんにお礼を言った。

「いいのよ、あなたは痴漢なんかしてないいんだから。自分が舐めていた飴を赤ん坊の口に入れようとしただけなんだから」

「え？」時が止まった。みんながその言葉に耳を疑った。そしてひそひそ話が始まった。

「何それ？　自分が舐めていた？」

「他人の子に？」

「なんかな〜」

「ちょっとな〜」

私はみんなにドン引きされた。まるで自分らが私を取り押さえたことが、あながち100パーセント間違いではなかったと刷りこんでいるようにも見えた。

何でドン引かれなくちゃなんないんだ、私がもし「小梅」をそのまま小梅ちゃんの口の中に入れて、小梅ちゃんが喉に「小梅」を詰まらせて死んじゃったら、ドン引きどころじゃないだろ、親が口の中で噛み砕いたものをこどもにあげるのと一緒じゃないか、良かれと思ってやったのに何でこうも裏目裏目になる人生なのだろう。

……気まずい。

そうなのだ。私は、この駅には何の用もない。なので、このホームで電車が来るのを待たなければならない。わざわざ電車を降りた野次馬も、私を捕まえようとした、もともとこのホームで並んでいた男たちもみんな行き場がない。

無言になる。見ると、小梅ちゃんをのせた乳母車は、ホームの一番端にあった。そうか、あの母親もこの駅で降りる予定ではなかったのだ。痴漢呼ばわりして、事を大袈裟にした手前、逃げ出したい気持ちは分かるが、ずるいと思う。

私も気まずいからといって、今さら場所を移動するわけにはいかない。移動するタイミングを逸した。すぐこの場から離れるべきだった。やはり私は、正しい選択の瞬発力を持っていない。得のある人生を送れるのは、あの母親の方だ。

地獄のような時間。やっと電車が来たかと思ったら、急行のためこの駅には止まらない。私は我慢できなくなり、駅の改札を出ることにした。

知らない街を散歩するのもたまにはいい、と自分に言い聞かせる。そうだ、そもそも服を買いに外へ出たのだった。生憎、駅のホームで押さえつけられた時に肘が破け、パンツも汚れていた。

服を買いに行く服がない。つまり、いつになってもお洒落な服が着られない。今日は自分の持っている服の中で一番お洒落な服を着てきたつもりだが、この状態ではブランドのお店どころか、若者に人気の古着屋にも入れない。この、急行が止まらない駅前の大型スーパーの服売り場で売っている服くらいが丁度いい。

中年向けの地味な品揃え。私のような若者が好んで立ち寄るようなコーナーではない。2千円のチノパンと2千円のネルシャツを買って、タグを切って試着室で着替える。店員さんに頼んで着ていた服を処分してもらった。一応自分の中で一番いい服だったので惜しいが、この服を見るたびに今日の事を思い出すのだろうなと思ったので思い切った。

まだなじまない服を着ながらも、店の外に出ると少し気分がリセットされたような気がした。お洒落な店に服を買いに行くのはまた今度にしよう。もう駅に行ってもさっきの出来事を知る人はいないだろう。しかしお腹が空いたな。多分二度と降りないだろう駅だからこそ、このまま帰るのはもったいない。何か食べて行こう、と駅のロータリーで周りを見渡す。私に向かってお辞儀をする人がいる。横に乳母車があった。

「先ほどは、本当にすみませんでした」

私が駅から出るのを見て、急いで後をつけてきたらしい。

そんな、乳母車を押してまで、わざわざ駅から出て付いてこなくても、と思ったが、母親はそれほどまでに私に申し訳ないと思っていたのだろう。

「先ほどは、本当にすみませんでした」

店に入り、席に着いてすぐに言ったもんだから、一つ空いて隣の席のカップルが、何事かと同時にこっちを向いた。

「あ、もう本当に大丈夫ですから」

駅前の看板の色あせている喫茶店に入った。ガヤガヤしたファストフード店もなんだし、落ち着いた雰囲気の店をと思い、目に入ったのがこの店だった。

自然に、「どこかお店にでも入りましょう」と誘った自分に少し驚いている。

なぜ誘ってしまったのだろう。相手の母親に恐怖と不安を与えるだけではないか。

誘ったものの、これといって積極的に聞きたいこともなかった。

ウェイトレスさんがコーヒーを丁寧に置く仕草がとても長く感じられる。彼女が去ったら何か話題を振らないと、ほとんど会話らしい会話は交わしていない。

「あの……」

二人同時だった。お互いこの空気を変えたいと思っていたのだ。

私が、「どうぞ」と譲ると、「服、替えたんですか？」と言って財布らしきものをバッグの中から取り出した。

「いくらでしたか？　払いますので」

一つ空いた隣のカップルが訝しげにまたこっちを向いた。

「いいえ、大丈夫です。気分転換したかっただけなので、気にしないでください」

そうだよな、母親からしたら、洋服代を弁償しろって言っている風に見えるよな。

「でも、私のせいで……」

「どうせ服を買おうとしていたんです」私は思い切って話題を変えた。「あ、さっきの大型スーパーの二階フロアを何気に歩いていたら、いつの間にかカーテン売り場にいて、カーテンの値段を見て、ちょっとビックリしました」

母親は、きょとんとしながらも、「あ〜カーテンって意外と高いんですよね〜私もビックリします」と作り笑顔で私に共感してくれた。

作り笑顔とはいえ、この人は笑うとこういう顔になるんだ〜という発見は、私の何かを刺激した。

「小梅ちゃん……でいいんでしたっけ。良く寝ていますね」

「いろいろあったから疲れたんでしょ」

「勝手に、『小梅』をあげてすみません。あ、この場合の小梅は、飴の『小梅』で、小梅ちゃんのことじゃないわけで……」

「フフフッ、分かっていますよ」

「そ、そうですよね。あ、何かお腹空いちゃったな～、メニューくださーい」

私は緊張が解けたせいか、急にお腹が空いていたことを思い出す。

「あ、カツカレーがある。じゃあカツカレー一つ」

「私も」

「……じゃあ二つ」

初対面でカツカレー。母親とはいえ若い女性が初対面の男の前でカツカレー。がっつりいくんだ～。これも私の何かを刺激した。よく、焼肉を食べている男女は深い仲だと言うが、この場合はどう見えているのだろう。ん？　まてよ、私のことを何とも思っていないから、がっつり食べるのか。女性と初めて食事に行った時、女性が卑しいとかはしたないとか思われたくないせいかあまり食べなかったら、その男性に気がある。しかし、ガンガン食べる女性は、あなたにどう思われようが関係ない、あなたを恋愛対象として見ていませんということだ。そうかそうか。

「あのー、お名前を聞いてもよろしいですか？」

「あ、すみません、北浦律子と言います」

「僕は、伊澤春男です」

こどもはいるが私より若いんだろうなと思っていたら、一つ上だった。

「やっぱり、カツカレーはフォークじゃなくてスプーンですよね」

彼女がそう言ったので、私もスプーンの先のきつく巻いてある紙ナプキンに手こずりながら、「フォークだとカツを刺して一口で食べないと、半分だけ食べて戻したくてもフォークがうまく抜けないし、お米もすくえないから、やっぱりスプーンですよね」そう言いながら彼女を見たら、カツカレーに夢中で私の話なんか聞いてなかった。よっぽどお腹が空いていたのだろう。私は小梅ちゃんと目が合い、ニコッと笑って、反応がないのを確認してからカツカレーを食べ始めた。

彼女は、好きな映画の話や初めて海外に行った時のエピソードなど、たわいもない話をしゃべり続ける。私はそれに相槌を打って聞いているだけだ。

相手は人妻、こどももいるし初対面でカツカレーを食べるくらいだから、私に脈などないと思いながら彼女の話を聞いていた。しかし会話の中で、家庭の話を振ると彼女の顔が曇りだし、旦那とうまくいってない感じが見て取れた。またまた私の何かを刺激した。

私と北浦さん親子が一緒に自動改札を通るのを、駅員が二度見していた。私にとって数時間前には絶望的な光景だった駅のホームが、今は嘘みたいに希望に満ちている。

「ほら、バイバーイって。お兄さんにバイバーイって」

小梅ちゃんは何の反応もしない。

「小梅ちゃん、またねー、また……あ、連絡先って……」

一人になり、電車のドアの横に立つ。「小梅」を一つ口に入れた。酸っぱくて甘い小さな固体は、激動の一日を凝縮して、ほっぺたをジュワーとさせた。

アパートと店を往復するだけの単調な毎日に張りが出てきた。店での動きが違う。だるさなんか一切ない。躍動感がみなぎり全身バネのようだ。飯もうまい。

私たちは、毎週火曜日に会うようになった。私がお店を休み、彼女の旦那が仕事で留守にしている昼間に、一歳になる小梅ちゃんも含め三人でランチデート。傍から見たらただの家族に見えているだろう。ただそのことがうれしかった。そんな種類の優越感が自分の中にあったことを、深く考えずすんなり受け入れた。

ベタだが、遊園地や水族館に行ったり、カラオケ屋で歌わずにずっと話しているだけでも楽しかった。夕飯の用意があるので5時には帰る。その時にいつも彼女は手作り弁当を持たせてくれる。それを家に帰って食べるのがまた楽しみだった。

そのお弁当をその夜我慢して、次の日の職場に持って行ったりもした。

お昼休憩の時、みんながお店のお惣菜コーナーでお弁当を買ったり、カップラーメンですませる中、私がお弁当を出すと、40歳独身のおじさんからいじられた。

「家で作ってきたの？」

「は、はい」

「ん？　怪しいな〜、伊澤が自分で手作り弁当を持ってくるなんて」

「まーたまには、はい」

「もしや彼女ができたな」

「え、何でですか？」

「このプチトマトだよ。若い女の子の作るお弁当には90パーセントプチトマトが入っている。あとそのブロッコリーは60パーセントの確率で入っている。色合いを考えてだろうが、働き盛りの男にとってはいい迷惑だ。なぜなら、その赤と緑でおかずスペースの3分の1を占領するからな。その分もっと脂っこい物が食べたいんだよ俺は。だからその弁当、全然羨ましくないから」

こうやって妬まれるのが分かっていて持って行った。私にもお弁当を作ってくれる彼女がいるんだというのをアピールしたくてわざと持って行った。

「長ネギどこですか？」

私が忙しく品出しをしていると、たまにこういうお客さんがいる。もう、長ネギくらい自分で探せばいいのにと心の中で思いながら顔には出さず、「えーっとですね」と振り返ると、そこには彼女がいた。来るなんて一言も聞いていなかったから口を大きくあけて驚いている私を見て、手でVサインをして笑っている。小梅ちゃんも笑っている。他の従業員に見られて何を言われようがかまわない。仕事中にもかかわらず、私は乳母車の中の小梅ちゃんを抱きかかえた。

幸せだった。でもこの幸せをすべて味わおうとするとブレーキがかかる。それは不倫をしているという罪悪感だ。彼女が結婚していて家庭を持っている以上、いくら肉体関係がないとはいえ、この距離感は不倫だろう。怖くて確かめたことはないが、彼女もきっとそう思っているはずだ、私よりも敏感に。

ある日彼女から、「しばらくの間、会うのやめよう」という連絡が来た。

私は理由が知りたかった。

おそらく私との関係が旦那にばれたのだろう。彼女の腕に青あざがあったのを私は見逃さなかった。もしかして旦那がＤＶの可能性がある。今度は顔を殴られ、それを私に心配させないために治るまで時間を置きたいのだろう。想像しただけでも痛々しい。家の中は地獄のように荒れ、裸電球が揺れている。女房の浮気を知り、酒を飲んで怒り狂った旦那。「そのお金だけはやめて」「うるせぇ！」荒れ果てた中に彼女が血だらけで倒れる。横で泣きわめく小梅ちゃん。

「これ以上、彼を裏切れないから」が理由だった。

旦那さんは、とても優しい人らしい。

いっその事、旦那さんには申し訳ないがＤＶであってほしかった。それなら私のところに来る可能性があったのに。やっぱり旦那さんを愛しているのだ。でもそれでいい、簡単に旦那を裏切るような人を私は好きになりたくない。小梅ちゃんのこともあるし、それが正解だと思う。よし、これで諦めがついた。

そして数週間後、「会いたい」と彼女から連絡が来た。

え、なぜにまた。私は理由が知りたかった。

おそらく元の鞘に収まってみたものの、優しいだけの旦那は、何でもしてくれるが刺激がなく、母親とはいえ26歳の彼女にしてみれば全然物足りなかったのだろう。私と不倫をしているというスリルを一度覚えてしまった体は、普通の生活では満足できなくなっていた。多分旦那とは歳の差婚で、年齢も彼女よりだいぶ上で性欲も衰えているのだろう。そういったストレスも抱えているに違いない。彼女は私ともっと深い関係になりたがっているに違いない。

「小梅が会いたがっている」が本当の理由だった。

旦那さんは、彼女より2つ下の24歳らしい。衰え知らずだ。

いっその事、旦那さんには申し訳ないがEDであってほしかった。それならすんなり私のところに来る可能性があったのに。わざわざこどもを使って。そう、彼女は一度自分から会わないといった手前、言い出しにくかったのだ。そこで小梅ちゃんが会いたがっているということにして私と会おうとしているのだ。自分の気持ちに正直に行動する、それが正解だと思う。私も一度は諦めたが、よし、会うことにしよう。

約束の当日、「やっぱり今日無理」と彼女から連絡が来た。ドタキャンだ。私は理由が知りたかった。

おそらく彼女は、私に会いに家を出たのだろう。しかしFBIのおとり捜査官である旦那さんは、ターゲットが私と会うように仕向け、実行を確認したうえで現行犯逮捕をしようとしているのだろう。その日本では原則禁止されているおとり捜査がなぜ、と彼女は乳母車の下に仕掛けてあった送信機を発見して思ったのだ。尾行されていると気付いていない芝居をしながら、三段雷を打ち上げる。これは「逃げて」というサインだ。私はこの場から離れることにした。この持たされているジュラルミンケースの中身が何だかわからないが、とにかく世界中から狙われているのだろう。

「風邪をひいた」がその理由だった。

旦那さんは、静かに和菓子屋さんで働いていた。

いっその事、旦那さんには申し訳ないが、彼女との結婚もおとり捜査の一環であってほしかった。任務を終えれば彼女と別れるからだ。しかし、風邪をうつしたくない気持ちは嬉しいが、本当に会いたかったら、動ける限り、風邪なんてひいてないと嘘をついてでも会いたいはずだ。つまり彼女はもう私と会いたくないのだろう。

よし、これで諦めがついた。彼女のことは忘れよう。

そして数週間後、「彼と別れたい」と彼女から連絡が来た。

ゆさぶるね～。こっちは二度諦めたのに。こんなに振り回しても自分のところに戻ってくるって自信があるのかな。でも彼女も苦しんでいるんだろうな。しかも今回はこんだけはっきりと別れを口にしている。ここで動かなかったら男ではない。

ん、待てよ、彼女は「別れたい」と言っているだけで、それがそのまま私と結婚するためとは限らない。もしかして他にも男がいて、その男と駆け落ちしたいから助けてほしいという可能性もある。それでもいい。彼女の望み通りにしてあげたい。その後、その知らない男と結婚して二度と会えなくても、彼女が幸せならそれでいい。小梅ちゃんに会えなくなるのは寂しいけど。

私は、彼女の離婚に関して調べはじめた。財産分与など面倒なことを、どうしたら損をせずスムーズにできるのか。親権の問題をこじらせずに彼女のもとへ小梅ちゃんがいくような法的手段などを調べ、いざという時のために知識を増やしていった。

私はある時、「別れたい理由は？」と聞いてみた。毎日仕事から帰って来て、慣れない法律の勉強をしたりと大変な思いをしているから、せめてそれくらい聞く権利はあるだろうと思った。

「いくら言っても、くちゃくちゃ音を立てて食べるの。これからもこの音を聞くんだと思うと我慢できなくなったの」

にべもないどころか冷たい言い方だった。彼は恋愛中も音を立てて食べていただろう。その時はあばたもえくぼで許せていたものが、生活という枠の中に入ると害でしかなくなるのかもしれない。ただ、いろいろあってのこれは一つのきっかけに過ぎないのだろう。夫婦にしかわからないことだらけのはずだから、「そんなことで？」と聞くだけ野暮だろう。

「あと、マザコンなの」

「へ〜」

「若いからしょうがないけどさ、給料も低いしね。あと、車の運転が超下手なの。あと、とにかく頼りないの」

黙って聞いていると、どんどん出てくる。女性って一旦(いったん)嫌いになると、とことん嫌いになるらしい。聞いていて旦那さんが気の毒になる。女性は男性と別れようとすると、何でそんなに男性を悪く言うのだろう。自分は悪くないと言いたいのだろうが、それは逆効果で私はこんだけ嫌な女ですって言っているようなものだと思う。

いや、彼女なりの自分を防御する術なのかもしれない。離婚をするにはパワーがいるというし、心身ともに疲れ切った後に不安の波が押し寄せてくる。相手を悪く言うことで自分を正当化し、納得して前に進むための儀式なのだろう。彼女は私に自分の嫌な部分も包み隠さず見せてくれている。それだけで私は満足だった。

問題の彼は、こどもの世話など全くせず、家に帰るとゲームばっかりやっているのだとか。結婚したからといって大人に成りきれてはいないのだろう。ただ、育児放棄という意識もないと思われる彼は、別れたくないと言っているらしい。

合鍵を渡す喜び。ここんところ彼女と頻繁に会うようになった。仕事から帰ると私のアパートに彼女と小梅ちゃんがいる。なかなかいいもんだ。

合鍵を渡す時は、自分は勘違いしているのではないか、何を上から目線で、こんなの軽い買収じゃないか、そもそも受け取ってもらえないかもしれないんだぞ、彼女を困らせるだけかもしれないんだぞ、といろんな考えが交錯したが、彼女は、その鍵を「あったかい」と言って受け取ってくれた。女の子に合鍵を渡すなんて初めてだったので、緊張してずっと握りしめていたので生ぬるかった。心の内が読まれたようで少し恥ずかしかった。

何回か私のアパートに通っていたら、旦那が押しかけてくるようになった。時間の問題だとは思っていたが早かった。相手はドアを何回も叩き、大声を出すようになった。こんな人だとは思わなかったと身の危険を感じて震えている彼女。ああいう大人しそうな人間に限って、とんでもない罪を犯すというからな。

私は彼女に、ホテルを転々とするようにと、逃亡資金として100万円を渡した。あと、鈴。合鍵をそのまま渡してしまったので、鈴でも付けないと失くしやすいからと思っていて、やっと付けてあげられた。

あとは残った私が彼と交渉することにした。ドアを叩く音が日に日に激しくなっていく。私は二人で話そうと彼を近所のファミレスに連れて行った。まず、彼女はもうここにはいないと言って、今までの脅迫行為を警察に知らせることを彼に伝えた。

彼がそれ以上の暴挙に出る様子はなかった。意気消沈したところで、彼女と別れるように促した。彼は素直に応じた。

「律子を幸せにしてあげてください。あと小梅ちゃんのこともよろしくお願いします」

彼は下を向いたまま言った。

「いや別に、そういう関係ではないから」

本当だ。そういう関係に見えるかもしれないけれど、100万円あげたけど、私は正式に彼女にプロポーズしたわけではない。この一件が落ち着いてからだと思っている。

「彼女、今どこに居るんですか？」

「君に話す必要はない」

目の前にいる彼は、たぶん彼女の居場所を聞いたところで、さらなるストーカー行為をするとは到底思えなかったが、私は厳然とした態度で反射的に答えてしまった。

「沖縄の実家ですか？」

「さぁ～」

正解だった。彼の顔からも、やっぱりな～という表情が窺（うかが）えた。

私はまだ独身だ。まさか婚姻届より先に離婚届をもらいに市役所に行くとは思わなかった。人生何が起こるかわからないものである。彼女を逃がしてから離婚届をもらいに行ったので何も書いてない状態だった。そっか、先に彼女にサインしといてもらって、彼に突き付けるのがセオリーか。しょうがない、彼にサインをしてもらって、それを土産に沖縄まで彼女を迎えに行くことにしよう。

「そうか、やっぱり小梅ちゃんを連れて沖縄に戻ったか〜」

　私の演技が下手でバレてしまった。

「小梅ちゃんが一緒とは限りませんよ」

　私は、彼のせめて娘だけでも取り戻したいという願望を、少しでも諦めさせようとして強めに言った。

「いや、律子は小梅ちゃんから離れませんよ」

　どうも私の嘘は見抜かれてしまう。そんなことより気になることがあった。

「さっきから、小梅ちゃん小梅ちゃんって」

「だって、小梅ちゃんですもん」

「他人に対して、自分の娘をちゃん付けで呼ぶもんなんですか？」

「僕の娘じゃないですよ」

「え！」

「え！」

　私のあとに彼もビックリした。彼は、知らされてないの？　そんなことも知らないで彼女との結婚を考えているの？　となぜか勝ち誇ったような顔を遠慮なくぶつけてきた。私は悔しかった。動揺していない風に装うのが精一杯だったが、演技が下手だからバレているんだろうな、とかいろいろ考えている姿は完全に取り乱している以外の何ものでもない。

私は、彼がしょうもないウソをついているのだと思った。そんなことよりも早く書いてもらおうと離婚届をテーブルの上に開き、掌で「バン！」と叩いた。

「僕と彼女、結婚していないですよ」

「え！」

「え！」

私のあとに彼もビックリした。彼は、それも知らされてないの？　そんなことも知らないで彼女との結婚を考えているの？　とさっきの勝ち誇った顔から一転、私に哀れむような眼差しを向け、目線をゆっくり落とす顔は少し落ち込んでみえた。

何だ、何で彼が私以上にショックを受けているんだ。でありながら私より上の立場におさまっているこの感じは何なんだ。剣道で竹刀を持って微動だにしない相手に、いろいろ動き回ってワーワー騒いでいる奴が私だ。どういうことだ、納得がいかない。

カップの中のコーヒーはすっかり冷めていた。

彼は、扇情的に語るのではなく、敢えて無表情という壁を作り、淡々と事実を説明した。

そして話を終えると、ファミレスの固定されたテーブルとソファーの間を移動しづらそうにしながら私の前から消えて行った。

その説明によると、彼女は沖縄で当時付き合っていた男との間に小梅ちゃんをもうけたが、男がやんちゃでちゃんと働かなかったので、結婚を諦め、親戚を頼って上京。今の彼とバイト先の和菓子屋で知り合い、同棲をするようになったという。

いつの間にか頼んだおかわりのコーヒーも口をつけられないまま、やはり冷めてしまった。

そして、地元に戻ったことで、やんちゃな元彼と会わなければいいけど、そう彼が去り際残した言葉がループする。

私は一人、店内の雑音にすがり始めていた。

店内の雑音のせいにして、頭の中を整理することを拒否している。

いつかは解除しなくてはならないこの状態——見通しが立たない。

とても億劫だ。

そういえば、彼女は彼と結婚しているとは一言も言っていないし、旦那とも言っていなかった。小梅ちゃんが彼とのこどもだと勝手に決めつけていたのは私だ。だが、彼女は私がそう勘違いしていることに全然気付かなかったのだろうか。それとも、そうミスリードしていたのだろうか——億劫だ。

仕事はいい。悩みから解放してくれる。

私は一生懸命に働いた。

ホントだ。男って女の過去にこだわるって、ホントだ。でも、最初はこんな感じじゃなかったじゃないか。分かった上で彼女と小梅ちゃんを受け入れていたではないか。違うのか？　そこに運命的出会い、人妻、不倫、略奪といろんなアイテムが加わることによって、より刺激を求めたゲームをクリアしようとしていただけだったのか。そして急に目に見えない敵が現れ、その存在が勝手な妄想を生み、彼女への不信感をつのらせていただけじゃないのか。そんな事……どうでもいい……でいいじゃないか。何を二の足踏んでいるんだ。狭量な人間だな。彼女が黙っていたからか？　彼女も私のことを好きで言えなかったのかもしれないじゃないか。彼女は連絡を待っているぞ。彼女から連絡させるなんてみっともないぞ。

私から電話をした。三日ぶりだったが、すごく久しぶりに感じた。彼女は電話の向こうで、「私のせいでごめんなさい」と泣いている。私は、彼からすべて聞いたと言おうと思ったが言わなかった。

小梅ちゃんは、環境が変わっても元気にしているらしい。

それから、私たちは毎日連絡を取り合った。三か月後に迎えに行くことにしたのは、一緒に住むことを約束したからだ。その間に、彼女が住んでいたアパートを引き払い、私のアパートに荷物を移し、私も今住んでいるアパートから、三人で住めるアパートを見つけて引っ越しを完了させるのだ。

その三か月間は充実していた。普通に仕事をしながら一人で引っ越しを二回するなんて目まぐるしいったらありゃしない。うれしい悲鳴だ。

毎日少しずつ車で荷物を運んでいく。部屋を片付けている時の写真や、ベッドが置いてあった場所のビフォーアフターの写真、張り切りすぎて肘を擦りむいちゃいました！　探していたワインオープナーがこんなところに！　何年も着てないジャケットのポケットから2千円発見！　などといちいち写真を送るたび、彼女からのリアクションはいつも、良かったね！　頑張ってね！　と語彙に乏しいが、二人で新居に向けて引っ越しをしている感があってとてもうれしかった。

もちろん小梅ちゃんの様子も毎日送られてくる。いつの間にか情が移るどころか、本当に自分のこどもだと思い込んでいる。これでいい。結婚していきなり娘がいたっていいじゃないか。それがいい。


約束の三か月が経って、私はいよいよ二人を迎えに行くことにした。しかし彼女は、浮かない顔を想像させるような声を電話口で響かせる。どうしたんだろう。正式に結婚を申し込んではいないが、マリッジブルー的なやつなのかもしれない。彼女自身もいろいろあったから、人間不信になるのはしかたない。

一週間待った。しかし彼女は首を縦には振らなかった。女心は難しい。実家に居ついてしまい落ち着いてしまったのだろう。彼女は、「気持ちの整理が……」と言っている。

それは、この三か月の間に元彼、つまり小梅ちゃんのお父さんに会ったらしく、彼女は断ったが、曲がりなりにも父親であることには違いないので何度か小梅ちゃんに会わせたらしい。私は話の続きを少し待ったが、彼女が話をしようとしないので、それ以上は聞かなかった。じゃあ、私が迎えに行けば、気持ちの整理がつくだろうと説得し、強引に彼女に許可を得た。

現地には昼前に着いた。小梅ちゃんを抱いた彼女が笑顔で迎えてくれた。この笑顔をどれだけ待ちわびていたことか。小梅ちゃんも大きくなっている。

並んで歩く。違和感はない。とても幸せだ。

彼女の実家に行き、両親と初めて挨拶をかわす。

「律子さんは、私に任せてください」

勢いで言ってしまった。

「何言っているの？　私にまだプロポーズしていないじゃない」

「あ、順番間違えた」

アハハハ。一気に空気が和んだ。

「すみません、律子さんに言うのが先ですよね。よく、結婚の前にこどもができちゃって順番を間違えたって話はありますけど、まさかこういう……」

気付いた時には遅かった。親御さんもバツが悪そうな顔をしている。私的にはそんな思い詰めるほどのことじゃないという意識なので、つい口走っちゃったのだけれども。田舎の人だとそうはいかないのかもしれない。

「律子さん、私と結婚してください」

「え、親の前で言う?」

おどけた彼女だが、私の真剣さを察して、「はい」と言ってくれた。

そして私は、引っ越して三人で住むアパートの鍵を彼女に渡した。

「あ、そっか、じゃあこの鍵はもういらないんだ」

彼女は前の私のアパートの鍵を出した。鈴は付いたままだった。

何か様子がおかしいなと思ったら、音が鳴らない。正確に言うと湿気た音である。

鈴を持っている彼女の手を取ってみるとずいぶん錆(さ)びていた。

「早く帰りたくて、ずっと握りしめていたら、汗で錆びちゃった」

私は彼女の手を両手で包み込んだ。


まだ夕方だというのに、酒盛りは始まった。楽しいお酒だ。今日はとことん酔っぱらっていい日だ。逆に酔っぱらわないと、こんなにおもてなしをしてくれた彼女の家族に悪い。

夜の10時には私とお父さんは、ベロンベロンに酔っていた。お父さんともいっぱい話した。それでも話し足りないのか、酔い覚ましに散歩でもしようと誘われ、穏やかな夜風に身を任せて二人で歩く。きれいな星空を見ながら、ずっと上を向いて歩いているのが気持ちいい。

家の中ではご機嫌だったお父さんが、一緒に外に出た途端、形相が変わったのをその背中で感じ取っていた。

だいぶ歩くな、と思った。お父さんは途中自動販売機で缶コーヒーを2本買った。私は黙ってお父さんについて行った。

海の音が聞こえてきた。砂浜まで歩くと、お父さんは腰を下ろした。

周りは暗くてよく見えないが、人がちらほらいるのはわかる。

私はお父さんの近くに腰を下ろした。ピッタリ横に腰を下ろさないのは、こんなに広いのに近づきすぎると勘違いされそうだからである。なんせ、人がちらほらというのは、カップルのことだからだ。しかも結構いちゃついているのが遠目でもなんとなくわかる。

お父さんから缶コーヒーをもらい一口飲む。

「春男君、ビックリしたかい？　よく見るとアベックが多いだろ」

そこからお父さんは、つらそうに話す。悔しそうに話す。申し訳なさそうに話す。

そして最後に、「すみません」と言った。横を向くと、お父さんはいつの間にか土下座をしていた。

「あいつが、失くしたって言うから、俺が何日もかけて鈴の鍵を見つけました。昼に錆びた鈴を触った春男君の指に、鈴の中から出た砂が付いたのを見て、疑っていると思ったから……そりゃ錆びるわな、こんなとこに落としちゃよ」

「……」

「相手の男はどうしようもねー男でね。律子も律子だ。何で2回も同じ男にダマされやがった、馬鹿タレがって、ぶん殴ってやった」

「……」


家に戻ると、さっきまでの楽しい空気はなくなっていた。彼女は一人で泣いていた。

お父さんと私が帰ってきたのがわかると、さらに大声で泣き出した。

お父さんは、「泣きてぇのはこっちだ」と言って奥に行ってしまった。

彼女は土下座をして泣いていた。

私は彼女の横にそっと座った。

「ごめんなさい、ごめんなさい」

彼女は泣きながら、その言葉を繰り返している。

私は、「そんな体勢、お腹によくないよ」と言って彼女を起こした。

「ごめんなさい、ごめんなさい」

彼女は、これしか言えない。言い訳するつもりもないらしい。

私は彼女を抱きしめた。

「結婚しよう。お互い初婚じゃん」

私は彼女が好きだから受け入れた。

二人のこども受け入れた。

あと、弱い自分も受け入れた。

全てを受け入れた後、私が最初に感じたのは、「人は悲しい」だった。

その後、いいのだ、いい家庭を築けばいいのだ、という「希望」が押し寄せてきた。

6 内引き

布をやさしく絞る。

「こんなもんかな、高野豆腐くらいがベストかな」

「わかりました」

新しく入ってきた22歳バイトの志賀君は、私の実演と同じように慎重に行おうとしているが、本当はだいたいでいい。お客様がレジで精算した後、移動して買ったものを袋に入れる時、レジ袋を開けやすくするために指を湿らす布の保湿具合に、正解も不正解もない。ただ、指導するとなると、こんな感じになってしまう。

お昼2時過ぎ、ちょうどお店も落ち着いてきたので、こんな時間は緩めの細かい仕事をちょっとずつ教えていく。厳しくはしない。すぐに辞められても困るから。

今の子はすぐに辞める。逃げるのだ。仕事でちょっとでも厳しく叱りつけると次

「もうちょっとかな」

びちゃびちゃしすぎていても不快だし、からっからだと意味がない。

の日から来なくなる。しょっちゅう人間が入れ替わると、毎回一から教えなくてはならないので、結果自分の負担が増えてしまう。なので新しく入った子にはなるべく優しく接する。

むしろ、西口店長や私よりも、金子君の方が新人に厳しい。私たちみたいに20くらい歳（とし）が離れていると遠慮してしまうが、同じ20代というのもあって金子君はガンガン先輩風を吹かせて教育しているので、見ているこっちが明日にでも辞めてしまうのではないかとヒヤヒヤしてしまう。

「そんなのいつまでやっているんだ」

私が指導していた、指を湿らすための布を水に浸して絞る作業をしていた志賀君の背中がビクッとなった。

「こんなの仕事のうちに入らないんだから、ちゃっちゃと済ますんだよ」

金子君は、バケツの水に布をサッと入れてサッと絞って、「はい、こんなの終わり」と言って志賀君を違う仕事場に連れて行ってしまった。ゆっくり丁寧に布の水分を、高野豆腐くらいかな、なんて言っていた自分が惨（みじ）めに思えた。

ここのところ、金子君のハイパーな仕事っぷりが、従業員の間でも話題になっている。

こういう言い方もなんだが、金子君は私の一番弟子だと思っている。みんなには言わないが、私の後継者は金子君しかいない。歳はまだ28歳だが、私が手塩に掛けて育てた中で残っている二人のうちの一人だ。

この前の生放送「お昼泥棒」での人事異動の発表。金子君は自分が主任になると思っていたに違いない。私から見ても彼の振る舞い、お店に対する実績は、充分主任に値すると思う。ただ、地味ながら高井さんの総合ポイントも相当なものだ。しかも高井さんは、金子君より年上だし社歴も長い。彼女は大原店一筋、粉骨砕身頑張ってくれている、私が手塩に掛けて育てたもう一人の人物だ。

あの生放送での高井さんの発言を、うちの本部は良く思っていないようだ。大原店の主任という役職はいまだに空白のままである。今まで通りといえば今まで通りだが、本部もあれ以来何も言ってこないので、どうしていいのか西口店長もなす術がないといった感じだ。

そのことに関して、みんなからあの発言以来女傑呼ばわりされている高井さんは我関せずだ。一方、金子君は口には出さないものの、女傑高井さんを勝手にライバル視している。それは女傑高井さんの発言に対してではなく、自分が主任に選ばれなかったことへの悔しさ、自分を主任にしてくださいというアピールのように見える。周りもそう言っている。前よりも気軽に話しかけにくい状況を金子君自身が作っているのだ。仕事に対して、よりストイックになっている姿は、周りの従業員に無言のプレッシャーを与えてしまう。先ほどの志賀君に対する接し方にも表れているように、自分に厳しくすると、どうしても他人にも厳しくなってしまうのが人間だ。

気持ちは充分わかる。金子君は前にも増して一生懸命働いてくれている。しかし、このままだと孤立する。金子君本人も周りから孤立しつつあることを自覚しているに違いない。それを周りに悟られないために、さらに仕事に集中することによって、より孤立するという負のスパイラルに陥っているのが現状だ。

西口店長の次は金子君か〜。

西口店長好感度アップ大作戦も無事誰にもバレずにミッションを終え、西口店長と従業員の距離を縮め、「お昼泥棒」の出演をきっかけにさらに一致団結したはずのスーパーうめや大原店に、また小さな竜巻が起こっている。

一時期おとなしくなっていた誤差が、再び大きくなっていた。一度、先代の上田店長の時に万引きGメンを一週間ほど雇ったが何の成果もなく、と言うと逆にいいことだと思いがちだが、ただ一番恐れていた内引きの可能性を高くしてしまっただけだった。身内を疑わないという方針で先代の上田店長は、それ以上犯人捜しをすることはしなかった。

しかし、また最近になって棚卸しの結果で、かなりの数字の誤差を生んでいる。もちろんマイナスの誤差である。西口店長としても、もし内引きだった場合、自分の管理監督責任が問われるので、本部に知られないようになるべく内々で処理したいところだろう。

西口店長と私が話し合った結果、万引きGメンは雇わず、もう少し様子を見ることにした。金子君と女傑高井さんにもその旨を伝え、一応意識しておくように頼んだ。

嫌なものだ。仕事に集中できない。これも仕事といえば仕事だが、お店の中をパトロールしているみたいだ。人を見たら泥棒と思えではないが、以前のようにお客様を見て自然に出ていた笑顔が出なくなっている自分に気付く。

大きめのカバンを持った人を見ると、ウチの商品を勝手に入れていないか。五、六人で固まっている高校生を見ると、みんなで壁を作って集団万引きをしているのではないか。おそらく商品を探した結果、無かったので泣く泣く店を出たお客様を、挙動不審で何も買わず店を出て行くなんて怪しい、という目で見てしまう。

ある時、私は5歳くらいの女の子がお菓子売り場にいるのを見かけた。その女の子は、お菓子の箱を両手で持ち、じっと見ていた。私は商品を整理しながらも、意識を女の子の手の動きに集中させた。

お菓子は、一口サイズの可愛(かわい)いパンダの顔の形をしたビスケットの裏にチョコレートがコーティングしてある物で、箱の絵も可愛く、いかにも小さな女の子が欲しがりそうなパッケージだった。そんなに大きい箱ではないので、服の中に隠そうと思えば子供でも簡単に隠せる。

女の子は、お菓子を持ったまま下を向いている。私はその後のことを考えていた。小さい子だし、大袈裟(おおげさ)にしないのは勿論(もちろん)、他のお客さんにも万引きしたのがわかってはいけない。誰の目にも触れず、すんなり店の奥の事務所に連れて行くにはどのルートが最適なのかと。

女の子は、まだ下を向いてじっとお菓子とにらめっこしている。私は少しずつ女の子に近づいた。犯行の瞬間を見逃さないようにではない。女の子が私の存在に気付き、犯罪に手を染めるのを思いとどまってほしいと思ったからだ。しかし、女の子は私の存在など気にするそぶりもない。万引き犯は、もっとキョロキョロして挙動不審なものだが——。

この通路には、私と女の子しかいない。さあどうする。監視しているのがバレたら、女の子を傷つけてしまうこともあるので、ごく自然な動きを心掛ける。私はしゃがんで下に陳列している商品を整理し始めた。すると、女の子が私とは逆の方向にお菓子を持ったまま走り出した。強行突破か。私は立ちあがった。女の子が角を曲がる。私は全力で後を追う。子供というのはすばしっこい。しかし、この店の中なら私の方が知りつくしている、先回りをしよう。お店を出たらアウトだ。その時点で万引き成立。出ちゃダメだ！　と心の中で叫んだ。ところが女の子は、ショッピングカートを押している女性のところに行ったのだった。母親だ。万引きではなかった。私はホッとした。女の子は笑顔だった。

「これ」

女の子は、ちょっと首をかしげ、笑顔でおねだりをした。可愛い笑顔だった。

「いらない！　置いてきなさい！」

母親は女の子の頭を強めに叩いた。そして女の子の顔も見ず、すぐにそっぽを向いて違う商品を見だした。

女の子は、それ以上おねだりすることはなかった。あっさり引き下がり、お菓子を元の位置に戻しにきた。その時、女の子の顔を見てしまった。母親からこっちに振り返った時には、まだ笑顔を残していた。母親に頭を叩かれて跳ね返されたにもかかわらず、母親には笑顔を残したのだ。冗談だよという感じで。そして歩き出すと、少し悲しい顔をした。泣くのをこらえようとする歪みが一瞬見えた。それから自分をコントロールするかのように、さっぱりとした顔つきの練習をしているように見えた。お菓子を棚に戻す時は、お別れを惜しむかのように、もう一回箱をぐるっと見回して戻した。そして走って母親のところに行った。その頃には、もう、一つの未練もなくさっぱりとした子供の顔を母親に向けていた。

女の子は、たぶんお菓子を買ってもらえないってわかっていたのだろう。でもチャレンジをしたのだ。あんなに長い時間、一つのお菓子をずっと見ていたのだから、よっぽど食べたかったのだろう。どうしよう。どう言ったらお母さんが買ってくれるかな。怒られるだろうな。でも欲しいな。また殴られるかも。でも欲しいな、とお菓子を見ながらずっと考えていたのだろう。そして母親に笑顔で媚びたが、それも見透かされ一蹴された。悔しいという思いと、やっぱりなという諦めの二つの感情を隠そうと頑張っている女の子の凜々しい顔を見てしまった。

キミは立派だよ。普通の子だったら、もっとダダをこねるだろう。買ってもらうまで泣き続けるだろう。なんでそんなにききわけのいい子なんだい。たかが150円じゃないか。子供はお金を持ってないもんな。いいんだよ、もっと親を困らせていいんだよ。それぞれの家庭の事情ってものがある。教育の仕方がある。父親と母親でも考え方は違う。それは分かっている。ただ、子供にあんな顔をさせるなよって思った。

私は、そのお菓子を手にして急いだ。お金は後で私が精算するつもりだ。

母親がレジで並んでいる間、女の子はお店の外で駐車場のタイヤ止めのコンクリートの上に上がったり下りたりしていた。チャンスだ。私は、お店を出て女の子に笑顔で近づいた。手には女の子が欲しがっていたお菓子。最初はニコニコした変なおじさんに不審感を抱くだろう。しかしこのお菓子を差し出した瞬間、怪訝(けげん)そうにしていた顔は一気にほころび、変なおじさんから一足早いサンタさんに見えるだろう。いくらなんでもサンタの格好もしていないのにそりゃないか。足長おじさんってとこかな。私がどう見られようがどうでもいいのだ。それより、すごく喜ぶだろうな。お菓子をあれだけ見つめていたのだから。わかるな～、手に入らないけど、せめてそれを見ていたい。見るだけならタダでしょ。見て、中のお菓子を想像して、自分が食べているところを想像するのが幸せなんだよな。でも、もうそんな想像しなくてもいいんだよ。そしてあんな顔をしなくていいんだよ。

女の子が私に気付いた。私は後ろに回していた手を、女の子の目の前に差し出した。

「このお菓子好き?」

女の子はきょとんとしていた。私は女の子の手を掴(つか)み、お菓子を握らせた。

「これ、あげる」

女の子は下を向いた。

「おじさんね、このお店の人なの。だから大丈夫だよ。これ、あげる」

思い描いていた笑顔はそこにはなかった。困惑というか迷惑そうというか、女の子のお菓子を持っている手は弱々しく、うつむき加減にじっと黙っている姿を見ると、私はなんか悪いことをしたのかもしれないと思った。

「ちいちゃん、行くよ」

母親が買い物袋を二つ提(さ)げてやってきた。私は中腰から立ち上がった。

「どうもありがとうございます。一人で寂しそうだったので、お菓子をプレゼントってね」

「あら、いいんですか？　すみません、ありがとうございます。ほら、お礼を言いなさい」

「……ありがとうございます」

母親に促されて、ちいちゃんは私にお辞儀をした。本当にうれしそうな顔ではなかった。不安そうにまぶたを下げ、どこかバツが悪そうなちいちゃん。母親もそんな感じだった。ちいちゃんが一人になった時、喜んでくれればいいや。二人の後姿を見送った。

「どうかしたんですか？」

振り向くと金子君がいたので、「いや、なんでもない。何？」とすぐに仕事に戻った。

すぐには切り替えられなかった。余計なことをしたのかもしれない。私なんかが立ち入っちゃいけない領域だったのかもしれない。ちいちゃんも子供ながら、あの母親の家庭のルールの中で暮らしているのだ。ルールを知らない私が出しゃばるなんて厚かましいにもほどがある。しかも、私はお菓子を手に取る時に、本当に善意だけでちいちゃんにお菓子をあげようとしたのだろうか。ちいちゃんの笑顔を見たい一心であげたのだろうか。あんな可愛い子を万引き犯と疑って見ていた自分への罪滅ぼしではないのか。たった150円のお菓子で自分を善人にすり替えようとしていたのではないか。自分を守るため。自分のための行動だったのではないか——そうだ、仕事中だ。お客さんを疑うとろくなことがない、ということで答えを出すことから逃げ出した。

こんな時は沼田さんだ。

「もしもし、どうも伊澤です」

「あーどうもどうも沼田です」

沼田さんは、フードストアの営業部長をしている。フードストアとは、関東を中心にチェーン展開しているスーパーマーケットで、スーパーうめやよりも規模が大きく、沼田さんは千葉県にある支店に勤務している。

あの「お昼泥棒」のお店対抗歌合戦コーナーで、ウチの対戦相手がフードストアさんだったことがご縁となった。

生放送本番の前に、お店に電話が入った。たまたま電話を取ったパートの中島さんが受話器を私に差し出しながら、「対戦相手のフードストアの方が挨拶がしたいと……」と言ってきた。緊張が走り、恐縮しながらそれを受け取った。「フードストアの沼田と申します。本日はよろしくお願いします」という声は高く興奮気味であったが、とうが立っている印象を受けた。

番組でフードストアさんは2週勝ち抜いており、立場的には挑戦者であるウチから挨拶の電話を入れるべきだったのではと思ったので、いろいろと一段落して落ち着いた昼の3時過ぎに、リダイヤルを押してフードストアの沼田さんに電話をした。

会社から持たされている携帯電話だったようで、沼田さん本人に直接つながった。3週勝ち抜きおめでとうございますということを伝えるだけのつもりだった。しかし、私からの電話がよほどうれしかったらしく、話が盛り上がり、30分以上も話してしまった。

生放送中にお互い映り込んではいないので、顔は知らない。そんな二人が生放送を迎えるまでの苦労話などに花を咲かせた。肩の荷が下りてホッとしたせいか私も饒舌(じょうぜつ)になり、店長のカラオケに付き合わされたことや、前日に歌う曲が変わったこと、高井さんの件は予想外だったことなどを話した。沼田さんは「そうですか、そうですか」と合いの手を入れるのが上手で、つい私もしゃべらなくてもいいことまで気持ち良くしゃべってしまった。

その日以来、何かちょっとした悩み事とかがあると、同じ職種ということもあり、顔も知らない沼田さんに当たり前のように電話をかけていた。大人になってからでも、こんな友達のでき方ってあるんだな〜と思いながら、勝手に沼田さんの顔は自分の中で想像していた。

「今、大丈夫ですか？」

一応相手も仕事中だろうし、迷惑がかからないようにまずは確認作業。たいてい沼田さんは「大丈夫ですよ」と言ってくれた。私はいっつもタイミングが良かった。沼田さんが手が離せないほど忙しい時に電話をかけた事がない。

「ちょうど一服しようとしていました」

こういうケースが多い。最初は無理して合わせてくれているのかなとも思った。でもその割には、よく電話に出てくれるので迷惑ではないのだろうと甘えている。

「最近、お客様を監視するようになってしまって……」

私は、ちいちゃんという女の子にお菓子をあげて、いいことをしたのに何かやるせない気持ちでいっぱいであることを吐露した。

「私も昔、似たようなことがありましたよ」

何でもないように明るく返してくる。「伊澤さんは、何も悪いことをしていませんよ。いろんな人がいますから」とやけに達観していると思いきや、部下の小さなミスの愚痴になると止まらない一面も持っているところが、摑みどころがなくて面白いおじさんだなと思っている。ハンガーを衣紋掛けと言っていたので、たぶん私よりおじさんだと思う。

10分くらいして、いろいろやることが出てきたので電話を切る。私から電話をしておいて、相談にのってもらい、次に沼田さんの相談というか愚痴がピークに達している時に私から電話を切る。いつもこっちの都合で申し訳ないと思っている。沼田さんの方から電話を切ることはない。営業部長だし、仕事の整理もうまいのかもしれない。

「沼田さん、今度飲みにでも行きましょう」

「是非是非」

と言っていつも電話を切るが、どちらからも飲みに行く日にちを具体的に決めようとはしない。これでいいのだ。

「伊澤さん、金子君が勝手にタイムサービス始めていますけど」

電話を切ったと同時に女傑高井さんがやって来て、少し心配そうな顔で言った。

お店に戻ると、もやし一袋10円という本日4時からのタイムサービスが始まっていた。

時計を見ると、3時57分だった。しかしもやし売り場の前は人だかりだ。毎日何かしらのタイムサービスをやっているのだが、副店長の私の合図で4時ピッタリに始める。そのために沼田さんとの電話を切ったのだ。

どうやら金子君がタイムサービス開始の合図をしたらしい。最近の金子君のハイパーな仕事ぶりを見ていると、いつかはやるんじゃないかとは思っていた。マイクを持ってタイムサービスのパフォーマンスをするという、DJというわけではないが、ちょっとした花形業務である。本来それはお店の顔である人がやるわけで、西口店長も私に遠慮をして一度もマイクを握ったことがないのだ。自分の掛け声でお客様が押し寄せてくる。それを大きな音量の音楽とともに、立て板に水のごとくまくしたてながら捌(さば)いていると悦に入る時がある。金子君は、やってみたかったのだろう。私が息抜きの電話で油を売っていたのがいけないのだ。ただ一言、声をかけてほしかった。それと、4時ピッタリに始めてほしかった。

「タイムサービス始めといてくれてありがとう」

ニュートラルに言ったつもりだが、そう意識した時点で含みを持って言っていることになる。金子君にはどう伝わったのだろうか。

「4時になってなかったんですけど、もう人が集まっていたので」

私の慇懃(いんぎん)さに気付いたのか、用意していたような言葉が返ってきた。自分がタイムサービスの場を仕切りたかったのだろう。それには4時前に始めるしかない。私は必ず4時ちょっと前にやってくるから、狙っていたのだろう。

金子君は全(すべ)ての仕事にかかわろうとしていた。いろいろ吸収したいのは分かるが、自分の持ち場というのがある。金子君だったら商品の品出しがメインで、倉庫のリーダー的ポジションだ。なのに、西口店長や私のようなオールラウンドプレーヤーをやろうとしている。僕もできますというアピールをしているのだろうが、配置バランスや働いているみんなのまとまりが崩れるのでやめてほしい。私はイライラしないように心がけた。ただ金子君もそういう時期なんだろうな、私もそんな時があったはずだと思い、流すように自分をコントロールする。

毎日お昼のピーク時が過ぎ去ると、レジが三人から一人になる。パートのおばちゃん同士で話し合って、誰が先に休憩に入るか決めているらしいが、田中さんの勢いに押され、一番おとなしい清水さんがいつも一人残ることが多い。

清水さんは、この店で働いて3年くらい。43歳で髪は長く細身で、幸薄そうな雰囲気を醸し出している。こっちの都合で毎日朝の11時からお昼の2時までの間だけ来てもらっている。一日雇ってあげられれば、夕方の忙しい時間までの間は暇なので楽できるし、同じ時給でもトントンになるのだが、忙しい時だけ呼ばれるのは働く人にとっては割に合わないだろう。それなのに何の文句も言わず淡々と働いてくれている。この前なんて、レジにいるだけでいいのに、散らかったカゴを集めたり、ちょっと客足が途切れたら品出しまで手伝ってくれた。とにかく真面目で働き者の清水さんは、ウチにとってすごくありがたい存在だ。

その清水さんが犯人だった。

やはり内引きだった。でも清水さんだとは意外だった。お店にいる時間も短いし、なによりそんなことをやるような人には見えないので、まったくのノーマークだった分、私の衝撃は大きかった。

それは、お昼1時半過ぎから2時までの約30分の間に行われていた。私は畳んだ段ボールを積みに裏から回ってお店の表に出た。積んである段ボールと段ボールの間からガラス越しに何気なく見ただけだった。

レジは清水さん一人で、お客様は待つことなくレジを通れる状況である。慣れた手さばきなので、注意して見ていないと分からないのだが、いくつかの商品を、ピッと反応させないでカゴからカゴへ移している。これが意外と気付かないものだ。ん？　と思っても次の商品はちゃんとピッと反応するので、自分の見間違い勘違いですませてしまう。清水さんはカゴから商品を両手に持ち、片方の商品だけをピッとしたら、両方の商品を違うカゴに移す。つまり片方はレジを通していないのだ。その手さばきはマジシャンのようだ。カゴの中全部ではない。何個かやるから分かりにくい。

清水さんは、介護の仕事も掛け持ちしているらしく、ウチの仕事が終わると、介護が必要なご老人を抱えている家庭を車で回るという。そのご家族の方が清水さんを慕ってウチに買いに来てくれているらしい。親しげにしゃべったりしているのをよく見かける。それも、比較的すいている時間帯を選んで。後ろに他のお客様がいない状況でそれをやるのだろう。このお客様もそうだろう。トイレットペーパーや介護用おむつなど、袋に入らないのでシールを貼るのだが、シールだけ貼ってピッと鳴らないようにバーコードを避けてスルーさせている。

清水さんもお客様も、外の端っこから段ボールの隙間を利用してガラス越しに見ている私に気付いていない。私の目の前で行われているのが、先代の上田店長も頭を悩ませた内引きの手口の一部始終だと思うと、これは犯罪だ、現行犯だ、今行かないと、と頭は反応したものの、体が拒否していて初めの一歩が出ない。まだ、本当か？　と自分を疑っているのだ。清水さんがそんなことするわけがない。西口店長を呼んできて一緒に見てもらおうか。いやそんな時間はない。どうしよう。怖いのか。怖がっているのか。早く「見ていましたよ、そんなことをしちゃダメでしょ」って言わないと。ここから言えばいいのだろうか？　いやガラス越しだとちゃんと聞こえないな。大きな声で「見ていましたよ」とだけこの場で言って、その後お店の中に入るのはどうだろう。そんな二段階に分ける必要があるのか。そもそも第一声が、「見ていましたよ」でいいのか？　だからといって「そこまでだ！」ってのもな。まずい、お客さんがすでに支払いを済ませてカゴの中の物を袋に詰めている。もう遅いな。いや間に合うか。でももうレジに違うお客様が来ちゃっているし——。

「何しているんですか？」

振り向くと、金子君が自分で持っている段ボールをよけながら顔を出した。

「ん？　段ボールが結構たまっちゃったから、業者に取りに来てもらわないとなって」

段ボールしか見ないで言った。今の一連の流れを金子君に悟られたくないのと、清水さんの方を見ないで、この積んである段ボールを見てという願いからだった。

「汗すごいですよ」

その言葉がさらに汗腺を刺激したのを感じた。

「まーな、力仕事だからな」

「そうですか？」

その場を去り、外を回って裏口から事務所に入る。

「あ、副店長、昨日うちでおでん作りすぎちゃったから食べて食べて」

パートの田中さんがテンション高く鍋を指さしている。

「ありがとうございます」

普通に言ったつもりだったが、田中さんがすーっと引いたので、なにか様子がおかしいと、察したに違いない。静かになった。あれ、空気がおかしいぞ。何だか私が悪いことをしたみたいだ。私は何一つ悪いことなどしていないのに。いけないものを見てしまうと、いけないことをした人より見た側の方が罪悪感に苛まれる。不思議であり納得がいかない。

自分の机に座ると、手が少し震えていることに気付く。外で目撃した時から震えていたのに、気付いていなかっただけなのだろうか。それとも落ち着いた今だからこそ、事の重大さに改めて気付き、震えだしたのだろうか。

　ここは沼田さんへのホットラインに頼るしかない。

「管理する立場としての、資質を問われることになってしまいました」

「そういうのって、急に来るんですよね」

　深い同意を示すように、沼田さんがため息をついて答えてくれる。

「沼田さんも……そりゃそうですよね、ウチなんかより大きな組織にいるんですから」

　こちらも少しだけホッとする。

「その清水さんは、パートであって正社員ではないとはいえ、伊澤さんにとって部下は部下であり、部下のしたことをどこまで許せるかなんですよね」

　沼田さんもこれまでにいろんなトラブルに遭ってきたのだろう。

「そちらも相当気苦労も多いのでしょうね」

　受話器の向こうでしゃべりたそうな感じが伝わってきたので水を向けた。

「まーウチは立花さんが足を引っ張るんでね」

　出た、得意の立花さんの愚痴。沼田さんによると、立花さんというおじさんは、

50歳を過ぎたくらいの社員らしく、どんくさいがゆえに他の社員からも厄介者扱いされているという。

「この前も、お惣菜(そうざい)コーナーにメンチカツを運んでいる途中、足がもつれてトレーごと全部下にぶちまけちゃいまして」

「え～、いくつくらいですか？」

「50個くらいですかね」

「わー、大惨事ですね」

「大惨事ですよ。滑るんですよ」

「滑る？」

「はい。メンチカツは油で意外と滑るんですよ。あれだけ派手に勢いよくぶちまけると、床を滑るんですよ。思ったより遠くまで行っちゃったりして。だから、棚の下とか冷蔵庫の下とかまで入り込んじゃって回収するのに苦労しましたよ。お客様に平謝りして人が滑って転ばないようにモップをかけてって社員総出でしたよ。なによりもお惣菜コーナーを仕切っている料理長が怒っちゃって、私なんかそれをなだめるのに必死でしたよ」

「因(ちな)みにそういう場合、フードストアさんでは立花さんに被害額を請求するんですか？」

「立花さんの場合、初めてじゃないんでね。一個130円の掛ける50個で6500円ですか。立花さんの方から払いますと言ってきたんですけどね」

「ん〜、自分で悪いと思ったんでしょうね」

するとと沼田さんは電話越しに声を潜めて言った。

「でもね、実は立花さんが転んだのは、誰かに足をひっかけられたからだという噂なんですよ」

私もつられて声を殺した。

「え！　それじゃ立花さんは悪くないじゃないですか」

「そうなんですけど、伊澤さんもお分かりの通り、お店の中で忙しい時に従業員同士が焦ってぶつかることとなんてザラにあるじゃないですか」

「でも、足をかけられたんですよね？」

「それも見方の問題でね。相手は足なんかかけたつもりないのに、立花さんがメンチカツのトレーを持って不安定な感じでふらふら歩いて来て、立花さんの方から当たってきたと言うんですよ、結局、周りもみんなそっちについちゃって、立花さんの味方してくれる人は誰もいないんです」

沼田さんは困ったもんですといいながら、立花さんへの同情を少しみせた。

「立花さん、可哀想ですね」

私は簡単な言葉を返した。

「立花さんは、何でも、社長の昔の知り合いか何かで、それでウチで働いているんですよ。ま－コネ入社ってやつでね。それを面白く思わない人もいるわけですよ。職場いいおっさんに途中から入ってこられても足手まといになるだけですからね。職場の人間は若い人が多いし、立花さんもそれくらいは分かっていると思いますよ」

内引きをやっていた清水さんの事だったのに、今日もまた強引に立花さんの話を聞かされ、少し嫌な気分になって沼田さんとの電話を切る。

沼田さんは、立花さんの愚痴さえ言わなければいい人なんだけどな。電話でしか知らないいし、会ったことないけど。

ひじきの中の油揚げを狙って食べる。そして良く冷えた発泡酒で喉を鳴らす。

「へ～、まさかの清水さんだね。賞味期限切れの商品をカゴに入れる仕事をしているふりをして、実は賞味期限内の商品を裏に持ち込んで盗るという私の推理はハズレたか～」

次女の香菜子が椅子(いす)の上に胡坐(あぐら)をかいて勝手にしゃべっている。

「内引きって何？」

私の今日の出来事をじっと聞いていた末っ子の亮太が、お茶碗(ちゃわん)を持ちながら聞いてくる。

「従業員の万引きみたいなものだよね、パパ」

私より先に香菜子が答える。横取りして悪いと思ったのか、取ってつけたように最後だけ私にパスを出したので、「そうだな」と言っておいた。

妻の律子が鶏肉とネギの塩だれをお皿に盛り付けながら、「清水さんって人のやったことは悪いけど、お金が苦しい介護の家族の人にだけそうしたのだったら、根っから悪い人じゃなさそうね」と言った。

そうなのだ。清水さんの勤務態度を知っている私は、いまだに自分が今日のお昼に見た場面を疑っている。従業員にはまだ誰にも言っていない。家族と、なぜか沼田さんに話しただけだ。

「パパの出方次第で清水さんと、今後のお店の運命が変わるわね」

どこで聞いていたのか、いつものように長女の小梅が二階から下りてくる。

「そうなんだけどさ～、荷が重いな～、どうしよう」

全員揃(そろ)ったところでちょっと弱音を吐いてみた。

しかし小梅は、「うわ！　塩だれのすごいしょっぱいとこ食べちゃった、亮太ご飯一口ちょうだい！」と、すでにどうでもいいみたいだ。

「何だよー、自分でご飯よそえばいいじゃん」

「ちょっと！　鶏肉ばっか食べないでネギも取りなさいよ！」

香菜子が亮太を睨(にら)む。テーブルの上の一つのお皿を姉弟(きょうだい)三人でつついている。

「ネギはお姉ちゃんが食べればいいじゃん、それ以上太らないように」

「太ってねーよ、このクソ坊主！」

「香菜子、口が悪いわよ！」

律子が香菜子の言葉づかいを窘(たしな)める。きょうだい喧嘩(げんか)とは、大体お兄ちゃんお姉ちゃんが親に怒られるのだ。弟や妹は得である。

私はこの光景が好きだ。律子は母親だし、子供たちと一緒にいる時間が私より長いのでキーキー言っているが、私はずっと眺めていられる。止めなくていい。

本来、食べ物のことで言い争うのは、みっともない。

でも家族だから、姉弟だからできるのだ。みっともない姿を見せられる。

みっともなくていいじゃないか。

私は、この光景を毎日見ていたい。嬉しいのだ。

朝から瞼が重かった。逆らわずに瞼を閉じたまま布団の中で清水さんと会った時のことを考える。正解がわからない。答えが出るまで起きるのを止めようと思った。でもそれでは会社を休むことになりかねない。いや、確実にそうなるだろう。

「厳しいな〜」とひとりごちながら上半身を起こした。

皿の上に焼いた食パンがあった。食パンの角を口に含む。ミミを嚙み切る力がない。

いつもと同じように支度をして家を出る。習慣とはすごい。頭の中は清水さんのことしか考えていなくても、体は勝手に、そして正確に一連の動きを示してくれるので、気付くと降りる駅だったりする。

吐く息が白い。体に力を入れて歩く人が多くなった。

最近冷たくなってきた鍵をさし、裏口から事務所を通ってお店の中を覗く。見渡すといつもより空気が淀んでいるように感じるのは気のせいだろうか。それを払拭しようと窓の方を見る。

朝の低い光が外に積まれている段ボールの隙間から淡く差し込んでいる。その光が、昨日清水さんが立っていたレジの場所まで伸びている。私の昨日の視線の動きをなぞっているかのようだ。

あそこが犯行現場だ。犯行現場——そう意識した途端に怖くなった。一日置いて、時間の経過がそれを助長させていた。昨日の手の震えも、今となっては恐怖への予兆だったのだ。

恐怖は遅れてやってくる。それは他の従業員に話さず、自分の中に隠し持っていればいるほど肥大化するだろう。お店の誰にも言えなくて、沼田さんと自分の家族には話した。まずは西口店長に報告するのが正規の手順だ。なのに何故——私は清水さんをかばっているというのか。正直怖くて前に進めないというのは認めるが、やはり私の見間違いではないのか。人の目撃情報なんてあてにならないというではないか。

いや、もしそうだとしても。あの時だけ、一度きりのことでもうやらないのならば、事を荒立てなくても。私しか知らない事実——事実じゃないかもしれないし。

優柔不断のいらない優しさは、問題解決を遅らせる。

私は決意した。西口店長に相談しないのは申し訳ないが、これ以上遠回りしたくなかった。

胸の真ん中あたりが、恐怖から辛さに変わっていくのがわかる。

朝11時前に清水さんがやって来てタイムカードを押す。こういう時に限って、「みなさんでどうぞ」と、かりんとうを差し入れてくれる。その気配りに二の足を踏みそうになる。

しかし、清水さんの仕事終わりで言うより、先に今言った方がいいだろうと自分を鼓舞する。それは、もう今日からあやまちを犯さないでほしいという願いから。いや、なにより自分が落ち着きたかったからだ。

みんなに怪しまれないように、清水さんが一人になるのを見計らう。

口にした後の清水さんの表情とかを想像しないように努める。想像するととてもじゃないが何も言えない。

「清水さん、ちょっといい？」

私は清水さんにギリギリ届くくらいの声を送った。顔の前で遠慮気味に手招きした私に、「はい」と私の努力が台無しになるかもしれないくらい大きめの返事が返ってきた。

その音量の差にビックリして、怪しまれないように早足でお店の裏に出た。外に置いてある里芋洗い機がゴロンゴロンと年季の入った大きな音を立てている。タイマーを見るとあと8分で里芋が洗い終わる。つまり8分後に青果売り場の牧田君がここにやってくる。8分以内に終わらせないと。当然他の人間が私を呼びに来たりとかも考えられるので安心できる空間ではない。でもこの場所しかない。

肩にかかったエプロンの紐(ひも)を直しながら、「何でしょうか?」と笑顔の清水さん。こんな時タバコが吸えたなら、口にくわえて火をつけるという自分なりの間をとってから話し出すことができるのだろう。

「清水さん……介護の仕事はどうですか?」

まずは、だ。いきなり言うのもぶしつけだし。清水さんは、わざわざ呼び出して何を聞いているのだろうと不思議そうな顔をしながら、「順調ですけど、何か?」と私の目を覗いた。

「いや、清水さんがいてくれるとお店も助かるので、夜も出られるのかなって」

「今は介護サービスを中心に働いていますので……」

「ですよね、すみません無理言って」

「いいえいいえ、こちらこそすみません。え? 何か話があるみたいでしたけど……」

「まーそういうこと。清水さんを信頼しているってことと」

「どうしたんですか？　副店長、変ですよ」

「え、そんなことないよ。じゃあ今日もよろしくお願いします」

清水さんは、「わかりました」と軽く会釈をして、訝しい思いを隠すためなのか、あるいは何か勘づいたのか、無表情で中に入って行った。

それと同時に牧田君でなく金子君がやってくる。ドアを開けた金子君は、出会い頭の清水さんに少し驚き、外に出て私がいることにさらに驚いていた。

「伊澤さん、チラシのチェックお願いします」

すぐに平静を装って金子君が言った。私は、何でもないよ、重い話なんかしていないよ、不倫の末の別れ話じゃないよ、だからタイミング悪かったかな、なんて思わなくていいよ、を「はいよー」というコミカルな高い声で金子君に伝えた。

結局肝心なことは何一つ言えなかった自分が情けない。里芋洗い機はまだ年季の入った大きな音を立てていた。私の不甲斐ない姿を、里芋を洗うのに夢中で何も聞いていませんよと主張するかのように、さらに大きな音を立てて私に気を使っているように見えた。

大原店オリジナルの日替わりセールや夕方市などはあるが、新聞広告のチラシは、大原店だけの特売ではなく全店舗共通であり、本部が何を目玉商品にするか決めるので、そのチラシに合わせて店頭に品出しをして値札を替えなければならない。それを間違うと、チラシと違うとか、チラシに書いてある商品がないとかクレームが出てしまうので、金子君に任せているが、最終チェックは私が行う。ずっとミスはないし、私が見なくてもいいのだが、金子君なりに私を立ててくれている部分なのだろう。

お昼1時半を過ぎた。いつものようにレジには清水さん一人になった。その時間になると来店する清水さんの知り合いの姿もある。

私は、レジ付近の清水さんの視界に入る所で作業をした。それは見張るというよりも、私がいることに気付けば、さすがに事は起きないだろうと考慮してのことだ。隠れていて、違反してから出てくる白バイにはなりたくなかった。最初から存在を示して未然に事件を防ぎたかった。

清水さんが私をチラチラ見ているのを視界の隅っこで感じる。落ち着きがないように思える。タイミングを見計らっているのか。私はさらに清水さんに近づく。そんなよそよそしい態度を取ってほしくないから。

レジを通る商品の数とピッという音の数は一致していた。今日は無理だと察したのか、私の方を気にすることなく黙々と仕事をこなしている。知り合いのはずのお客様とも会話がないまま進む。お客様も清水さんの異変を察したかのように黙っている。

結果何も起こらなかった。今度から毎日そうしよう。昼ご飯は食べなくてもいい。毎日は大変だが、清水さんに言う方が辛い。私しか気付いてないのだから、事を荒立てずそっと自然治癒した方がいい。

私は清水さんの内引きを隠し通すことにした。本来ならちゃんと本部に報告をしなければならないのだ。もし隠したことが本部にばれ、警察沙汰になったら大変なことだ。普通に刑法上、犯人隠避行為になるだろう。さらに今後清水さんが内引きを繰り返すことがあれば、犯人ほう助で私も一緒に捕まる可能性もあるかもしれない。

もしも警察沙汰にしなくて内々で済ませても、内引きがあったという事実は西口店長の進退にもかかわりかねない。歳は下であるが入社から半年ですぐに本部勤務で、もう少し現場経験も積ませたいとのことで、将来の幹部候補を預かっていると私は自負している。そんな西口店長に傷を付けて本部に返すわけにはいかない。

私の勝手な正義感は間違っているのだろうか。

きっと清水さんは思い直してくれるだろう。

よし、全責任は私が取る。

「別に斜めにしなくてもいいよ」

新しく入った志賀君がお店の入り口に買い物カゴを積んでいると、金子君がやってきた。なんとなく私も買い物カゴを積んだりして志賀君の横にいたが、金子君は志賀君に向けて言ったらしい。積んである買い物カゴの上から五つくらいを斜めにしておくとお客様が取りやすいので、ずっとそうしている。

「積みすぎなんだよ。こんなに高く積むとおばあちゃんとか買い物カゴが取りづらいだろ。だから低くして二つに分けるとか、お店の中の何か所かに分けて置いた方がいい」

お店の奥にも買い物カゴを置いておくと、入り口でカゴを持たずに買い物をしていて思ったより商品を手に取ってしまった時、わざわざ入り口に戻るのも面倒くさいし、近くに置いてあったら便利である。

実は私も前々から思っていたことだが、通路が狭くなるし、買い物カゴを置くスペースがあるのだったら、その分商品を並べたい。

でも、金子君は、この店を改革しようとしている。いいことだ。だから私は何も言わない。

教え子が精力的に働いているのだ、見守ってあげようじゃないか。それくらいの器量がなくてどうする。

肩を叩かれた。

「春男君、どお調子は」

「あ、どうも岩崎さん」

私のことを春男君と呼ぶくらい、岩崎さんとは古くからの付き合いだ。岩崎さんの顔を見るとホッとする。岩崎さんは55歳だ。本部でエリアマネージャーをしている。

エリアマネージャーとは、定期的に各店舗を見て回り、気付いたところを指導し教育する仕事である。現場の人間にとっては少し煙たい存在だ。

しかし岩崎さんは、驕(おご)るところがなく現場の意見をちゃんと聞いてくれる。たまに手土産を持参したりして、社員やパートのおばちゃんにまで分け隔てなく笑顔で声を掛けるので、岩崎さんの悪口を言う人は誰もいない。

岩崎さんは、30歳で店長になり、45歳でエリアマネージャーに就任した。今の私と同じ45歳の時にはすでに店長からエリアマネージャーになっていたかと思うと、誰かに罵られたわけでもないのに、何かしゅんとなってしまう。

「今日どうよ、久しぶりに一杯」

「はい。……あのー、高井さんと金子君も同席させてもらってもいいですか？」

女性が一人くらいいた方がいいと思った。

お店を閉めたらすぐに帰れるように、裏の仕事を早めに片付けておく。

女傑高井さんに、「このあと、エリアマネージャーの岩崎さんがみんなで食事でもって言ってんだけど」と誘ったら、「今日雨が降りそうなので、その前に帰りたい」という理由で断られた。一瞬、何だそれ、と思ったが、本音だろう。わからなくもない、その気持ち。

それでも金子君が、「何その理由～」と言ったので、私も、「そうだよな、雨くらいで」と、やっぱり女性が一人くらいいた方がいいなと思い直し、冗談ぽく言った。

女傑高井さんは、「何か、嫌な雨になりそうだから」と、神秘的なことを言い出したので、諦めた。

少し先のちょっと大きな駅で岩崎さんと待ち合わせる。金子君と二人で、人混みの中からやってくるはずの岩崎さんを顎を上げて探しながら待つ。

「あれ、高井さんは？」

人混みの中で知り合いを探していると遠くを見がちで、本人がいきなり至近距離で現れるケースがある。

「まだ仕事が残っているからって」

用意していたわけではないのに、咄嗟に言葉が出た。

「高井さんは仕事熱心だね～」

岩崎さんが、どこに行こうか周りを見渡しながら言った。女傑高井さんをいい風に話しておいた。本部の人の、高井さんに対する良いイメージを少しでも取り戻したかった。

岩崎さんは、「男三人だから、気取らなくてもいいよな」と言いながら、なんとも味のある汚い店に連れて行ってくれた。

「ここは、3冷で出てくるから」

岩崎さんの言う3冷とは、ホッピーのことであり、ジョッキと焼酎とホッピーの三つが冷蔵庫でキンキンに冷えて出てくることだ。そこまでしてくれるお店はあまりないのでテンションが上がるのだ。

冷えたジョッキが三つ運ばれてきた。既に冷えた焼酎がいい感じで入っている。ホッピーの瓶を直滑降の状態にして全部入れる。泡が立ち、こぼれるかと思いきやこれがこぼれない。

氷なしでジョッキにギリギリいっぱいだ。

「いただきます」と言って飲んでみたものの、金子君は、あまりおいしいと思わなかったみたいだ。どうやら少しの戸惑いを見せている。ここは私たちがいつも行く居酒屋「しらふ」ではない。さらに年齢層が高く、昼間っから飲んでいる人も多いようだ。

金子君はスーツを着ていた。私がいつの日だったか買ってあげたスーツだ。あれは確か、金子君が成人式の時だった。お店のシフトで人手が足りなくてお願いしてみたら、あっさりと引き受けてくれた。私はその頃から金子君を可愛がっていたので、成人式に出られなかった代わりに彼にスーツをプレゼントしたのだ。ほぼ毎日家とお店の往復で、動きやすいジャージしか着ない金子君に、事務所のロッカーの中にこのスーツを入れておけば、いざという時大人の身だしなみができるからと教えたのも私だ。それ以来かもしれない、久しぶりに見た。いや、一度あった。金子君がある年の頑張った人に贈られる賞を受賞した時、本部にこのスーツを着て行ったのだ。金子君のいざという時はこのスーツなのだ。そして今日。本部のエリアマネージャーとの会食ともなれば、料亭とかを想像してスーツを着てきたのだろう。しかし連れてこられたのが、足元が吸殻だらけの大衆居酒屋。そしていきなりのホッピー初体験。岩崎さんと私は、金子君を見たあと偶然目が合い、おもわずホッピーを噴き出しそうになってしまった。

スーパーうめやに長く勤務していても、本部の岩崎さんから見れば私も含め、たかが一介の社員に料亭なんぞ用意するわけがないのだ。こんな風に誘っていただいただけでも、気にかけてもらっていることを嬉しく思わなければならない。

「店長って、どお？」

岩崎さんが枝豆を吸いながら聞いてきたのは、二杯目のホッピーがなくなる頃だった。なるほど、西口店長の仕事ぶりが知りたくて私を飲みに誘ったのか。

「真面目ですし、みんなからの信頼もありますよ。番組に出演したのが大きいですね。西口店長を勝たせようと、みんなが一致団結したもんな」

最後の「な」を金子君に振った。私が極秘に仕掛けた西口店長好感度アップ大作戦のおかげでそうなったことは、いまだに誰も知らない。

「違う違う、店長って、どお？　やってみたい？」

「はい!?」

「春男君なんて、もう店長くらいやっていてもおかしくないじゃない、ねえ?」

岩崎さんは金子君に同意を求めた。金子君は、「ほんと、僕もそう思います」と頷いた。

私はホッピーを多めに一口含んで、「どういうことですか?」と悪い話ではないなと分かった上で、敢えて神妙な顔を岩崎さんに向けた。

「いやね、今度新店舗ができるんだけど、店長を誰にしようかってことでね。ここはやっぱり春男君だろってことになってね」

「なるほど。ありがとうございます」

私はまだ笑顔を見せなかった。

「西口君の前の亡くなった上田さんが店長をやっていた時も、本部は春男君を新店舗の店長にしようとしたんだけど、上田さんがどうしても春男君を離したくないと言ったもんだからね。まーそれでうまく大原店は回っていたから、こっちとしても無理やり動かさなかったわけで。前回も西口君が来ちゃったからね。春男君としては二回も店長になるチャンスを逃しているから、そろそろどうかなと思って」

私は、こんな話をホッピーを飲みながら聞いていていいのかと疑問に思いながらも、今にもにやけそうな自分を抑えるので必死なくらい嬉しかった。横にいる金子君を見ると、すごい場にいるな〜という少し強張(こわば)った表情をしていた。無理もない。私だってビックリしている。普通ならちゃんとした応接室かなんかで話すような内容だ。

「因みに、新店舗の場所ってどこですか？」

いろんな情報が欲しかった。岩崎さんは、「ちょっと東京寄りでね」と言いながら、地図を出してきて広げた。

「春男君の家からは、今の大原店よりだいぶ遠くなっちゃうんだけどね」

「あーなるほど、ちょっと遠いですね」

単純に喜ばず、ちょっと難色を示してみる。

「やっぱり遠いよね。家族持ちだもんな〜」

「全然大丈夫ですけどね」

すぐに訂正した。危ない危ない。本心でもないのに、そんな理由で今回の話が無しになったらバカみたいだ。

「そうか、春男君の気持ちはわかった。また会議で推薦しておくよ」

「ありがとうございます。あ、金子君もよろしくお願いします」

「そうだね、春男君と一緒に新店舗を盛り上げてもらうかもしれない」

「はい、頑張ります」

金子君の声が騒がしい店内に大きく響いた。

「私が言うのもなんですが、金子君は本当に優秀で、もう独り立ちしてもいいくらいなのですが、何分自分が未熟者ですので金子君の力が必要です。ぜひ金子君を主任として呼んであげてください、お願いします」

「ん、わかっているよ。金子君は春男君の一番弟子だもんな」

「よろしくお願いします」

二人で頭を下げた。

店を出ると、「ご馳走様でした」

とまた二人で頭を下げた。

「まだ決まったわけじゃないから、誰にも言わないでね。春男君も大原店長いし、一応心の準備として話しておきたかっただけだから」

最後にそう言って岩崎さんは帰っていった。

二人で岩崎さんの後姿を見送りながら、「雨なんて降らなかったじゃないですか」と金子君が言った。

「あー女傑高井さん、そういえば、嫌な雨になりそうだからとかなんとか言っていたな」

「悪いどころか、いい話でしたね、伊澤さん」

私と金子君は、どちらからともなくがっちりと握手をした。

別れ際に金子君は、「伊澤さんについて行きます！」と言った。

私は、「おう！」と答えた。

自分でも自然に、「おう！」なんて言ったことに少し驚いた。

以前のように、私なんか店長になる器ではないとか、店長になりたくて働いているわけではないとかは言わない。誰だって一度は店長になってみたいものだろう。貪欲(どんよく)に行って何が悪い。だからといって自分のことだけを考えているわけではない。ちゃんと金子君のことも考えている。新店舗で役職をつけてあげたいし、いきなり副店長でもいいと思っている。もし私と一緒に新店舗勤務にならなかったとしても、今のお店で主任になれるように便宜を図っておきたかった。そうすれば大原店も大丈夫だ。新店舗は、二か月後にオープンだと言っていたので、すぐに人事異動の発表があるだろう。

一旦落ち着こうと思っているうちに、気付くといつもの定食屋「おかわり」に足が向いた。

さっきは胸がいっぱいで、ほとんど何も食べていない。

こんな時はカツカレー。よし、いいだろう、と自分に許可する。

前祝いのカツカレーだ。悔しい時に自分を慰めるカツカレーを多く食べてきた気がする。たまには嬉しい、前向きなカツカレーもいいだろう。

「カツカレーお願いします」

店のカウンターに座っているおばあちゃんが、日本酒を舐めながらこっちを睨んでいる。

気持ちが滅入っている時に元気を出そうとして食べるカツカレーは、たんにその食べる行為を求めているだけで、何かしらの後悔とともにずっしりと胃に沈み、はまる。

だが今日は違う。

出てきた。相変わらず素っ気ないシンプルなカツカレーだ。古い油で揚げたトンカツに、いかにも安っぽい黄色いカレー、らっきょのお世辞もない。

ん、ん、どんどん入って行く。胃がもたれる気がしない。みなぎっている時に食べるカツカレーは、軽い。決して邪魔にはならず一体化する。こんな透明感のある食べ物だっただろうか。口の中を喜びが通り過ぎて行き、その喜びを五臓六腑も歓迎してくれる。

こんなカツカレーはいつぶりだろうか。

「それだけ食えれば大丈夫だ」

店のおばあちゃんが、怖い顔をして言った。

その言葉で我に返る。無心で食べていたので何も覚えていない。

水滴をまとったグラスを持ち、ひと息で水を飲む。これがうまい。最近では、水を出さないカレー屋さんとかがあるらしいが意味が分からない。逆説を唱えろというのであれば、水のおいしさを知るためにカレーを食べるのもやぶさかではないのだ。それくらいカツカレーを食べた後の一杯の水がうまいってことだ。

今日のシメがカツカレーで良かった。充実感でいっぱいだ。

お皿にお米一粒残っていた。スプーンの先でカレーと一緒にすくい、口の中に入れて少し弄ぶ。

二回も店長になるチャンスを逃しているから、そろそろどうかなと思って。という岩崎さんの言葉を反芻して微笑む。気にしてくれていたのが嬉しかった。

いつもと違って見えていたのだろう、おばあちゃんが私をずっと睨んでいる。

「よく噛まねーと。浮かれてっと、足元すくわれるぞ」

おばあちゃんはそう言うと、日本酒を飲み、お酒を飲むことが辛いような仕草を見せた。

このことは寝かしておこう。もったいぶるわけではないが、前みたく早とちりして家族をガッカリさせたくはない、と思いながら家路につく。


みんな寝ているようだ。音をたてないようにそろっと歩く。玄関から5歩目くらいで廊下のこの部分を踏むと、「ギィ～」と床が軋むことも電気をつけなくても分かっている。誰もいない台所のいつもの席に腰を下ろす。家族が安眠しているという平和に一家の主として満足しながらも、一抹の寂しさも感じるのは、オレンジの豆電球のせいだろうか。いやいや、夜道を歩いて帰ってきた身としては、この小さなオレンジが放つ光で充分だ。

そうだ、発泡酒を飲もう。今日飲まなかったからといって明日に持ち越せるならいいが、そんなロト形式ではない。ならば一日一本飲まなきゃ損だ。

損だ、って何だよ。嫌だな～こういうの。店長になったら変われるかもしれない。

いや、変われる。周りの私を見る目が変わるのだ。別に偉ぶりたいわけでも、横柄になりたいわけでもない。細かいことに一喜一憂するのではなく、もっとどっしりと構えてみたいのだ。ちょこまかと余計なことは考えず普通でいたい。

正直言うと、気を使う側でなく、使われる側になりたいという願望も少しはある。そろそろいいだろう。今まで生きてきて、私が人に対して気を使った指数と、私が人から気を使われた指数を算出したら、バランスがおかしいだろう。最後はトントンにならないとおかしい。それにはそろそろいいんじゃないかと思ったりもする。

自問自答する。決して偉ぶりたいわけではないと確認する。

何かややこしい。自分って、こんな面倒くさい人間なのか。

じっと手を見る。指を動かす。自分で動かしているのに、指が動いていることを不思議に思う。いけないいけない。この小っちゃいオレンジのせいだ。そうだ、発泡酒を飲もうとしていたんだ。

覚悟していたよりも眩しかった。冷蔵庫の放つ光が目をジュワーとさせた。奥に手を伸ばして一本摑む。冷蔵庫のドアを閉める。

いまだに電気をつけない。この垂れ下がっている紐を二回引っ張れば台所は明るくなるが、その分孤独さが増すこともわかっている。

子供の頃、学校から帰ると家には誰もいなかった。両親は共働きで、私は当時流行っていた鍵っ子ってやつだった。テレビを見て過ごすが、5時20分頃になるとテレビを消し、教科書を開いて母親の帰りを待つ。母親は、私が勉強している姿が大好きなのだ。5時半くらいに買い物袋を提げて帰ってくる。「なーに、もー、電気もつけないで」と言いながら入ってくる。母親のこの言葉が好きだった。薄暗いなか我慢していた甲斐があった。心配してくれるのが嬉しかった。だからわざと電気をつけなかった。「電気もつけないで」ちょっとだけ困らせたかったのだ。「電気もつけないで」忘れられない言葉だ。寂しかったのかな〜。かまってほしかったんだろうな。親というのは気を抜いてはいけない。なぜなら、子供は常に何かしらの思いを発信しているからだ。

どうしたんだろう。今日は感傷的になったりノスタルジックになったり。でも、こんな時間も必要だな。店長になったら、今よりやることが増えるし現実的に通勤が倍はかかるわけで、家に居る時間も少なくなるから、こんな時間も持てなくなるだろう。最終で帰ってくると深夜零時すぎるから、あの定食屋のカツカレーも食べる機会が減るだろうな〜。

でも、いいのだ。私は店長になって変わるのだ。

自分に自信をつけて、そして、そして……わからない。わからないけど、とにかく今のままじゃ嫌なんだ。未成年みたいだ。そうなんだ。それを隠すために、失敗して恥をかかないように先回りしては、結果杞憂に終わっていたんだ。大ごとにならなくて良かったとホッと胸をなでおろしたあとに、空しさがやってくるのだ。そんなことは、評価されるどころか誰にも知れ渡らない、つまり誰にも慰めてもらえない。

ふと茶簞笥に目をやると、下の抽斗がちゃんと閉まっていなかった。この茶簞笥は古く、気温の関係で木が膨張したりして閉めにくい時がある。特に昼と夜とでは温度差が激しいし、雨の日の湿度でも木が反ったりするので女性には厄介だろう。

こういうのは男の仕事だ。これにはコツがある。ただ力強く押せばいいってもんでもない。抽斗を一回引いてから、こう、何ていうか、押しながらクックッと上下左右に……、要は感覚だ。一発できれいに閉まった。しかし、抽斗を引いた時に抽斗の側面に封筒を横に立ててあったのが見えたので、もう一度抽斗を開けてみた。

封筒の中を覗くと、チケットの形をしている。何だ〜舞台かなにか見に行くのかな。自分の体が影になり、ただでさえ暗いのに余計分かりにくい。体勢を変えてオレンジの光を頼りに目を凝らす。

飛行機のチケット三枚だ。行先は沖縄。

小梅はもうすぐ結婚する。香菜子はもうすぐ二十歳になる。

二人とも父親の顔は知らない。小梅も最後に会ったのは2歳くらいだったはずだ。

以前、私のいないところで妻の律子が、本当の父親について話した。

その場に私はいなかった。逃げるつもりはなかった。言葉では父親然としていたつもりだが、律子には見抜かれていたのだろう。優しくなだめられた。それに甘えたのだ。

おそらく、律子と小梅と香菜子の三人に送られてきたチケット。

その場にどれくらい佇んでいただろう。

見なかったことにしようか。

また逃げる。

私はずるい。

何が店長になって変わるだ。

抽斗を閉めようと、さっきと同じ要領でやったのにひっかかって閉まらない。

外は、女傑高井さんの言っていた雨が、今頃になって降り出した。

7　司令塔

閉店間際になると、足早になるのは何も従業員だけではない。お客様もお店の明かりを求めて、一人一人が今日の疲れと大きな夜空を背負って駆け込んでくる。

レジが混んでくると、臨時のレジを開く。「レジ休止中」のプレートを取った後のおばちゃんの動きの速いこと。「こちらどうぞ」と言う前に移動してくる。サッカーの日本代表になれるんじゃないかってくらい、素早い横の動きだ。

お弁当お惣菜（そうざい）コーナーでは、女傑高井さんが会社帰りの若者に囲まれている。商品に半額シールを貼（は）っているのだ。さっきまで誰もいなかったのに、半額シールを貼り始めると、どこに居たのってくらいぞろぞろと人が集まってくる。

私は、お肉やお刺身の売り場に行き、エプロンのポケットの中の半額シールに手をかける。すると、これまたどこからともなく人が集まってくる。待ちわびていたのだろう、常連さんは、私がこのコーナーの半額シールを貼ることを知っているのだ。でもガツガツはしない。みんな偶然を装って近づいてくる。半額になるまで待っているという行為が少し恥ずかしいのだろう。一人のお客様以外は。

そのお客様は、イカのお刺身の前でじっと待っている5歳くらいの少年だ。かれこれ一時間くらい待っている。よく見る光景だ。以前父親と来た時があって、私が半額シールを貼っていると、まだ半額シールの貼られていないイカのお刺身を私に突き出し、半額シールを貼ってくれと言う。他のお客様は半額シールが貼られてからその商品を手に取るのに、貼られる前なら正規の値段で買うのは当たり前で、そんなズルを許すわけにはいかない。それでもその父親は、「どうせ今から貼るんだから」と言ってくる。周りにいたお客様は何も言わないが、そのフライングはルール違反だとみんな思っているはずだ。その時この少年も、父親のわがままに困った表情をしていた。こんな小さい子にそんな顔をさせるなよと思った。「ならば、一旦商品を置いてください」私は毅然とした態度を取った。父親は渋々商品を置いた。私はそれに半額シールを貼った。そこから、よーいドンである。そこで違うお客様が、そのイカのお刺身を素早く取ったら私の溜飲も下がったのだけれど、そうはいかない。そんな人が持っていた物を取る勇気のある人なんかいるわけない。その父親は、「めんどくせーな」と言って、半額になったイカのお刺身を買って行った。

それからというもの、その息子だけが買いに来る。絶対手に入れたいのだろう、いつもだいぶ前から冷蔵ショーケースのイカのお刺身の前に立っている。私が半額シールを貼ると同時くらいに商品を取ってレジに持って行き、走って帰る。その健気さがたまらない。

私はいつしかその少年を発見すると、彼に近づき、人が集まる前にイカのお刺身から半額シールを貼っていくようになった。少年は毎回、「ありがとうございます」と言う。半額だろうが、買ってもらってお金を頂く以上こっちのセリフだ。なのに半額シールを貼ってもらって、ありがとうございますって、なんて子だろう。本当にあの父親の子供なのか疑ってしまう。

という話を電話で沼田さんにすると、「いろんなお客さんがいますよね」と言って、「ウチの店ではね」と話し始める。お店の面白いお客様のことを言い合っては、「お互い大変ですな」と労りあう。沼田さんとの電話は楽しい。同業者だから気持ちをわかってくれる。そしていつの間にか、沼田さんの勤めているフードストアの問題児立花さんの話になる。

「この前も立花のおじさんが、仕事ができな過ぎて参っちゃいましたよ。配達一つできないんですから。ウチの店の会員の方で、電話で3千円以上お買い上げのお客様であれば手数料300円かかりますけど、家まで配達するサービスをやっていましてね。ある時立花さんがトイレットペーパーを大量に持って行ったらしく、クレームの電話が来たんですよ。何でもお客様はトイレットペーパーの12個のやつって注文したらしいんですよ、4個で売っているのもありますから、お客様は正確に言ったんでしょうね。それを立花さんが聞き間違えて、トイレットペーパーの12ロールを一つとして考えて、12個持って行ったんですよ。ロールにすると144個。お客様から、『今、オイルショックですか？』なんて嫌味言われて。帰って来て店長に怒られていましたよ。考えればわかるだろって。他の年下の社員の前で怒られていましたよ」

「店長も場所を選べばいいのに。年下の社員の前でなんて立花さんが可哀想ですよ」

「最初は店長も、立花さんが社長のコネだから遠慮していたみたいだけど、こうも仕事ができないとね～」

「すみません沼田さん、お店に戻ります。また電話します」

「あーはいはい。ではまた」

話が長くなって面倒くさい時は、いつでも電話を切れるのもいい。だからいつもお店が開いている時で、ちょっとした休憩中に電話を掛ける。別に私が一方的に沼田さんを利用しているわけではない。沼田さんからも電話が掛かってくるので、同じく息抜きくらいに思っているのだろう。

金子君が、「ちょっと来てください」と言うので、私は新商品の飾りつけや値札付けをいいところで切り上げて奥の事務所に入って行った。

「伊澤さん、これ見てください」

神妙な面持ちでパソコンの動画を再生させる金子君。私は何の事だか皆目見当もつかないままパソコンを覗く。動画が再生される前のパソコンの黒い画面に、自分の顔が間抜けに映っている。やがて映し出されたのは、お店の防犯カメラの映像だった。画面は4分割されていて、一つ一つが小さい上、画素数も少なくて粗いので見にくい。

「この画面なんですけど」

金子君が上の右端の画面を指さす。レジの様子を捉えている。そこで私は何のことか気付いた。清水さんが映っている。画面の中の清水さんは、私が見た時と同じ動きをしている。日付を見ると、私が目撃した日と同じだった。再放送を見させられている気分だ。そして見たくない。思い出したくなかった。

「どうです？」

「見づらいけど……」

金子君が、それならばと画面を何回も巻き戻す。犯行は明らかだった。

「これ、完全にやっていますよね」

金子君の確信を覆す言葉が出てこない。

「どうだろう～。でも、よく見つけたね。いつ見つけたの？」

「昨日、録画したやつを家に持って帰って、隈なくチェックしたんですよ」

「へ～。え、西口店長がやってくれって？」

「いいえ、自分で」

「自分で。へ～」

「やっぱり気持ち悪いじゃないですか、内引きなんて。身内でも悪いことは悪いし」

私は考えた。一日中録画している8台の防犯カメラを見直すなんて、そんな気の遠くなるような作業をやろうと思った動機は、内引きという犯罪に対しての正義感だけなのだろうか。夜、家に持ち帰ってまでもチェックするのは、何か別の目的があるからではないか。そう考えるのには理由があった。内引きの可能性はずっと前からあったのに、なぜこのタイミングで金子君は防犯カメラをチェックしたのだろう。もっと前にやっていてもいいはずだ。そして昨日、録画したやつをチェックしたと言った。あの膨大な量を夜中一日で見たというのか。早送りしながら見ても無理だろう。しかも早送りだと、あの犯行には気付けないだろう。あの映像は十日前だ。偶然見つけたのか。ピンポイントでその日、その時間の録画を見つけに行かないと無理だ。外の段ボール置き場から清水さんの一部始終を見ている私は映っていない。でもあの時、後ろから金子君が段ボールを持ってやってきた。一言二言しゃべって、「汗すごいですよ」と言った。何か感づいたのだろうか。そして次の日、私と清水さんがお店の裏に二人でいたことは、金子君が裏に出てきた時に見られている。金子君はもしかして、私が清水さんを脅して何か取引でもしていたんじゃないかなんて思っているんじゃないだろうな。勘弁してくれよ。でも犯罪を見て見ぬふりをしたのは事実だ。バレたら大変だ。

「西口店長にはこの事……」

「言っていません。まず、伊澤さんにと思って」

考えすぎだったかもしれない。

「この事を西口店長に言ったら、清水さんどうなると思う？」

「真面目（まじめ）な店長のことですから、内引きの事実を認めて本部にちゃんと報告するでしょうね。そして清水さんを警察に突き出すかどうかわかりませんが、クビはクビでしょうね」

金子君が淡々と話す。もっと、こう、仲間を思うっていうか、悪いことなんだけど、清水さんの味方がいたっていいじゃないか。

「ちょっと待ってくれないか。とりあえず二人で清水さんの動きを監視してからでも遅くはないと思うんだ。証拠の画像が残っているんだし」

「あ、はい。伊澤さんがそう言うんなら僕はそれに従うだけですから」

「そうしてくれるかな。ちょっと様子を見ようよ」

「わかりました。内緒ということで」

「うん……悪いね」

やっぱり考えすぎだった。嫌な奴だと想像してしまって、金子君ごめんなさい。それと、ちょっと様子を見ようって言ったけど、もう十日前から様子を見ているんだよね。私の監視している限りでは、あれ以来内引きは行われていない。実際数字にも表れている。

自分で言うのもなんだが、私が清水さんのレジの近くにいるおかげで、清水さんも観念したというか、内引きをしなくなり、内引きをしないことが習慣になり、完全に更生したのだ。それはお店にとって不明な損失がなくなったので非常に大きい。なにより他の従業員や本部に知られる前に改心してくれたので、クビにならずに済んだのは清水さんにとっても大きいと思う。誰にも見つからず、ま、金子君には見つかってしまったが、事を荒立てず、誰も傷つけず、短い間ではあったが、清水さん自然治癒大作戦は成功だろう。

何かうれしくなって沼田さんに電話をし、この作戦の戦果報告をした。

「ほぼほぼ解決ですね。すごいですね伊澤さんは。まるで、お店の司令塔みたいだ」

驚いた。

「はい？　何ですか？」

私は、もう一回言ってほしくてわざと聞こえないふりをする癖がある。

「いや、司令塔みたいだなってね」

上田店長以来だった。顔も知らない、電話でしか話したことのない沼田さんがそんなことを言うなんて。驚きの後に込み上げてきた喜びが別の驚きに変わっていく。

この時初めて、本気で沼田さんに会いたいと思った。

「もしもーし、どうしました。あれ？」

「聞こえていますよ。沼田さん、立花さんの追加情報ないんですか？」

いつもは聞いていていて気が滅入る立花さんの話を無意識にふってしまった。

「ん〜無いな〜」

トーンが変わった。沼田さんの不快感が耳に伝わった。いつもなら自分から話す立花さんの話は、人から催促されると嫌なものなのかもしれない。同じ職場の仲間だものな。へりくだっているつもりで自分とこの社員のダメぶりを発表しているのに、それを当たり前のように上から「ちょうだい」って言われても、そこは違うでしょってなるよな。

「あーあったあった。立花さんの話ありました」

考えすぎだった。

「夕方になってレジが混んでくると、一つのレジに二人入るんですよ。商品をピッとやって違うカゴに移す人と、精算する人と。立花さんは動きがとろいので精算を担当するんですが、よくお釣りを落とすんです。軽いアルコール依存症じゃないかな〜、手が震えていたりするんですよね。小銭を落とすたびに惨めな格好でしゃがんで台の下に手を伸ばしていますよ。なので全然レジが進まなくて、誰も立花さんと一緒にレジに入りたがらないんです。とにかく嫌われていますね。女子従業員からもくさいから近寄らないでって、露骨に言われていますからね」

「そう言われて立花さんは？」

「何か、えへへってつまらなそうに笑うのが精一杯な感じですよ」

「でも、本当はそんなにくさいわけではないんでしょ？」

「まー自分ではくさいとは思ってないんでしょうけど、見た目がもうすべてを諦めた、ただのおっさんですからね。それだけで女子従業員たちは、汚いだのくさいだの言うんですよ。ま、私もおじさんですが、あーはなりたくないものです」

私も若い子から見たらおじさんだし、何とも身につまされる思いだ。においのことを言われるなんて、立花さんって人がいつにも増して気の毒でならない。

「私も今度のお店で、もし若い女子従業員が多かったら気を付けなければいけませんね〜」

「今度のお店？」

「あれ、沼田さんに言っていませんでしたっけ？　たぶんですけど、今度新店舗に異動になるかもしれないんですよ」

「もしかして、栄転ですか？」

「ん〜たぶん」

「じゃあもう店長じゃないですか。おめでとうございます」

自分から欲しがった感じを反省すると、すぐに恥ずかしさが襲ってきた。


清水さんがお店を辞めると言ってきた。

せっかく更生したのに。介護の仕事との両立が大変だったのかもしれない。

「困ったことになりました」

西口店長が私の顔を見て申し訳なさそうに話す。

「本部から電話がありまして……」

「本部？」

「清水さんが、どうも本部に直接お店を辞めると電話をしてきたらしいんですよ」

「へ〜、どうしてなんですかね？」

西口店長が動きを止めて私の顔をじっと見た。そして意を決したように口を開いた。

「清水さんの辞める原因なんですが……伊澤さんらしいんですよ」

「はあ⁉　何で私なんですか⁉」

　私から目を逸らし、小さく頭を掻きながら西口店長は説明し始めた。

「清水さんが、『伊澤さんが私をずっとヤラシイ目で見ている』と言ったらしいです」

「何ですかそれ？」

「毎日、みんなが昼休憩を取って自分一人になると、ヤラシイ視線を向けられるというセクハラに耐え切れなくて辞めるらしいです」

「意味がわかりませんよ。私はそんな目で彼女を見たことなんて一度もありませんから」

「そうでしょう、そうでしょう。本部の方も事実確認をしますと言ったらしいのですが、『別に体を触られたとかじゃないのでいいです』って言って電話を切ったらしいです」

「ますますわけがわからない」

「清水さん的には、何でしょう？　文句の一つでも言って辞めたかったんですかね～」

　西口店長が呆れた感じで、今度は大きく頭を掻いた。

私は清水さんに文句を言われるようなことはしていないつもりだ。何なら感謝してほしいくらいだ。それにしても何で本部に電話をしたのだろう。今までアルバイトの人たちが辞めて行くのをたくさん見てきたが、電話で済ますにしても、働いている店に掛けるのが普通であって、本部に電話したのは清水さんが初めてだ。社員でもないのによく電話番号を知っていたな。ま、今の時代どうにでも調べられるか。まったく残念だ。私自身、これから新しい船出が待っているというのに。

清水さんがいない分、みんなにかかる負担が少し増える。早く新しいパートを入れないと、同じ時給で働いてくれている他のパートのおばちゃんたちに申し訳なく思う。

その中でも金子君は良く動いて、一人少ない分をフォローしてくれている。フットワークがいいので、私よりも金子君に仕事を聞いている従業員も増えた。いいことだ。そしてバイトの志賀君も金子君によく付いて行っている。いいコンビだ。二人とも若くて眩（まぶ）しい。みんな私に気を使って清水さんのことを口にしない。みんないい人たちだな。一生懸命働いている。私がいなくても充分現場は回っている。私がいることで、かえって迷惑をかけているかもしれない。潔く身を引こう。

清水さんが辞めて一か月以上経ったこの日、本部から副社長とエリアマネージャーの岩崎さんが大原店にやって来た。いきなりやって来たのでオロオロしながらも、私と西口店長が並んで座り、会議机を挟んで二人と向き合う。

「清水さんの件なんだけどね」

副社長が言いだした。私はすでに終わったことだと思っていたので、「はぁ～」とだけ言った。

「あの人、内引きをやっていてね」副社長は私を見た。「伊澤君、キミはこのことを知っていたのかね?」少し険のある言い方になった。

どうしよう。正直に言ったら、新店舗の店長の座を奪われるかもしれない、と思いながらも、「……はい」と答えてしまった。

顎を引いて、手に汗を握り、机の下で徐々に足を閉じながら覚悟を決める。

「キミね、内引きを知っていて見逃すって犯罪だよ。しかも一回や二回じゃないんだから。そして黙っていてやる代わりに、清水さんに不倫関係を求めたとか……」

「それは誓って、ないです」

副社長の言葉を食い気味に否定した。すると、岩崎さんが口を開いた。

「春男君、副社長も僕もキミのことを信じている。長年の勤務態度から見ても春男君はスーパーうめやの功労者だ。なのに何で犯罪を黙認したんだ。その現場を見たんだろ？　何ですぐに本部に知らせなかった？　西口店長に知らせなかった？　二人でコソコソしていたら変な噂をたてられてもしょうがないだろ」

私は何も言い返せなかった。

「とにかく証拠の映像が残っているから、警察にあずける」

副社長が話を終わらそうと急いでしゃべる。

「そして伊澤君のことは警察には言わないことにした。映像に残っているわけじゃないし、キミが見ていたという証拠もない。お咎めなしだ。ただ、犯罪を黙認するような人間を新店舗の店長にするわけにもいかない。だからといってこのまま副店長というわけにもいかないんだよ。わかるよね。すまんが、別の支店で一から頑張ってもらうしかない。クビよりいいだろ？　これもキミのためだよ」

副社長は最後だけ優しく言った。岩崎さんが悔しそうに言う。

「春男君を新店舗の店長として迎えたかったのにな……」

「……すみません」

清水さん自然治癒大作戦って何だったんだろう。一人密かに清水さんのことを思い、お店のことを思い、良かれと思って頑張ったのに。いつの間に……何で私がこんな目に……。

　私は25年勤めたこのお店を去ることになった。


　荷物をまとめるといっても片手で足りた。

　夕方の一番忙しい時間帯だ、ちょうどいい。みんなに会わずに裏から出て行こう。

　今のうちどうぞと半開きのドアが誘っている。

「お元気で」

　振り向くと、西口店長だった。

　私は深々とお辞儀をした。

「いろいろとご迷惑かけましてすみませんでした」

「いえ、こちらこそ。あのー一応150円いいですか？」

　西口店長は、申し訳なさそうに手を出してきた。

「あーはいはい、すみません」

　別にばっくれるつもりじゃなかったですよを、財布を取り出すはやい動きで伝えた。

　まだ明るいうちにお店を後にするなんて、何か変な気分だ。外からお店の中を見ないように意識して歩く。なぜか歩き方がぎこちない。お店の中から誰かが見ているんじゃないかって意識しているからじゃないのか。お店は忙しいんだ、それどころではないよ。でも誰かが駆け寄ってくるかもしれないな、花束なんか持って。早くしないと行っちゃうよ。それが女性だったら慣れない花束を持って走るのは大変だ。ちょっと歩くスピードを緩めようか。そんなはずはない。花束渡すならとっくに渡しているはずだ。まさかドッキリでしたってことないよな。本当のテレビのドッキリ。最近の番組は素人にもドッキリをひっかけるからな。ちゃんとリアクション取れるかな。えードッキリって！　どこからですか？　え、西口店長が初めてウチの店に来た時⁉　そんな前から仕掛けていたのかよー。だってどう考えても私が店長になるはずなのに、朝礼で急に西口さんが今日から店長って言うからおかしいと思ったんだよなー。ドッキリ？　え？　ってことは私この店からいなくなるのもウソで、そもそも副店長ってのもウソってことは、私は店長？　あ、店長だ。やったー店長になったぞーって、そんなロケ——なくもないな。いや、もっと現実的なのがあった。最後に振り向いたら、従業員総出で横断幕なんて持っているんじゃないの。ミスターうめや、なんて書いた横断幕をみんなで揺らしながら。おいおい、やめてよやめてよ。私は振り向かないよ。みんな居るんだろうな〜。でも私は振り向かない。振り向かないから、結果わからない。みんな居たかもしれないし居なかったかもしれない。この考え方でいい。結果は知らない方がいい。そんな妄想をしながら大原店を去った。


気付くと、いつもの定食屋「おかわり」に着いていた。

「どうも〜」こんな早い時間の私の登場に、おばあちゃんは目をひんむいている。今日は一人送別会だ。とはいってもそんなに贅沢にやるわけでもなく、いつものカツカレーを注文する。

カウンターの端っこで怖い顔をしてお酒を飲んでいるおばあちゃん。こんな時間からいつも飲んでいるのか、すごいな。しかも白ワインって。和尚さんがコーラを飲んでいるくらい違和感がある。でもワイングラスではなく、いつものコップを使い回しだ。

「今日は早いね」

おばあちゃんが、まともに客をもてなす言葉をかけてきた。「飲むかい？」と言って、お客に出す水用のコップに白ワインを注いでくれた。そして端が欠けている皿に、板わさを二枚のっけてくれた。さすが酒飲みだ。板わさと日本酒は相性がいいなんて言うが、板わさは、辛口の白ワインの方が相性がいい。ん〜まさかこの店でこんなものが食べられるなんて。

お酒を入れるつもりはなかった。しかしちょっと火がつくと止まらない。日本酒の冷やをコップに注ぎ、薬を飲むように強く目をつぶって流し込む。きつい日本酒だ。自然と身震いしかけた体を自分の意志で身震いにもっていく。酒のレベルといい、飲み方といい、今の私には分相応だ。

ほろ酔いかげんで……なんてよく言うが、ほろ酔いなんてほんの一瞬で、すぐに酔っぱらいになる。愉快なのは一時（いっとき）で、あとは延々惰性（だせい）で後ろから「つらさ」が追いかけてくる。さらに酒のペースを上げれば上げるほど、その何十倍の速さで「つらさ」が追いかけてくる。しかし「つらさ」は私を追い越さない。追い越してくれない。私の後ろを走っている。「つらさ」にあおられている。追い越してくれたらどんなに楽になれるか。そんなのと闘いながら飲んでいる。

カツカレーが出てきた。ちょっと上にクリームをたらしたりとか、色合いでグリンピースをころがしたりとか一切ない。何の洒落（しゃれ）っ気もないカツカレーが出てきた。頼んだのは自分だが、このタイミングでか〜。よーし食べてやろうじゃないか。手に持つスプーンは勇者の剣だ。かき氷をつつく時と同じように細かく速い動きは、行儀の悪い音をたてる。一人送別会のクライマックスだ。誰も送別会を開いてくれなかったから一人でやるしかない。不祥事での左遷だから、送別会をやろうなんて言い出しにくいよな。そりゃそうだよ。みんなを悪く言っちゃいけないよ。いくら私が大原店に25年いたからって、送別会を開いてもらうほどの人間じゃないよ。25年間誰よりも早く出勤していたからって、送別会を開いてもらうほどの人間じゃないよ。強敵を倒すためにボタンを連打するゲーマーみたく、取り憑かれたようにカツカレーを食べる。西口店長以外、誰も挨拶にも来なかったじゃないか。その西口店長も１５０円を取り立てに来ただけだ。いつかの女の子にあげたお菓子の代金だ。あとでちゃんと払うつもりだったのに、うっかり忘れていた私が悪い。だからって、私がお菓子を持って店の外に出た防犯カメラの映像をわざわざ探し出してきて、泥棒扱いしなくても。清水さんの内引き黙認に輪をかけ、このコソ泥行為が左遷＆降格の決め手らしい。カツカレーをちゃんと味わっていない。味わっていなくても何回も食べている記憶が味をつくり出してくれている。私が泥棒？　１５０円精算し忘れた私も悪いけど、そんなに？　西口店長、経理部出身でお金に関してきっちりしたいのはわかるけど、25年頑張った人間に、今から去っていく人間に、挨拶もそこそこに１５０円取り立てる方が大事なのか。左手で皿を持ち、残りを口元に移動させてかき込む。早く食べ終わりたい。そうすればこんなこと思い返さなくてすむ。いや、私は思い返して恨みつらみを言いたいんだ。自分はこんなに水面下で人のためにやってあげているのに何で気付いてくれないんだと。人のせいにしておきたいんだ。何の生産性もないことを勝手にしといて周りが悪いと言っている。最後の一口を、ご飯、カレー、カツとスプーンにきれいに載せて組み立て、崩れる前に口の中に放り込む。評価は周りが決めるんだ。勝手にいじけていればいいじゃないか。ほら、こんだけ考えても何にもなっていない。誰も知らないよ、そんなこと。じゃあ言えばいいじゃん。自分がやったこと、やりたいこと、やってほしいこと、口に出せばいいじゃん。いや、それは違う。それが正解みたいに言うけど、みんな言うけど。違うんだよ、違うんだよ……。また、こんなカツカレーを食べてしまった。

こんな悔しいカツカレーを。

「そんだけ食えれば大丈夫だ」

おばあちゃんが歯を食いしばりながら怖い顔をして言った。

コップの中の冷たい水をいっきに飲んだ。

まだ冷えているコップを、冷たくて気持ちいいふりをして頬にあて、涙を止めた。

家に着くころには日付も変わろうとしていた。リビングの電気がついていないことにホッとした。そうなるまで待っていた自分がいる。とりあえず、今日は言わずにすむ。

それより、私は知っている。沖縄行きのチケットの存在を。みんなは私に隠し事をしている。そう考えると最近みんな私によそよそしい。今日だって、寝るの少し早くないか？　テレビを触ると温かい。さっきまで起きてリビングでテレビを見ていたのだ。そろそろ私が帰ってくるというので二階に上がったのだろう。そんなコソコソしなくても普通に沖縄に行ってくればいいのに。

目が覚めた時点で気付いた。もっと、いつも通りの行動をして、いざ家を出る時に、あ、今日から大原店に行かないんだ、と気付くのかと思ったら、目が覚めた時点で気付いた。「25年」も大したことないんだな、そう思うとためらわずに話すことができた。

妻の律子は、何でそんな大事なことを朝に言うの、という感じで朝食の準備をしながら聞いてくる。

「で、いつからそっちのお店で働くの？」

「5日後からかな」

「じゃあ、その間ずっと家に居るの？」

わざと驚いた顔をこっちに向ける。律子は、とにかく休んでなんかいないで、すぐにでも働いて欲しいみたいだ。私は、「あ～ん」と生半可な返事をした。

「でもさ、それってパパは悪くないじゃん。そんな会社辞めちゃえば」

次女の香菜子はちゃんと社会を知らない分、極端なことを言ったりする。

「もういいんだよ」

言葉の最後に口角を上げた。下手な笑顔は情けないが、見ようによっては心情を酌んでほしいようにも見えてしまうのだろう。私の諦めの言葉に、さすがの香菜子も肩を落とした様子だった。私を応援してくれて、私の味方でいてくれているのに、当の本人がこれじゃな――申し訳なく思う。

「いいじゃん。働くお店や人が変わることで、リフレッシュできて」

二階から長女の小梅の登場だ。手には大きめのバッグを持っている。

「今日から沖縄のおばあちゃん家（ち）に行ってくるから」

あ、言うんだ。内緒で行くんじゃないんだな。

「へ～、急だな」

「別に急じゃないよ。前から決めていたの」

あ、そこも言っちゃうんだ。

「香菜子と二人で、お昼すぎの便でね」

小梅が香菜子を見る。香菜子は口をつぐんだままだ。おそらく、小梅が私に沖縄に行くことを堂々と言ったことに驚いたのだろう。やはり私には内緒で沖縄に行く予定だったのに違いない。

「おばあちゃんにも結婚の報告をしないとね」

小梅は言うが、香菜子は黙っている。沖縄に行く目的はそれだけじゃない。本当の父親に会いに行くか、もしくは見に行くのだろう。

小梅も幼な過ぎたので、本当の父親の顔なんて覚えていないだろう。しかし香菜子は、一度も本当の父親の顔を見た事がないのだ。会ってみたいと思うのは当然だ。私が止める権利なんかない。小梅の結婚報告ついでに沖縄について行って、もしかしたら向こうで会う約束をしているのかもしれない。

それにしても律子まで私に内緒にする必要ないじゃないか。私を仲間はずれにして。そんな心の狭い人間じゃないぞ。何だかわからない、ちゃんと定まってない怒りの、その矛先が律子に向かった。

狭いじゃないか。心が狭いからそうなるのだ。

香菜子の目の動きが、何か私に気を使っているように見えた。小梅より香菜子の方が強く沖縄行きを希望したのだろう。悪いことしているわけじゃないんだから、別にいいのに。会ってくればいいのに。会ったら会ったで、本当の父親が優しくてそのまま一緒に暮らすことになるかもしれないな。そうなったらどうしよう。寂しいな～。わざわざ会いに来た娘に、誰だってその時くらいは優しくできるだろう。待てよ、その本当の父親は、優しくする前に自分の娘だと認識できるのか？　会いに行ったはいいが、娘だと気付いてもらえなくてこどもが傷つく場合もある。それではあまりにも小梅と香菜子がかわいそうだ。先回りをしてでも本当の父親に、沖縄に行くからちゃんと父親らしくしてくれ、ずっとお前たちのことを思っていたよ、と嘘でもいいから言ってくれと頼んだ方がいいのではないか。手土産を持って行った方がいいな。泡盛とかかな。そんなの向こうに行けばいっぱいあるか。どうしよう、時間がない。

こどもたちが二階に上がって、律子と二人になってから小さめの声で話した。

「逆よ」律子の第一声は意味がわからなかった。「会いたがっているのは向こう。久々に連絡が入って、小梅と香菜子に会いたいってチケット送ってきたのよ」

何だ、向こうからか。何を今さら都合のいいこと言っているんだ。何が手土産だ、無駄なことを考えてしまった。

「私は断ったわよ。念のため二人に聞いたら、別に会いたくないって。パパが本当のパパだからって」

「え、聞いたんだ！　それで会いたくないって？」

「そう」

「会いたくないって？」

「うん」

「それで？」

「え？」

そのあとの、「パパが本当のパパだから」をもう一回聞きたいのに。

「でも、チケットを無駄にするのもったいないから、おばあちゃん家に行ってくればって渡したの」

「でも、小梅はあれだけど、香菜子はよそよそしかったけどな」

「近いあなたの実家のおばあちゃんには全然会いに行っていないのに、遠い私のおばあちゃんに会いに行くのも、って気兼ねしているんじゃない」

確かに、私の親にとっては、本当の初孫は亮太であり、亮太が生まれた時は本当に喜んで可愛(かわい)がった。亮太も私の実家が大好きでおばあちゃんにもなついている。しかし、連れ子である小梅と香菜子を実家に連れて行っても亮太ほどは可愛がらなかった。こどもはそういうのを敏感に察するもので、小梅と香菜子は一度も私の実家に行くことを喜んだことはない。もっと喜んでないのは律子である。昔結婚の挨拶で、律子と小梅をウチに連れて行った。ウチの両親はいきなり私がこどもを連れてきたことに驚き、律子のお腹(なか)を見て、それも私の子ではないと知り、さらに驚いていた。昔の人だ、わからなくもない。何事もなく顔合わせは終わったように思えたが、帰りの車内での律子の怒り様が凄(すご)かった。「何だ、このあばずれはって、蔑(さげす)んだ目で見ていたわよ」「そんなことないよ」「いいえ、私にはわかるの。女同士だからわかるの」と母に対しての怒りだった。帰りがけに母が小梅にあげた五家宝(ごかぼう)という和菓子を取り上げ、「あー貧乏くさい！」と言って足元の小さなゴミ箱に捨てた。私の目の前で捨てた。ゴミ箱の中に手を突っ込み、何度も押し込んでいる。私がこどもの頃好きだった五家宝。そんなに高級な和菓子ではないが、おやつにこれが出てくるとテンションが上がったものだ。母は少なくとも小梅を私とダブらせて、喜ぶだろうと思って五家宝をくれたのだ。母の顔を見ればわかる。私は自分が否定されているようでいい気はしなかった。律子としては、自分の中である程度は覚悟していたのだろう。しかし耐えられなかった。悔しかったのだろう。それ以来、お正月くらいは顔を出すが、長居はせずに逃げるように帰る。ウチの両親は、伊澤家の跡取りである亮太と少しでも一緒にいたい。それもわかっていてそうするのだ。律子はいい嫁だが、そういう意地悪なところもある。私も何も言わない。小梅と香菜子も律子が「帰るよ」と言いだしたら従うだけだった。でも、少しだけ名残惜しそうな顔を作り実家を出る。亮太だけは「もう帰るの？」と言う。母は「もっとゆっくりして行けばいいのに」と言い、父は黙っている。それぞれが一つの家の中でよそ行きの顔をして取り繕っている。この時間が通り過ぎるのを待っている。耐えているようにも見える。家族なのに。

「別にいいのにね、あなたの実家なら、行こうと思えばいつでも行けるんだから」

行く気のない律子が言う。

「もし、会いに行ったらどうしよう」

「誰に？　あーないない、だって小梅は顔も覚えていないわよ。それどころか名前も知らないんだから。あなただって知らないでしょ」

「そうか。考えすぎか。ところでチケットって何枚送られてきたの？」

あの夜、茶箪笥の抽斗を開けて見たので知っていたが聞いた。

「三枚」

「どうするの？　あと一枚」

「どうするって言ったって、私は行かないし、亮太も……」

「俺行ってこようかな」

「そうだガッキーにあげようかしら」

「俺行ってこようかな」

「新婚旅行がてらいいかも」

「俺行ってこようかな」

たまりかねて律子がイライラしながら言った。

「は？　何であなたが行くのよ」

「別に嫁の実家に嫁がいなくても行ってもいいだろ。小梅と香菜子もいるんだし」

「ま〜いいけど」

「その間、亮太を連れて俺の実家に行って来たら？」

「それは遠慮しとく」

律子は茶箪笥の抽斗からチケットを取り出して、元彼がお金を払ってくれたチケットで旅行するって、男としてのプライドはないの？　と言いたげな目で私に手渡した。

私は急いで荷造りを始めた。昨日、お店を出る時に荷物をまとめたバッグがそのまま部屋の隅に置きざりのままだった。中の物を一旦バッグから取り出し、旅行用セットを詰め込んでいく。下着や歯ブラシセット、いつか読もうとしていた本など、その日に沖縄に行くと決めて即実行に移す自分の行動力に、若さを思いだし悦に入りながら少し鼻歌交じりになる。バッグがパンパンになった。ふと、部屋の隅っこに追いやられた、さっきまでこのバッグの中に入っていた、スーパーうめや大原店セットを見る。勢いのかけらもなく床に沈んでいる。昨日まで身に着けていたものが、雨を吸い込んだ段ボールのように汚く見える。今頃お店はどうなっているのだろう。トラブルとか起きていないかな。電話してみようか。お店が大変なことになっているけど、私に連絡するわけにもいかないしって困っているかもしれない。こんな時伊澤副店長がいたらな～って思っているかもしれない。こっちから電話をしたら、「伊澤さん、お願いです、今から来てください！」なんてことになって、私が駆けつけて司令塔ぶりを発揮してお店を滞りなく回す。「今日働いた分の給料はいりませんよ」と言って帰ろうとすると誰かが、「伊澤さん、戻って来てください！」「伊澤さんのいない大原店は大原店じゃありません！」「伊澤さんが戻ってこないなら、俺この店辞めます！」「私も！」「俺も！」——。このまま家に居たら五日間ずっとお店のことを考えてしまうだろう。だから脳が無意識裡に沖縄を選択したのかもしれない。

「え、パパ、どこか行くの？」

香菜子が不思議がっていたので、私は、「沖縄だよ」と当たり前のように言い返した。

「……やったー、じゃあ貧乏旅行じゃないや」

「おっきな声を出すんじゃない。そんな派手な遊びはしないよ。それにママと亮太を置いて行くわけだし、今からノリノリで、はしゃいでいちゃママと亮太に悪いだろ」

私は、いつの間にかサングラスをかけてしゃべっていた。

「あ、おじいちゃんだ！」

沖縄の空港に到着すると、律子の両親が車で迎えに来てくれていた。

「どうも、お父さん、今日から三日間お世話になります」

「あーよく来たね」

孫が来るのが待ち遠しくて、二時間前から空港で待っていたらしい。

その日は、小梅の結婚祝いの宴会で盛り上がった。

小梅は持参したパソコンでスカイプに繋ぎ、おじいちゃんおばあちゃんにガッキーを紹介した。ガッキーはお酒の入ったこっちとかなり温度差があり、たまにほっとかれたにもかかわらず、パソコンの画面越しに終始ニコニコして何時間も付き合ってくれた。

二日目は、娘二人は海に潜るとか言って、おばあちゃんにお弁当を作ってもらい、朝から張り切って出かけた。

私はというと、実は小梅と香菜子の本当の父親を捜そうとしていた。明日の昼には帰るし、捜すなら今日しかない。

律子は、私が元彼の名前も知らないと思っている。しかし、あの夜チケットが入っている封筒の差出人の名前を見てしまったのだ。絶対ではないが、おそらくそうであろう。住所は書いていなかった。それしか手がかりはない。今さら義父に聞くわけにもいかない。こんなことを律子が知ったら、「勝手なことしないで!」って怒るだろうな。

しかし、素人が一日で人捜しなんてできるわけない。私は一人、国際通りをあてもなく彷徨(さまよ)った。娘二人と夕方くらいに合流する約束をしている。全然早いが一日中嫁の実家に一人でいるのも気を使ってしまうので、ゆっくりと似たようなお土産屋さんを一軒一軒入ってみたりする。

私はサラリーマンの外回りの営業というのをやった事がないので、こういう時の暇の潰(つぶ)し方がわからない。どこか適当なカフェに入っても落ち着かないし、見たい映画もない。公園のベンチにただ座っているだけでも、どこか焦燥感に駆られてしまう。

国際通りの入り口に戻ってきてしまった。また、このシーサーか。

そうだ、こんな時は沼田さんだ。沼田さんは、まだ私が新しい店舗の店長になると思っている。さて、どう打ち明けようか……考える前に電話をかけた。沖縄という土地が積極的にさせてくれたような気がする。

「もしもし、伊澤です。どうもどうも、実は今沖縄に来ていましてね～」

「それはそれは、仕事ですか?」

「いえいえ、傷心旅行ですよ。店長になる話が白紙になってしまいまして」

すんなり言えた。ちょっとためを作って沼田さんに心の準備をさせてあげられなかったことを反省した。こっちの都合でいきなり発表されても、沼田さんにとっては、いい迷惑だ。

「うまい事行きませんよね～。私も前に一回、専務になりかけたんですけどね～」

「そんな、フードストアさんとウチとでは規模が違いますから。こっちは小さい話ですよ」

　私は、大原店を辞めるまでの経緯を包み隠さず話した。沼田さんは、「なるほど。悔しいですね」と気持ちを酌んでくれた。そして、「部下たちは急すぎて送別会もできませんよ。伊澤さんの話を聞いていると、部下からの人望が厚い人だから、きっとみんな送別会を開きたいと思っていますよ。立花さんなんて飲み会にも呼ばれないんですから」また、得意の立花さんの話になった。「帰りがけに一杯ってやつじゃないですよ。この前エリア別で決起集会がありまして、ウチのエリアは5店舗なんですが、全員参加だったのに立花さんだけ呼ばれなかったんですよ。バイトの子でも呼ばれているのに。さすがに酷いので店長に言ったんですがね～。立花さん自身も、飲み会に呼ばれないなら呼ばれないで、そっちの方が気が楽なようで。きっと自分がコネで入っただけで、仕事ができなくてみんなの足を引っ張っているって自覚しているんでしょうね。私と店長で立花さんを何とかしてあげたいんですけど。立花さんは、このまま仕事を続けるより、店を辞めた方がいいんですよね〜、きっと」

「立花さんって人は、そんなとこまで追い込まれているんですか〜」

「たぶん、別の店舗といっても、どこも来てほしくないでしょうね」

「つらいですね〜。私が店長になれなかった話なんて、贅沢な悩みですね」

「そうですよ。でも伊澤さんは、いずれ店長になる器の人ですよ、私にはわかります」

「いいえ、そんな」と言っている時には、すでに立花さんのことなど頭にない。自分が褒められて嬉しいだけだった。

「伊澤さん、その歳で環境が変わって、しかも下からやり直すって大変じゃないですか？」

「まーでもしょうがないです……」

「伊澤さんさえ良ければ、ウチに来ませんか？　それなりの待遇は約束しますよ」

私にとっては、思いもよらぬありがたい言葉だった。こういった引き抜きの話を露骨に喜んでもいいものなのだろうか。25年いたスーパーうめやを裏切ることへの罪悪感は、どう拭い去ればいいのか。

「ありがとうございます。少し考えさせてください」

「もちろんです。いくらでも待ちますよ」

最後は優しい言葉をかけてもらって電話を切った。沼田さんはこう言ってくれたが、いざ引き抜きとなると、企業側は、同じ業種で波風を立てたくないに決まっている。小さなスーパーの店長候補で、この程度のキャリアの私なら、獲得に賛否が分かれるだろう。沼田さんがどれくらいの権限を持っているのかわからないが、流れる可能性もある。それでも、今の言葉は私に勇気をくれた。直接的な物言いだから私は気付けたのか？　沼田さんはもっと前から――そうだ、立花さんの話をしてくれていた。私がどんなに落ち込んでも、立花さんには申し訳ないが、立花さんに比べればマシだと思えるように、毎回話してくれていたんだ。何でこんな気が滅入る話をするんだろうと思っていたけど、私のためだったのだ。ありがたい。

「パパ！　待った？」

香菜子の声に周りの何人かが振り向いた。ここが沖縄だということを一瞬忘れていた。

「せっかくだから、美味(おい)しいもの食べようよ」

小梅が、うっすらと焼けた腕を気にしながら言った。

「でもな、おばあちゃんが料理作って待っているだろうし、あんまりお腹いっぱいにしちゃうと帰ってから食べられなくなっちゃうからな」

娘二人が、甘いものが食べたいと言うので、ジェラートのお店で軽く休むことにしたが、すぐにおじいちゃんから、「まだ帰ってこないのかい？」と電話があったので、「今から帰るさー」と香菜子が笑顔で応えた。

タクシーに乗った。「私、奥に座ろっと」香菜子が最初に乗って、次に私、そして小梅の順で後ろの座席に座った。娘二人に挟まれているのが気恥ずかしかった。半袖同士だから直接肌がふれあう。二人とも何ともないのだろうか。

座席の真ん中に座っている私の足元は、モコッとしているので、その上に両足をのせて、不安定ながらも体育座りの形になって、娘となるべく接触しないようにした。

「パパ、いいよ足こっちにきて。辛いでしょ？」

「いいよ、大丈夫だよ、小梅が狭くなっちゃうだろ」

運転手さんが、バックミラー越しに私たちを見たのがわかった。

私は、左前の運転手さんの写真と名前を見た。「金城一彦」さん。

飛行機のチケットが入っていた封筒にも、「金城」と書いてあった。

沖縄に金城さんなんてたくさんいる。しかし、今の反応は異常だ。私より少し上に見える。50歳くらいだろう。「小梅」というワードに反応してからというもの、バックミラー越しにちょくちょく見ている。何回か大きく息を吐いたりして呼吸を整えている様子だ。

まさか、こんなところで。

向こうもビックリしていることだろう。自分のこどもと、こどもを育てた父親と一気に会うなんて。しかも仕事中に。どう集中していいかわからなくなる。

もう一度助手席の写真に焦点をあてる。濃い顔で目がくりっとしているところがそっくりだ。

私は、急に腹が立ってきた。

ふざけるな！　こんな可愛い娘二人もほったらかして、それでも父親か！　今まで何していたんだ、そして今さら何だ！　顔が真っ赤になっている私を、香菜子が心配そうに覗き込んだ。「どうしたの？　気持ち悪い？」小梅もこっちを向いた。「ううん、大丈夫」と言うと二人は、またそれぞれの窓から沖縄の街を見ている。

確かに私は、この人を捜しに来た。でも、いざ会ったら会ったで、そのことを後悔した。

どうしたらいいのだろう。娘二人は気付いていないと思う。気付いているのは、私とたぶん金城さんだけ。でも、やっぱり、しゃべらせてなんかあげない。お前は小梅と香菜子と、そして律子を捨てたんだ。バカヤロー。律子を泣かせやがって。コイツだったんだな。お前が今どんな生活をしているのか知らないが、今頃泣きついてくるなよ。どこまで卑怯(ひきょう)な奴なんだ。誰がしゃべらせてやるか！　あー今すぐ車から降りたい。小梅も香菜子も、お前には会いたくないとハッキリ言ったんだ。私が本当のパパだって言ったんだ——。

ちきしょー。

……ちきしょー。

「小梅、どうだ、今の生活は？」

本当のパパだから、現状を聞かせてやろうと思った。幸せだったから。小梅と香菜子を育てられて幸せだったから。せめて現状だけでも。

「何よ、急に！」

「え、あれだよ、結婚、あ、運転手さん、この子ね今度結婚するんですよ」

「あ、そ、それは、おめでとうございます」

小さな声は、少し震えていた。

「あ、ありがとうございます」

二人は、バックミラー越しに目が合い、言葉を交わした。

私は、小梅を窺った。怖かった。もし気付いたら――。

小梅は、窓の外に視線を戻した。

「こっちの子はね、そろそろ成人式なんですよ」

「そうですか、おめでとうございます」

信じられないといった表情でバックミラー越しに見る。

「ありがとうございます」

香菜子は、そう言うとすぐ、なーに！　という顔を私にしてきた。

私が本当のパパだから、余裕からか一言くらいしゃべらせてやろうと思って。幸せだったから。小梅と香菜子の成長のそばに居られて、笑顔も泣き顔も全部見られて幸せだったから。せめて一言くらい、いいよ。だって何も知らないんだろ。でも、歳を取ったからって甘えるなよ。もうないからな。そんなのダメだよ……やだよ。

20分くらい乗っていただろうか。小梅は頑なに窓の外を見ていた。小梅と私の様子を香菜子は、少し泣きそうな顔で見ていたような気がする。

「あ、ここでいいです」

もしも、おじいちゃんかおばあちゃんが玄関先で待ち構えていたら、と思って家の前までは車を着けなかった。

「お金は結構です」

聞き取れないくらい小さな声だった。この人の悲しみを見た。そうじゃないんだよ金城さん。そんなことじゃないんだよ。こんなことで、父親の誠意を見せたとかじゃないんだよ。それだけかよ。もう二度と会えないかもしれないんだよ。他にあるだろうよ。いつか娘に会ったらかけてあげたい言葉とか考えていなかったのかい。謝りの言葉を考えていなかったのかい。考える時間、何十年あった!

小梅が降りてから私が一旦降りて、奥の香菜子を先に降ろした。小梅はとっとと歩いて行った。「待ってよ、お姉ちゃん」香菜子がタクシーを避けるように追いかける。私は上半身だけ車の中に入れ、5千円札を出して、「明日、昼の一時の便で帰るんだよ」とだけ言って、お釣りをもらわず二人を追った。

「おばあちゃん、ただいま!」

前から元気な小梅の声が聞こえた。後ろでタクシーはまだ止まっていた。

振り向いてやろうと思った。

振り向いて、情けないさまを見てやろうと思った――やめた。

空港には午前11時過ぎには着いた。

「今度は、ガッキーを連れておいでね」

おばあちゃんが、笑顔で手を振ってくれた。いつまでも手を振ってくれている。

私たちは、お土産コーナーを回ったりして時間を潰す。私は、お土産を見るふりをして、ずっとキョロキョロしていた。どこかで見ているかもしれない。来ているなら出てくればいい。でも改まってみると、合わせる顔がないのだろう。ならば、なぜ娘に会いたいと言ってチケットを送ってきたのだろう。そこまでは勇気を出して頑張れたのかな。でも自分には越えられない、無理だと思って諦めて逃げる道を選んだのだ。その歳で逃げるんだから、そういう人生なんだろうな。逃げること、それ自体は悪くないと思う。ただ、小梅と香菜子がこの沖縄に本当に求めていたのは何なのだろう。確かに本当の父親を捜すのが目的ではなかった素振りだ。捜すと言うか、呼ばれた側だから、現れてくれると思っていたに違いない。小梅と香菜子も勇気を持って沖縄にやって来たのだ。その気持ちを酌んでもらいたい。二人は私と律子に気を使い、一旦は私のことを本当のパパだと言って沖縄行きを断ったけど、やっぱりチケットを捨てきれなかったのだろう。そして茶簞笥の抽斗にしまってあった、封筒の裏の「金城」という字を見てしまったのかもしれない。実際にまだ、生きている。行くなら今しかないと思ったのだろう——あれ、もしかして、私は二人にとって邪魔な存在だったのかもしれない。金城さんと娘たちの間に私がいたせいで、双方で二の足を踏んだのかもしれない。私がいなければ、それなりに感動のご対面があったのかもしれない。私は沖縄に来るべきではなかった、ってことか。なんて余計なことを……。五日間も休みがあるし、会社のことを考えると苦しいからという理由で、自分だけ楽になって、小梅と香菜子と金城さんを結果苦しめた形になったのではないか。聖人君子でもないのに、金城さんに対して偉そうに……。全然司令塔の役割ができてないじゃないか。小梅と香菜子は私のことをどう思っているのだろう。軽蔑(けいべつ)しているかもしれない。もともと血が繋がっていないからしょうがないと諦めているのかもしれない。今すぐにでも搭乗して、娘たちとは別の便で沖縄から逃げ出したくなった——ほら、自分だってすぐ逃げ出すじゃないか。口の中でえぐみを感じた。

金城さんはたぶん、来なかった。この飛び立つ機体を、どこでどう見ているのだろう。

窓側に座った小梅が窓から下を覗く。機体は風上を向いて上昇し、沖縄本島が見渡せる高度までくると旋回し始めた。

東京は雨が終わった様相だ。濡れた滑走路を、ハイドロプレーニング現象を防ぐためか滑らかに着陸せず、落ちる感じでドンとタイヤをつけたため、その衝撃で私たち親子三人は目を覚ました。ドリンクサービスも受けずにずっと寝ていた。私だけでなく、小梅も香菜子も昨日は眠れなかったのだろう。

二時間寝た後でも、自分への嫌悪感は払拭されていなかった。

モノレールに乗り、浜松町に着くと山手線に乗換だ。埼玉に帰るので池袋方面行きに乗るのだが、ふと、「千葉に行こうかな」とひとりごちる。

「え⁉」と香菜子が、イラッとした感じで耳を向けた。何か違う他の事も一緒に怒られているような気がした。

「いやね、せっかくここまで来ているんだから、千葉に行こうかなと思って」

「今から？　……帰るんじゃないの？」遠くを見ている私を見て、意志が固そうだから何を言ってもダメだと思ったのか、「お姉ちゃん、パパが先帰っていてだって」と何も聞かずに行ってくれた。

私は沼田さんに会いに千葉まで足を延ばそうと思った。こんなに時間が余っていることなんて今後いつあるのか分からない。それにわざわざ家からだと遠いが、ここからだと半分の距離ですむ。このチャンスを逃したら一生は大袈裟かもしれないが、会えない気がする。いつも電話では、是非一度飲みましょうなんて言って切るのに、いまだに実現したことがない。お店の場所は、大きなスーパーなのでだいたい分かる。問題は、沼田さんが、お店にいるかどうかだ。大手スーパーの営業部長やっているくらいだから多忙だろうな。いきなり行ったら、やっぱり失礼かな。電話をして、いるかどうか確かめてみようか。そして電話をしたまま沼田さんの前に登場って、恋人同士じゃないんだから。ま、今から会いに行って、ハイじゃあ飲みに行きましょうってわけにもいかないよな。だからって待っていたら帰りが遅くなっちゃうらしな。でも今日くらいいいか。沼田さんは私をフードストアに引き抜いてもいいと言ってくれたからな。その話をもうちょっと詳しく聞きたいしな。就活みたいなものか。その割には格好がラフ過ぎやしないか。相手は部長だぞ。ま、いいか、全然知らない仲じゃないんだし、お土産のちんすこうを手にぶら下げているんだから。

フードストア市倉駅前店は、夕方ということもありお客様で混み合っていた。お店の造りも大きく、内装も意匠を凝らしている。やはり同業者なので、もし私がフードストアに引き抜かれてこの店の店長になったら、まず何から改革を始めるか――そんなこと考えだしたらワクワクしてきた。

サービスカウンターを見つけた。若い女性に、「営業部の沼田さんに会いたいのですが」と来意を告げると、「少々お待ちください」と言って、何やら分厚いファイルを出しペラペラめくっている。べったりカウンターに肘(ひじ)をついて待っているのも横柄で失礼な態度だと思ったので、いつ呼ばれてもいいように声の届く範囲をウロウロすることにした。

「すみません。もう一度お聞きしますけど、沼田ですね？　営業部の？」

サービスカウンターの若い女性は、入って日が浅いのかもしれない。もしかしたら沼田さんと口も利いたことがないのだろう。何てったって部長だもんな。このお嬢さんにしてみたら謁見するようなものだろう。まあいい、時間はある。

何か落ちた音がした。見ると、生卵のパックが10個くらい割れて床が汚れていた。一人のおじさんがオロオロして、ポケットティッシュを出して床を拭くが、足りるはずもなく、お店の奥に行き雑巾(ぞうきん)を持ってきて、広範囲に飛び散った生卵を拭きとっている。

お客様が避けて通るのはしょうがないが、他の従業員が誰一人手伝ってあげないのだ。見えるところにいるのに、みんなで無視している。従業員同士でコソコソ笑っていたりもする。まさか⁉ 私は、胸騒ぎがした。そして、そのおじさんの胸元のバッジを見た。

「橘」と書いてあった。

……ふ〜ん。何か難しい字だな。

あ、タチバナだ。

沼田さんが言っていた立花さんだ。こういう字だったんだ〜。それよりも本当に橘さんという人物が存在していることに驚いた。心のどこかで、沼田さんが私を慰めるための作り話であり、架空の人物ではないかと疑いはじめていたのだ。私は、口で息をしていることに気が付くと、何故かバレるといけないと思い、商品を楯に身を隠す。何をやっているんだ、橘さんが私のことを知っているはずがない、沼田さんでさえ私の顔を知らないのだからと思い直し、冷静になろうとする。向こうにはバレていない、私だけが見ている――清水さんの犯行現場を見てしまった時とダブった。

私が言うのもなんだが、イメージ通りの冴えないおじさんだった。この様子を見ただけで、みんなから嫌われているのだろうなとすぐに察しがついた。だからって、仕事はみんなで協力してやらないと。誰かがミスをしたら、みんなでカバーしあっていかないと。確かに橘さんはどんくさいのかもしれない。前にもメンチカツを50個くらいばらまいちゃって大変だったとか沼田さんが言っていたからな。私がもし引き抜かれて、このお店に配属になって最初に手掛けることは、橘さん改造計画大作戦だな。

私は誰にも手伝ってもらえない橘さんを見ていて、いたたまれなくなった。橘さんは、お客様にペコペコ頭を下げながら一生懸命に床を拭いている。一心不乱過ぎて、胸ポケットからペンが落ちると同時に、拭いている自分の手でぶつけて、ペンを飛ばしてしまったりしている。

私はそのペンを拾いに行き、無言で橘さんに渡した。

「あ、どうもすみません」

声が沼田さんだった。

橘さんは、すぐに他のお客様の足元へ、「ここ、汚れているので今拭きますから」と言いながら、必死の笑顔で床を拭いていた。

やっぱり、沼田さんの声だ。いつも電話で聞いている声だ、間違いない。

私は、たまらなかった。カウンターの女性に、「また、出直してきます」と言って、フードストアを後にした。

　そりゃあないよ、沼田さん、いや橘さん。早歩きだった。手に持っている、ちんすこうを入れたビニール袋の揺れが邪魔だった。何から整理していけばいいのだろう。えーっと、橘さんの声と沼田さんの声がそっくりという可能性、あるいは、橘さんが沼田さんのモノマネをしていたという可能性、両方無いだろう。カウンターの女性は、「沼田？」と再度確認をしてきた。名簿を探してもそんな名前はないのだろう。営業部の部長というのもウソだろう。つまり、私の引き抜きの話はすべて無しだ。ちょっとどころか、だいぶ期待していた分、ショックが大きい。でも、ダマされて悔しいという感情は湧かない。たまらないのだ。顔も知らないけど、友達をなくしたような。たまらないのだ。社長の知り合いで、コネで入ったというのは本当かもしれない。ここに来る前はどこで何の仕事をしていたのだろう。あと、「お昼泥棒」の時が初めての電話だった。調べればスーパーうめや大原店の電話番号くらいすぐにわかるが、よく電話してきたよな。すごいな。バレないと思ったんだろうな。偉ぶりたかったのかな。若い奴らに笑われているけど、自分は本当はこんなんじゃないって大きく見せたかったのかな。その相手がたまたま私だっただけで。メンチカツをばらまき、レジに入ればお釣りを落とすし、女性従業員にはくさいだの言われて——全部自分のことだったんだ。自分のミスを、他人がやったように私に話すことで、精神のバランスを保っていたのかもしれない。何か——責められない。だって私はそれで勇気をもらっていたりしたからね。初めは何で立花さんって人の悪口ばっかり言うんだろうと思っていたけど、そのうち私より不幸な立花さんの話を欲しがって、優越的欲求を満たしていたのだ。私に沼田さん、いや橘さんを責める筋合いはないよ。むしろ、ちゃんと沼田さんを演じて私をだましてくれていたのに、私の方から勝手に会いに行って、橘さんの今までの苦労も友情も何もかもぶち壊してしまったのだ。あのまま娘たちと家に帰っておけばよかった。金城さんの件といい、橘さんの件といい、私って何なんだ！　司令塔として失格だ。何もうまくいってないじゃないか。誰も活かせてないじゃないか。

電車に座りたくもない。落ち着いている場合じゃない。

考え、ある程度のところで着地しては、また同じことを考え、辿り着く。リピートするのは苦じゃない。むしろ、していないと不安でしょうがない。

ヒイラギの葉の縁の刺のような鋭敏さを脳が保っている。ただ、解明には至らない。ただの堂々巡り。時間の無駄遣いにすぎない。でもやらないと気がすまない。

自分を追い込む中毒だ。いつものことだ。

気付くと、いつもの定食屋「おかわり」の前にいた。まだ家に帰りたくはなかった。

「沖縄帰りなんですけど、よかったら」

おばあちゃんは、「はい、ありがと」と受け取って、まあまあ乱暴にカウンターに置いた。

このままだと、またくやしいカツカレーになってしまう。たまには違うものでも頼んでみようかな〜。

「カツカレーでしょ？」

「はい」

カツカレーが出てくる間、携帯電話を触っていた。沼田さんという表示が履歴に多く残っている。これを橘さんに変えることはないだろう。私は沼田さんと話すのだ。

お、メール。小梅からだ。

「昨日、ママは亮太を連れて日帰りだけど、パパの実家に行ったんだってよ」

別に、旦那（だんな）の実家に嫁が行くのなんて普通じゃないか。なんでわざわざこんなメールをしてくるんだ。こんなメールが嬉しいのを何でわかるんだ小梅は。何だか、早く家に帰りたくなった。

この店に入った時よりも、小梅のメールのおかげで胃が元気になったような気がする。

カツカレーがいつものように無愛想に出てきた。

にぶい銀色のスプーンで、かたづけるように食べた。

「そんだけ食えれば大丈夫だ」

おばあちゃんは、ちんすこうをつまらなそうにかじりながら言った。

玄関を開けると、笑い声が漏れていた。何だか理想的な家庭みたいだ。

「あ、おかえり。パパも入ったら」

香菜子の声がする方を見ると、リビングのテーブルを退かし、みんなで車座になって、かるたをやっている。

「琉球かるただよー」

「あー、そういえば、お土産屋さんで買っていたな」と言いながら、私は台所の冷蔵庫に手をかけ、発泡酒を取り出してからリビングに向かう。

「やだ〜、絨毯の上でこぼさないでよね」

何やら言っている律子の隣に腰を下ろした。冗談のつもりで言ったのに本当に行ってくれたなんて。私の母とうまくやれたのだろうか。すぐにでも「ありがとう」と言いたかった。でもそんな空気でもない。亮太は、男の身体能力でかるたに勝とうと真剣だ。香菜子は昨日のタクシーの中での顔なんて微塵も残っていない。小梅は金城さんの面影を思い出したのかもしれない。思い出そうと頑張ったのかもしれない。それでも最後は機内から全部沖縄の海に捨ててきたのだろう。私だけが持って帰ってしまったのか。

「パパ、早く読んでよ」

香菜子に急かされる。あ、読む係なのね。はいはい。

「かるたって、家族だよな」

別に置きにいった言葉ではなかった。

「え、それって名言?」

香菜子がにやけながらはやし立てる。

私は、そう言われて恥ずかしくなり、思わず下を向き、かるたを切る。

「でも、そういう風に思ってくれている人がいるから、家族があるんだよね」小梅がかるたをまんべんなく広げながら続けた。「じゃなかったら、個人だよ。所詮、個人」香菜子が怒られているかのような表情をしている。「自分が犠牲になってでも、みんなをまとめられる司令塔みたいな人がいないとね。ウチはパパが司令塔でしっかりしているから、家族、だよね。みんな他は向かないよ、司令塔の方を向いているからね、パパ」

目の奥が熱くなった。小梅の、これが答えだ。たぶん香菜子にとっても。親の都合で申し訳ない。こんな思いをさせてしまって。

私が帰るまでの間に、小梅と香菜子は律子に沖縄でのすべてを報告したのだろう。律子の、はらはらと落とした涙が絨毯のその部分を濃くしている。

「この家の司令塔だなんて、そんな大それたものじゃないよ」と言って発泡酒を手に取ろうとしたら、缶を倒してしまったのでパニックになった。

「ほらー、だから言ったじゃない！　かるたもびちょびちょ。亮太、雑巾！」

律子は怒ってはいるが、こぼした涙が発泡酒に上書きされてホッとしているようだった。

笑顔で布団に入る。小梅が言った、この家はパパが司令塔だというくだりを瞼の裏で映像とともに忠実に再現する。布団に顔をうずめニンマリする。

「ありがとうね」

律子が寝室の三面鏡越しに、化粧水をピタピタやりながら言った。

私は我に返るまで一瞬後れを取ったが、実家に亮太と行ってくれたお礼を言うのを忘れていたことに気付き、催促されたのかと勘違いして、慌てて「ありがとう」と言い返した。

「え?」

「俺の実家に顔を出してくれて」

「あ〜」

「え? じゃあ何のありがとう?」

「沖縄のこと。いろいろありがとう」

「あ、それね」

言葉をそのままいただいてしまった。おそらく、私が金城さんに対して気を使った行動をとってくれたとでも聞いたのだろう。そんな褒められたもんじゃない。はらわたは煮えくり返っていた。金城さんをぶん殴りたかった。私は、そんないい人なんかじゃない。

「でも、沖縄で、あなたのあの時のプロポーズ、覚えている？」

「え？」何だ急に。「……結婚しよう？」

「そのあと」

「……」

「お互い初婚じゃんって言ったのよ。なにあれ！　私初婚よ。わざわざ言うってことは意味があるんでしょ！　小梅とお腹に香菜子がいたから？　勢いで頷いたけど、ちょっとムカついていたから！　あれ違うから！」

何だ？　昔の話を、思っていたとしても今言う？　すげーな〜。流れとか関係ないんだな。女性はずっと覚えていて、何かあった時に、あの時ああだったって、後から言ってくるって本当だな。

今日の最後、こんなもんか。

通勤も含めて見る景色がすべて変わった。

私は結局、最初に言われていたお店とは違い、新しくオープンするお店に配属となった。かつて私が店長候補に挙がったお店だ。今は二十歳くらいの子と横一線で頑張っている。このお店は、若い従業員が多いので、お店が軌道に乗るためには、私みたいなベテランが一人くらい必要なのだろう。

お花の販売もしている。大原店にはなかったので新鮮だ。お花の茎の先をハサミで切ったり、枯れた花や小さすぎるつぼみを取っていると、違う職業に就いたみたいだ。

「どうですか？　新しい職場は慣れましたか？」

沼田です、そう言って電話はかかってきた。

「いや〜、同じスーパーでも勝手が違うと小さいミスとかして大変ですよ」

あの場面を頭に思い浮かべながらも、沼田さんに話す。

「伊澤さんなら大丈夫ですよ。立花さんなんか、ミスだらけなんですから」あの話をするのだろうか。「この前も、夕方の一番忙しい時に、生卵を落としちゃって大変でしたよ」やっぱり。「あの卵白ってきれいに取れないんですよね。お客様の靴に卵の黄身が付いたりして、クリーニング代とか払ったみたいですよ。周りの従業員は知らんぷりして他の仕事をしているふりしながら、惨めな立花さんを見て笑っていましたよ」聞くしかなかった。ただただ聞いているしかなかった。「仕事帰り、立花さんの軽の自動車のフロントガラスに生卵がぶつけてありましてね。たぶん従業員の誰かでしょうね。酷いと思いませんか？」

「酷いですね」胸が痛い。

そして私は、沼田さんに、言った。

「橘さん、辞めていいと思います！　本人に言ってあげてもいいかもしれません、逃げていいと思います！」

「……そうですね。本人に言ってあげてもいいかもしれませんね」ん、どっちだ？

伝わったのか、どうなんだ？　「でも本人は、辞めないんじゃないですかね。自分がみんなから嫌われていることで、みんなが一つに団結する。みんなが自分を攻撃するという共通点があることで、みんな一人一人が救われている。もし、自分がいなくなったら、自分の役を誰かがやらなくてはならない。人間はそういうものだから。順位を付けて一番下の人間を作って責めたがるから。だからそれを引き受けている自分の存在意義があると思っているんでしょうね」沼田さんは、まるで立花さん本人のように話す。伝わったのかもしれない。私は、橘さんの決意を聞いたのだ。そこで生きて行く決意を。「ま〜だから、ほっとけばいいんですよ。私もね、これ以上立花さんのことを、とやかく言うのやめます」やはり決意表明だ。これはお別れの決意だ、と私は直感した。おそらく、今後お互いが電話をすることはないだろう。あるとしたら、沼田さんでなく、橘さんとだろう。

「あ、そうだ伊澤さん、引き抜きの件なんですが、私相当プッシュしたんですけど、今回は無しになっちゃいまして申し訳ないです」
「いいえいいえ、すみません、こちらこそ骨を折ってもらいまして」
もともと無いものが無くなったらしい。最後まで徹底していた。

女傑高井さんは、主任を承諾したらしい。他の大原店のみんなも元気だと聞いた。西口店長も店長として貫禄がついてきたが、もうすぐまた本部に戻るんじゃないかという噂もある。そうすると大原店もまた人事が大変になる。私が大原店に戻る日が来るかもしれない。今度こそ店長として。でも、私は店長になるならないじゃないような気がする。副店長を一回経験しただけでもいいじゃないか。表だってトップになる器じゃないんだよ。

そういえばエリアマネージャーの岩崎さんが、新店舗の店長に私と、その右腕として私が薦めた金子君を一緒に配属させる計画は進んでいたのだ。金子君も「伊澤さんについて行きます」なんて言って二人で固い握手を交わしたっけな〜。やっぱり防犯カメラのチェックはその日その時間を狙って探さないと膨大な時間がかかる。金子君はあの時、私が外から清水さんの内引きの犯行現場を見ている時に段ボール を持って現れた。あの時の私に不審を感じたのかもしれない。私が去った後、積んである段ボールの隙間から見た光景を防犯カメラで捜し、私が内引きを黙認したことを本部にリークしたのだろう。

150円のお菓子未払いの件の際にも、金子君はいた。お菓子を取って外に出て行く映像を捜して本部に提出したのも金子君だろう。清水さんに本部の電話番号を教えて電話させたのも金子君かもしれない。「伊澤さんについて行きます」なんて言っていたのに。別にいいんだ。金子君は何一つ悪いことはしていない。

でも今回、新店舗に配属になったのは、金子君の口利きが大きかったのかもしれない。金子君の意見が通るという不思議も、やはり私を売ったからかもしれない。本部は、内部事情をきちんと究明し、報告した金子君を評価し信用したのだ。本部からしたら、不祥事を起こした私を、舌の根も乾かぬうちにわざわざ新オープンするお店に配属するなんて、他の全従業員に示しがつかないと思う。なのに金子君が、どうしてもと言うので、私はここに来たらしい。私みたいな老害でも必要としてくれるなんて、金子君に感謝しないとな。私はこのお店のために一生懸命働こう。もう、店長になんかならなくていい。

亡くなった上田店長は、「春男は、この店の司令塔だもんな」と言ってくれた。みんなの前で言ってくれた。家族も私の頑張りを認めてくれて、小梅が「ウチはパパが司令塔」と言ってくれた。そういえば、沼田さんという名の橘さんも、清水さん自然治癒大作戦の報告をした時、「伊澤さんは、まるで、お店の司令塔みたいだ」と言ってくれた。

そう、言ってくれたのだ。

わざわざ、言ってくれたのだ。

杞憂ばかりで報われていないなんてことはない。

自分が気を使っているように見えて、実は気を使わせてもらっていたのかもしれない。

それはつまり、気を使われていたのだ。家族にも職場にも。

「伊澤さん、ちょっといいですか?」

「はい、金子店長!」

解説

吉田大助

日常生活に溶け込みすぎていて気付かない、けれど指摘されればウンウン頷(うなず)くことになる「あるある」を朴訥(ぼくとつ)な栃木弁のリズムに乗せて届ける——唯一無二の芸風で国民的知名度を誇るピン芸人・つぶやきシローは、小説家でもある。本書『私はいったい、何と闘っているのか』は、二〇一六年一〇月に単行本刊行された、小説第二作に当たる。刊行から五年超のインターバルを経て突如、実写映画化。中年の悲喜こもごもを演じさせたら当代随一の安田顕が主演、コメディに定評のある李闘士男が監督を務め、二〇二一年一二月一七日より全国ロードショー公開される。

単行本版のオビには、錚々(そうそう)たるメンバーが推薦コメントを寄せていた。

人間のおかしみを抽出した小説。ひねりのきいた真相。泣いた。（小説家・乙一）

はじめて、小説で声に出して笑った。そしてラストに向かっての切なさと感動。凄い！　つぶやき！（さまぁ～ず・三村マサカズ）

細部で笑わせながらも、ドラマとしてダイナミックなうねりもある、理想的な小説。中盤で必ず「おおっ」となります。（小説家・和田竜）

　コメントそのものも力強いが、実は推薦者自身の個性や作家性が、本作の持つ魅力と反響していた。乙一のミステリー作品における「トリックが発動した瞬間に爆発するせつない人間ドラマ」、さまぁ〜ずの鉄板ネタ・悲しいダジャレに象徴される「悲しみの中に潜む笑い」、和田竜の代表作『のぼうの城』が採用していた「一番侮っていたやつが、一番凄い」という作劇などだ。ここに、単行本版の装画を手がけた小説家・西加奈子の作風を加えてみてもいい。「シリアスでネガティブな現実の中でも、必ずハピネスを見出す」。

　解説から先に読むタイプの方のために、初期設定とあらすじを記しておこう。主人公＝視点人物（「私」）は、四五歳の伊澤春男。妻の律子、長女の小梅、次女の香菜子、一番下の長男・亮太の五人家族で、一戸建てに暮らしている。職業は、地域密着型のスーパーマーケット・スーパーうめや大原店の主任だ。

　第一章（「1　店長への道」）でまず描かれるのは、家長でありながらも家庭内ではじゃっかん立場が弱い＆イジられがちな事実。また、上田店長から「春男は、この店の司令塔だもんな」と信頼を置かれ、自他共に認める春男の「一番弟子」である二八歳の金子君とは熱烈に、大原店で女性では唯一の正社員である三二歳の高井さんとはビミョーに、いい関係を築けている姿だ。そして何より分厚く描かれているのは、春男のこじれた自意識だ。彼は口に出す言葉（鉤括弧付きのセリフ）は少ないのだが、心の中には言葉（実況中継&妄想&セルフツッコミのモノローグ）が溢れている。本来は比較的平穏なはずの日常が、春男の視点を通せばコミカルかつサスペンスフルに見えてくる。「私」は日々、頭の中でいろんなものと「闘っている」。

第一章において「闘っている」最大の敵と言うべき存在は、自分自身だ。第一章のクライマックスとなるシーンでは、モノローグの連打によってパンパンに膨らんでいった春男の自意識に、他の登場人物のセリフ一発で致命的な穴が開く。その瞬間、現実という名の地獄が素顔を晒す。著者が芸人としての活動においてエンタメ化してきたものの一つに「気まずさ」があるが、まさにそれ。「気まずさ」を導くための「空気」の演出とコントロール、お笑い用語でいうところのフリとオチの構成力は、小説表現においても強力な武器となっている。

シュール寄りの笑いの感覚や「気まずさ」のエンタメ化の他にも、芸人活動から引き継いでいるものはたくさんある。例えば、観察力だ。冒頭にも記した通り、著者の「あるある」は単なる共感に留まらず、常に鮮烈な驚きを伴っている。第一章であれば、スーパーで働く人々にまつわる雑学的エピソードも楽しいのだが、まもなく正午となる店内のこんな描写にグッとくる。〈この時間帯は主婦よりも近くで働いている人たちが、カゴも持たずにお弁当だけ持ってレジに並ぶ〉。なぜグッとくるかと言えば、そうそう、そういう人たちってカゴ持ってないよね！　という発見感があるからだ。普段目には入っているけれども見えていないものが、可視化された感触があるから。

この著者はとにかく目がいい、耳がいい。初対面となる長女・小梅の彼氏との対決で内面が揺れに揺れた第二章（「2　ガッキー」）を経て、第三章（「3　二刀流」）では小学校六年生の末っ子・亮太をプロスポーツ選手の道に進ませるべく、スパルタコーチとなる春男の奮闘を追う。春男本人がジャッジした「正解」は、他の人々にとって「不正解」であることが白日の下に晒される流しそうめんのシーンは圧巻だ（映画版でも大フィーチャーされている）が、やはりグッとくるのはこんな一文だ。息子の野球の練習に足を運び、グラウンドに最初の一歩を踏み入れたところで……〈土手沿いのグラウンドでは、金属バットとボールの当たる音と、声変わりのしていない声とが、音の高さを争っているように聞こえる〉。プロでも大人の草野球でもない、少年野球ならではの音の風景だ。

人は原理的に、自分の人生しか生きることができない。それでは物足りない、それでは寂しすぎるから、物語に手を伸ばす。そこにあるのは他者の人生であり、他者の感性だ。優れた小説は内面描写を駆使して他者の「人生と感性」、二点セットを追体験させてくれる。『私はいったい、何と闘っているのか』は、優れた小説である。

ここからは、本作の内容にやや踏み込んで記す。

第四章（「4　お昼泥棒」）以降は、率直に書けば「お人好し」である春男にとって、「人のため」に行動する喜びと挫折が、さまざまなシチュエーションのもとで描かれていく。正真正銘、度肝を抜かれる展開が現れるのは第五章（「5　二人との出会い」）だ。章タイトルが「二人の出会い」ではなく「二人との出会い」である点が、終盤のサプライズに関わってくる。最初は驚愕して、ちょっと笑えた。でも、どんどん笑っていいんだか辛がっていいんだか分からない状況へと進展していった先で、春男が人生を懸けて手に入れた真理に、泣いた。

第六章（「6　内引き」）と第七章（「7　司令塔」）は、全七章のうち唯一の続きものとなっており、とある事件の顛末が語られる。この二つの章のキーパーソンは、ライバルチェーン店営業部の沼田さんだ。沼田さんの存在が重要である理由は、第五章を読んだ後は「優しさ」の塊のように感じられた春男だって愚痴るし、誰かを下げて自分を上げるようなこともするし、無意識のうちに誰かを傷付けてしまうこともあるという事実を伝えてくるからだ。春男は聖人君子ではない。さらさらない。だが、だからこそ、彼は反省する。努力する。

この主人公の最大の魅力は何か。それは過剰な自意識からもたらされる、セルフ・モニタリング機能にある。辛いことを考え始めたら、弱めに自虐して想像力を遮断する。ちょっと落ち込むことがあったら、自分で自分の機嫌を取る方向へ想像力をシフトする。自分の言動が周りをヘンな空気にしてしまわないかどうかシミュレーションし、相手のリアクションを敏感にキャッチする。そして、何か尖った感情を抱いたならば、「お前はどうなんだ?」という批判的視線を自分に向ける。〈人はよく人を叱りつける。自分も昔同じ過ちを犯していたことを忘れてしまったかのごとく。それとも、忘れたフリをしてでも叱った方がいいとでもいうのだろうか〉。

一般的に、ツッコミは「叱る」という行為とリンクしている。それは相手を「否定する」ことと同義だ。二〇一〇年代末以降のお笑い界で流行している「優しい笑い」「傷付けない笑い」は、ツッコミを無効化し意味を反転させる（相手の言動を否定するのではなく受け入れる）。春男がおこなっていることも、それだ。相手を批判するような言葉を飲み込む。その結果、気まずくなる。困る。おかしみが生まれる。だが、だからこそ第七章において、自分以外の他人に唯一（心の中で）ツッコんで怒るシーンが、あれほど胸に迫るのだ。

こういうタイプの人は、言葉を武器にしている人たちからは「弱い」と、「何を考えているか分からない」と評されることがある。けれど本書を読み通した人は必ず、異なる価値観を抱くこととなるはずだ。「尊い」と。その「尊さ」を認めてくれる、尊重してくれる人がひとりでもいれば、どんな失意の最中にあっても人は絶望には至らない。いささか特殊な事情を持つ伊澤家の家庭内会話を通して、この物語はその真実をも読者の胸に突き付ける。

ところで、出版界で現在も続く「芸（能）人が書く小説」というムーブメントの発火点となったのは、二〇一五年三月に刊行され、その年の七月に芥川賞を受賞した又吉直樹のデビュー作『火花』だ（厳密に記せば「小説単行本デビュー作」）。しかし、それ以前にももちろん、傑作は存在した。その一つが、つぶやきシローの小説デビュー作である、二〇一一年二月に単行本刊行された『イカと醤油』（宝島社）だ。同作は、まともに働かず貧乏極まりないうえに「ひがみっぽくて、えばりんぼうで、屁理屈ばっかりこね」る父と、そんな父を愛する賢い息子が織りなすホームコメディだった。ここでもキーテーマとなっていたのは、「尊さ」だ。一般的な価値観からすればはぐれ者と撥ね除けられてしまう人物の「尊さ」を、丁寧に掬いあげていた（なお、息子は『私はいったい、何と闘っているのか』にカメオ出演している。ヒントは「イカ刺し」）。

デビュー作の五年八ヶ月後に第二作が発表された事実と突き合わせると、第三作はもうそろそろ世に出てもおかしくはない。いや、出てもらわなければ困る。つぶやきシローの小説は、読み終えると自分に対しても他人に対しても、少し優しくなれる。コロナ禍によって社会の分断が進んだ今こそ、彼の物語が必要だと思うのだ。

（よしだ・だいすけ／書評家・ライター）

―――本書のプロフィール―――

本書は、二〇一六年十月に弊社より単行本として刊行されたものの文庫化作品になります。

小学館文庫

私はいったい、何と闘っているのか

著者　つぶやきシロー

二〇二一年十一月十日　初版第一刷発行

発行人　飯田昌宏
発行所　株式会社 小学館
〒一〇一-八〇〇一
東京都千代田区一ツ橋二-三-一
電話　編集〇三-三二三〇-五七二〇
販売〇三-五二八一-三五五五
印刷所――図書印刷株式会社

この文庫の詳しい内容はインターネットで24時間ご覧になれます。
小学館公式ホームページ　https://www.shogakukan.co.jp

ISBN978-4-09-407082-8